ZHANG MEI'S DIALOGUE WITH THE WORLD:

HOW HARVARD SCHOLARS VIEW CHINA AND THE WORLD

“张 梅 对 话 世 界” 丛 书

哈佛学者看中国和世界

张梅◎著

当代中国出版社
Contemporary China Publishing House
2019年·北京

图书在版编目(CIP)数据

哈佛学者看中国和世界 / 张梅著 . -- 北京 : 当代中国出版社 , 2019.3
（张梅对话世界）
ISBN 978-7-5154-0862-0

Ⅰ. ①哈… Ⅱ. ①张… Ⅲ. ①访问记—作品集—中国—当代 Ⅳ. ① I253

中国版本图书馆 CIP 数据核字（2018）第 212242 号

出 版 人　曹宏举
策划编辑　隋　丹
责任编辑　隋　丹
责任校对　康　莹
封面设计　胡椒设计
出版发行　当代中国出版社
地　　址　北京市地安门西大街旌勇里 8 号
网　　址　http://www.ddzg.net　邮箱：ddzgcbs@sina.com
邮政编码　100009
编 辑 部　（010）66572264　66572154　66572132　66572180
市 场 部　（010）66572281　66572161　66572157　83221785
印　　刷　北京润田金辉印刷有限公司
开　　本　787 毫米 × 1092 毫米　1/16
印　　张　24.75 印张　2 插页　插图 35 幅　291 千字
版　　次　2019 年 3 月第 1 版
印　　次　2019 年 3 月第 1 次印刷
定　　价　76.00 元

推荐序一

哈佛大学是享誉世界的知名学府，也是美国常春藤八大盟校的龙头老大。自 1636 年建校以来，哈佛大学育人无数，既有政界、商界的精英，也有人文、社科领域的大师，更有众多来自中国的学生、学者，他们的所思所想、所做所学，不仅为美国这座 382 年的高等学府增添了光彩，也为中美文化交流写下了重要篇章。

张梅 2015 年受国家留学基金委公派在哈佛大学访问学习，在交流期间，她访谈了哈佛大学众多有世界影响的学者，例如约瑟夫·奈（Joseph Nye）、劳伦斯·萨默斯（Lawrence H. Summers）、杜维明、王德威等，开拓了中美人文学者对话交流的新天地。作为与张梅都曾经在哈佛访学和交流的学友，我拿到这本书后甚为欣喜，打开来立刻阅读，张梅与众多哈佛学者之间的对话让我颇感受益，她所写的这些哈佛大师的印象记读来也感觉亲切、自然，使我仿佛又回到了在哈佛的访学时光，那些在查尔斯河畔与世界顶级大师们交流和对谈的日子。因为我在哈佛肯尼迪学院做高级研究员期间也写过一本有关哈佛肯尼迪学院的图书，也访问了很多哈佛的知名学者，我很欣赏张梅能继续做这种有意义的中外学术介绍工作。

多年来因为致力于中国与全球化智库（Center for China and Globalization，简称 CCG）的建设和中美文化交流，我对中美两国学者的所思所想都有相当程度的了解。为了更好地开展智库的工作，拓展智库的全球影响，同时也是为了落实国家的“二轨外交”政策，我也多次带领智库的同仁赴美，与美国政界、商界，特别是美国的大学、研究所，以及一些有世界影响的智库学者座谈。在和他们交流研讨的过程中，我深感，当前中国的对美文化交流和公共外交工作还有许多空白点，无论是中国主流学者对美国，抑或美国精英学者对中国，都还存在某种程度的误解。因此，我认为，保持中美学者之间的对话交流对于推动当前中美关系的发展至关重要。

张梅的《哈佛学者看中国和世界》无疑是中美文化交流中开出的一朵灿烂的花。她所访谈的这些哈佛学者我都颇为熟悉，有很多学者曾经被我邀请到智库来交流研讨过，因而对于他们的思想我并不陌生。我认为张梅在与他们的对谈中所提出的问题，抓住了他们思想的核心和要义，也反映了当前中国学界和中国学者对于中国热点问题的关注，就访谈文稿的质量而言，我认为这本书的分量很重。

我与张梅认识多年，她当初因为想要申请哈佛来向我请教，初次见面，感觉她就是一个文文静静的普通研究生，不显山、不露水的，如果不是后来经人介绍，我很难想象她都已经读完了博士，对于这样的有志青年，我当然乐于提供指导和帮助。此后我们一直保持联系，她时不时给我发来邮件。后来她申请到国家留学基金委的资助，走之前还经常参加我在欧美同学会组织的一些活动，非常善于学习。我也衷心地希望她在哈佛的学习和交流结出丰硕的果实。

张梅果然不负所望，今天她的《哈佛学者看中国和世界》由当代中国出版社印刷出版，作为前辈学友我当然乐见其成，并欣然提笔为之作序。一直以来，我为张梅这位年轻学者的热忱、敬业和锲而不舍的精神所打动，也感到能帮助推荐这样一本有内涵、有思想的图书很有意义！特为此序，略述所感。

王辉耀

中国与全球化智库理事长

欧美同学会副会长

推荐序二

张梅是华侨华人、公共外交和国际关系研究领域的青年学者，她出书请我作序，我欣然应允、倍感荣幸。

这本书收录的是张梅在哈佛大学为期一年多的访学时间内，直接采访或与他人合作采访的海外中国问题研究名家访谈文稿的汇编，在我看来，这是一本可读性很强的书！无论是张梅所访谈的美国克林顿政府财政部长、哈佛大学前校长劳伦斯·萨默斯，哈佛肯尼迪政府学院前院长、“软实力”提出人约瑟夫·奈，哈佛大学中国高级官员培训项目的主要负责人、艾什民主治理与创新中心主任安东尼·赛奇（Anthony Saich），还是哈佛燕京学社原社长、儒学第三期的代表人物杜维明，费正清中国研究中心的主任、历史学家宋怡明等，都是当代美国政治、经济、文化、外交和历史领域研究中国问题的鼎鼎有名的大师，他们对于自己所从事的研究都有一得之见，因而，这是一本思想性很强的书。

作为20世纪80年代赴美的华人学者，我在美国已经生活了整整33年，回溯近30年来美国学界对于中国研究关注点的变化，我觉得，美国学界已经从20世纪80、90年代把中国作为一个具有独特历史文化专门研究对象的传统汉学，逐步向把中国作为社会科学一般研究对象的当代中国研究转变。在行为科学革命的学术大潮影响下，迈克·奥克森伯格（Michel Oksenberg）、李侃如（Ken Lieberthal）、谢淑丽（Susan Shirk）等一批学者，开始有意识地摆脱把文化作为主要变量的传统中国研究范式，用理性选择、规则与激励机制等概念工具来解释中国，从而把中国研究引入了美国主流社会科学，正如奥克森伯格与何汉理（Harry Harding）等人所总结的那样，中国改革开放以后，美国的中国学家们从最初以事件积累为主的观察，逐步发展到对中国高层政治和城乡社会动态进行系统的田野调查、实证分析和比较研究，在时空维度和研究视野上均发生了较大的变化。我想，张梅的这本书其实体现了一些海外汉学家研究的变化。

在我看来，这也是一本比较轻松、读起来能够引人入胜的书。因为张梅的这本书将访谈名家的个人小传、访谈文稿和汉学家印象记等融于同一本书，同时附上了她在访谈时所拍摄的相关场景的照片，让广大读者在阅读、吸收海外中国问题研究名家真知灼见的时候能真正走进大师的心灵深处，欣赏大师们妙趣横生的小故事以及对他们学术和为人的评价，这是目前市面上的同类访谈书籍尚未呈现的内容，所以我有理由相信这本书能够吸引大量读者的目光。

当然，作为《当代中国》（The Journal of Contemporary China）期刊的编辑，我以我作为编辑的苛刻的眼光来看，这也是一本有着这样或者那样不足的书，例如我认为在提问设置上可以更尖锐一些、在内容的表述上也可以尺度更大一些。但是作为期刊主编，我更知道看别人的成果我们都知道哪里不好，可是自己做一下就知道能做成这样也是非常不容易的，张梅的真诚、张梅的努力，我认为是非常值得肯定的。

我觉得张梅是具有赤子之心的年轻人，年轻人总是要成长的，我希望她在不断成长和成熟的过程中永葆这份赤子之心。

赵穗生
美国丹佛大学美中合作中心主任
约瑟夫·科贝尔国际关系学院终身教授
哈佛大学费正清中国研究中心研究员

推荐序三

哈佛大学是举世公认的世界一流学府，云集着来自世界各地著名的经济学家、历史学家、法学家、文学家等。

张梅博士于2015年通过国家留学基金委的公派出国留学选拔后进入哈佛大学访学，她一直思考，可否围绕中国理论界、学术界乃至全社会关注的问题，到哈佛大学做一些研究中国问题学者的访谈，听一听他们对当代中国的看法，他山之石、可以攻玉。本书正是基于此的一次成功尝试。

作为哈佛同窗学友，我亲眼见证了张梅博士问道哈佛、心系中华的一片赤子之情，她在为期一年多的访学时间内，直接采访或与他人合作采访了多位哈佛大学中国问题研究名家，学术访谈的文稿公开发表在《马克思主义研究》《清华大学学报》《新华文摘》《东南亚研究》《华侨华人历史研究》以及《人民日报》《环球时报》《中国社会科学报》等刊物上，并被人民网、凤凰网、环球网、新浪网、搜狐网、央广网、澎湃新闻网等转载。同时本书还包含了她应澎湃新闻私家历史栏目邀请写作的这些中国问题研究名家的“汉学家印象记”系列文稿。我认为本书有如下特点：

一是巧取角度，既有站在哈佛看中国的高度、又充满情系中国大地、跨越太平洋的深度洞悉，为站在哈佛看中国提供了一扇方便法门。本书全部访谈文稿几乎都由张梅博士独立采访完成（仅有一篇访谈与他人合作完成），访谈聚焦当今中国社会的热点、重点和难点问题，文稿总体质量较高。

二是充满温度，以第一人称亲历式面访对话哈佛大师，以耳目一新的小切口切入宏大叙事主题，对中国条分缕析进行全景式解读，为站在哈佛看中国提供了全新视野。国内现已出版的哈佛主题相关书籍，较有影响的除张冠梓教授主编的《哈佛看中国》外，还有部分哈佛学习追忆或回忆类的书籍，如 1996 年三联出版的吴咏慧老师的《哈佛琐记》，以及 20 世纪 90 年代赵一凡所写《哈佛读书札记》，这两本书出版后都产生了较好的反响。可是因为两位作者的叙述都停留在上个世纪的哈佛人物，而哈佛新人辈出，本世纪哈佛涌现出甚多研究中国问题的知名学者，他们像老一辈的哈佛中国问题研究学者一样在世界范围内产生了较大的影响，可是根据作者有限的检索，市面上尚未有记述他们的相关书籍，因此本书选择的相关人物除了少数健在的老一辈哈佛学者外，更有大量新近涌现的知名学者，通过第一人称亲历式面访，充分展示哈佛学界关于中国研究的新观点，让人耳目一新。

三是有纵深度，通过历时和共时视野问题导向，全方位透视哈佛中国问题研究学者群像，闪烁着智慧群星灿烂之光。哈佛大学也是美国最早开设中国学研究的学校，盛产了许多中国研究名家，如费正清、史华慈、傅高义、孔飞力、杜维明、包弼德、柯伟林、王德威等，出版了诸多影响深远的著作。20世纪70年代初，基辛格博士在他前往中国开展“秘密外交”前，专程回到母校哈佛大学倾听中国研究专家们的见解，开启了中美建交的新时代。市面上现有的哈佛主题书籍，或是聚焦于访谈，或是专注于回忆性的记述，本书将学者小传、访谈文稿和汉学家印象记熔于一炉，给人以丰富的启迪。

伍　刚

中央广播电视总台央广网副总编辑

哈佛大学访问学者（2013—2014）

中华全国新闻工作者协会新媒体专业委员会委员

目　录

第一部分　关于中国政治经济

第二部分　关于中国历史文化

第三部分　关于中国外交与对外关系

第四部分　关于中国华侨华人

第一部分

关于中国政治经济

全球体系下的中国经济与中美关系

——访美国前财政部长、哈佛大学前校长劳伦斯·萨默斯教授

▶ 萨默斯

劳伦斯·萨默斯（Lawrence Henry Summers）：美国著名经济学家，现任哈佛大学肯尼迪政府学院（John F. Kennedy School of Government）查尔斯·艾略特（Charles W. Eliot University）教授。萨默斯 1954 年 11 月 30 日出生于康涅狄格州（Connecticut）的纽黑文（New Haven），父母均为宾夕法尼亚大学（University of Pennsylvania）的经济学教授，叔叔保罗·萨缪尔森（Paul A.Samuelson）和舅舅肯尼斯·约瑟夫·阿罗（Kenneth J.Arrow）是诺贝尔经济学奖获得者。萨默斯年仅 16 岁便进入了麻省理工学院（Massachusetts Institute of Technology，简称 MIT）修读物理学，后转修经济学，1975 年获学士学位。此后他进入哈佛大学（Harvard University）跟随经济学家马丁·费尔德斯坦（Martin Feldstein）攻读研究生，并于 1982 年获哈佛大学经济学博士学位。之后他在麻省理工学院和哈佛大学作短期教学，1983 年萨默斯成为了哈佛历史上最年轻的教授。

萨默斯在美国政界颇有建树。他 1982 年开始涉足公共事务，曾任里根（Ronald Reagan）政府的白宫经济顾问委员会（Council of Economic Advisers，简称 CEA）成员。1991 年，他离开哈佛大学出任世界银行（World Bank）副行长兼首席经济师。1993 年，他进入美国财政部（U. S.

Department of the Treasury），担任负责国际事务的副部长。1999 年 7 月，他出任克林顿（Bill Clinton）政府财政部长。2001 年 7 月 1 日，萨默斯出任哈佛大学校长。2006 年 6 月，他辞去哈佛大学校长职务。2008 年，萨默斯担任奥巴马（Barack Obama）竞选班子的经济顾问。2009 年至 2011 年，任奥巴马政府白宫国家经济委员会（National Economic Council）主任。

萨默斯教授在学术界成绩斐然。他因在经济学领域的杰出贡献获得美国约翰·贝茨·克拉克奖（John Bates Clark Medal），他也是第一个获得美国国家科学基金会（National Science Foundation）艾伦·沃特曼奖（Alan T. Waterman Award）的社会科学家，他同时是美国计量经济学学会（Econometric Society）会员和美国艺术与科学学会（American Academy of Arts and Sciences）成员。

一、全球化推动中国经济快速发展

张梅：劳伦斯·萨默斯教授您好！非常感谢您接受我的访谈。作为美国著名的经济学家，您曾因在经济学领域的杰出贡献获得美国约翰·贝茨·克拉克奖章，您也是第一个获得美国国家科学基金会艾伦·沃特曼奖的社会科学家，同时还是美国计量经济学学会会员和美国艺术科学学会成员。在担任第71任美国财政部长期间，您实现了美国有史以来最长时期的经济增长，时至今日，面临最紧迫的经济讨论时，您仍然是美国政府最先想到的求助对象。我知道您对中国经济亦相当关注，能不能请您谈谈您和中国的渊源，您第一次到中国来是什么时候？

劳伦斯·萨默斯：我第一次到中国来是1979年改革开放之初，我才25岁，是第一次到上海。那时我非常迷恋喝可口可乐，可是我到了上海10天，都没有找到我喜欢喝的可口可乐，这可是一个大问题（笑）——因为当时在中国就没有这样的产品销售。我不得已给美国打电话，告诉我的父母在上海买不到可口可乐。我从酒店出来走了一段距离，那时上海马路上空荡荡的，很少有汽车，我带着非常大的好奇心去观察路上的行人，可是我发现当时的人们对我更好奇，他们想跟我拍照片（笑）。在上海的市中心闲逛的时候，我甚至可以到马路的中央去走，因为每隔五分钟才会有一辆汽车。在我看来，当时的上海真是非常与众不同的世界。

张梅：与您第一次到中国来看到的情况对比，您觉得近40年来中国发生了哪些变化？

劳伦斯·萨默斯：40年的时间匆匆而过，我看到中国发生了天翻地覆的变化。说到我对中国的看法，我想可以利用历史学家看待经济历史的长远视角：一个有意思的事情是，伦敦在1800年的生活水平比古希腊雅典时期提高了50%，但这是经过2300年的发展才实现的。之后发生了工业革命，随着技术的发展和普及，每年增长率超过1%，比之前2300年有了巨大变化。中国的发展是人类历史上的光辉一笔，自改革开放以来，一直保持着平均7%左右的增速，这几十年中国人的生活水平提高了大概10—15倍。中国的增长惠及全球人口的1/6，在健康、教育、女性权利等方面都有发展。中国人生活水平的改变不仅仅局限在世界1/6的人口中，同时也影响到了世界上其他的各个角落。我认为中国的发展是比工业革命还要伟大的，中国和其他新兴市场国家的崛起是绝对可以载入史册的事情，而且是历史教科书上的第一个重大历史事件——没有比这更重要的，我们不用怀疑它的重要性。

张梅：您觉得改革开放以来中国经济的快速发展应归功于哪些因素？主动力是什么？

劳伦斯·萨默斯：第一，中国过去修正了一个有问题的体系，从计划经济到市场经济，释放了组织活力；第二个增长点是中国城市化进程中的红利；第三是中国大量学习海外企业经验，这推动企业增长。说到这个发展的动力，我觉得这是一个非常复杂的问题，但是如果我们换个角度来看，也许你能清楚地看到明显有哪些因素在发挥作用。例如，手机现在已经成为我们的日常用品，一个手机价格一般不超过 600 美金，可是它的计算能力比我们登月时超级计算机的能力还强 50 倍，并且它可以让我们更多地与他人沟通，肯尼迪总统在任时整个白宫的通信系统都没有这么强（笑）。通过手机，我们接触到了更多的信息，似乎你就与哈佛大学的图书馆比邻而居……这反映了科学与理性的力量，应该说是理性、科学、技术，还有更广泛的相互理解和共识塑造了如此巨大的进步。同时，市场的力量与激励机制，使我们从集体农庄转向了现在的家庭承包责任制，也使得企业应运而生，像我们现在看到谷歌（Google）、脸谱（Facebook），每家市值都很高，已经抵得上全球汽车工业的总和。此外，现在的发展还得益于开放，有了开放，我们才可以让科技进步得到广泛传播。我们可以看一下“二战”结束之后早期的情况，当时实施了马歇尔计划（The Marshall Plan），官方名称是“欧洲复兴计划”（European Recovery Program），可是在那个时期，发展中国家整体来看没有什么进步，无法与发达国家相互融合，但是之后情况就发生了变化，主要原因就在于全球化（Globalization）最大程度上实现了货物流通、资本流动与国际化生产。在全球化推动之下，中国受益良多，同时中国也作出了巨大贡献——中国在全球经济发展增量中占到了 1/3。当然，世界也是如此，在过去 40 年间，全世界人均寿命不断增长，每小时人均寿命就会增加 15 分钟；在人类历史上第一次出现了人们的健康受到营养过剩的威胁，而不是饥饿的威胁；同样明显的是，女性获得了更多的赋权。我期望这样的发展趋势能够继续保持下去。

张梅：作为全球化的受益者，中国正以前所未有的速度融入世界经济发展。您怎么看待全球化背景下中国经济接下来的发展？

劳伦斯·萨默斯：我觉得，有这样几个方面：第一，中国很快会成为全球最大的经济体，但是人均国内生产总值（Gross Domestic Product，简称 GDP）还不到美国的 25%，所以中国还有巨大的增长潜力。第二，中国整体发展水平不如美国，但是在一些关键技术领域非常强大。一般在中国这种发展水平，很难有公司可以制定全球的行业标准，但是中国不同，这次经济发展浪潮中，中国的金融科技发展的比美国还好。另外，我还听说一些生物制药领域中国也比美国先进。人工智能领域，虽然美国暂时还领先，但是中国的进步更快，所以中国可能要反超。有个名词叫“后发优势”（Late-mover Advantage），就是后进者可能会省略一些发展阶段直接进入更先进领域，我觉得中国就是如此。另外，我特别想请你注意一个数据，在 2011 年至 2015 年间，中国基建用的混凝土超过美国整个 20 世纪的用量，通过这个数据我们能看到中国发展的决心。

张梅：您对中国经济发展有没有什么担忧？

劳伦斯·萨默斯：第一，我想可能需要担忧的是如何防止体系崩溃，中国能不能实现转型，由消费而非投资主导，由民营企业而非国有企业主导，由企业家自发而非行政命令主导。第二，中国的外部关系——中美两国之间冲突的可能性在变大。当前美国企业有一些转变，一部分原因是因为美国企业认为中国人富了，但是还保留着贫穷的习惯，例如盗版问题；另一部分原因则是因为中国政府对美国公司的做法。过去讨论对华政策，美国企业一般都很积极，要求不要把经济问题政治化，但是现在美国企业对中国不满的声音变多了，所以他们会支持特朗普（Donald John Trump）对中国的强硬态度。我觉得，当前中国政府如何定义经济发展，这是很多问题的关键。中国取得了如此惊人的经济成就，要承担什么样的国际责任？中国希望重塑和引导国际体系建立，又要作出哪些贡献？还有一点就是中国在国际经济扮演了如此重要的角色，外界对中国的期待会更高。

二、“逆全球化”的挑战及其应对

张梅：全球化给中国带来了发展机遇，带动了中国经济的快速发展，加速了世界经济一体化进程。可是当前也有一股潮流，那就是“逆全球化”（De-globalization）的思潮，您怎样看待“逆全球化”的挑战以及接下来的应对策略？

劳伦斯·萨默斯：无论是在经济层面还是政治层面，当今世界依然面临诸多挑战，例如不平等在加剧。过去几年，我们面临的困难和挑战尤为突出，例如经济难以实现快速增长，无法为公司提供持续健康的金融支持。在这样的趋势之下，我们看到了民族主义的抬头——很多国家都有民族主义的势头，尤其是在西方。同时，我们也看到人们对国际合作充满疑虑。从某种意义上来说，全球化的机遇与挑战是相辅相成的。科学技术的发展导致了工业化国家前所未有的创新和发展，再加上新兴市场国家的劳动力，这样的组合是非常符合创新创业者利益的，也非常符合新兴市场国家劳动力的利益，但是在一定程度上损害了发达国家劳动力的利益，因为在早些时候，这些国家的劳动力会从创业和创新的过程中直接受益。说到解决方案，在我看来，我们需要强有力的政策引导，有三个方面的政策我觉得比较重要：

第一，要有广泛的社保去保护我们的中产阶层，避免陷入民族主义。你如果回过头去看一下国家的历史，诸如美国的历史，美国上世纪四五十年代的政策，让大部分美国人都有机会上大学，都能获得医保，同时确保中产阶层家庭可以获得他们所应得的支撑。我们当时从国家的财政中拿出一大部分援助外国，而且这种援外是符合国家利益的。对中产阶层的保障，这是我们负责任的国际主义的第一步。

第二，要管理世界一体化进程带来的后果。有人跟我这么讲，把你自己设想为一个工业化国家的工人，首先他们会跟你说，你可能会丢掉饭碗，因为我们要开始从海外进口了，那实际上很好，因为你可能会找到另外一份工作，而且你的孩子可以买到更便宜的玩具，你的进口车更便宜，产品更物美价廉，所以你说："好，没问题。"然后他们又跟你讲，我们现在会进口，你工作的公司会把其中的一些工作岗位转移到海外，你要理解，对你而言这是更好的一个选择，因为如果不这么做的话企业就会在竞争中处于劣势，企业没有竞争力对整个国家来讲不会有任何的就业，所以从开放的角度来讲，这也是好事，你会觉得有一些怀疑，但是还是会说："好吧"。现在越来越多的人去对你讲，现在我们要给这些公司减税，但是要给你个人加税，因为你动不了，公司可能会转移到海外，所以我们需要找到一种方式给公司减负，在这个问题上你就会感到非常恐慌。因此，我们需要一些共同的、国际化的做法，去避免这种高流动性的竞争，来照顾到我们没法移动的这些人民的生活福利。

第三，各方要基于互信、创造性地开展工作。我们看到贸易协定成为很多国家元首出访国外的战利品，经济合作与发展组织（Organisation for Economic Co-operation and Development，简称

OECD）的代表也需要不停地去谈判，然后再向国内进行汇报，确保其对国际一体化进程的支持。我认为这样一种盲目的做法可能需要做一些调整。我们确实需要去把国际合作的想法做实，来应对国际性的挑战，例如气候变化的挑战——气候变化的挑战是确实存在的，也是最明显的一个范例，但是除此之外还有其他的挑战，例如传染病的威胁，以及其他的卫生领域的威胁，跟气候变化是一样的，都给我们造成了巨大的威胁，也会影响到我们所有的公民，但是这些问题却没有得到应有的关注。我们必须要基于互信来开展工作，让现在积极的全球化趋势能够持续下去，同时能够用创造力开展工作，应对挑战。

张梅：特朗普当选美国总统后，美国国内的反经济全球化、贸易保护主义思潮明显上升，世界各国都在思考如何同特朗普政府打交道，对此，您有什么好的建议？

劳伦斯·萨默斯：我想跟世界各国工商业界的同仁们说，你们在与美国政府打交道时要着眼长远，你们在制定与美国政府交流的战略时一定要充分强调你们长期的愿景。从长远来看，每个国家都应该避免重返保护主义的泥沼，加强共同的全球化的发展，这样才能共同应对“逆全球化”带来的挑战。

三、中美贸易摩擦与中美关系的未来

张梅：您怎样看待当前的中美贸易摩擦（Sino–US Trade Friction）？

劳伦斯·萨默斯：近期我见到了很多中国的高层官员，包括政府和企业界的人士，交流中了解到很多信息。有两句话让我印象深刻。第一句话是一个中国朋友和我说的，他说："关于最近的中美贸易争端（Sino–US Trade Dispute），如果你们是想让我们减少向美国的钢铁出口，增加汽车进口，在基础设施方面增加投资或减少投资，并且允许美国在中国进行更多投资、研发，如果这是你们想要的，可以坐下来谈。但如果是想未来50年的规则变成这样，美国仍是世界第一的国家，中国必须要融入你们的规则，这是不可能的。"但事实上，这就是美国想要的。我越来越担心，因为在美国企业、政治领域的人看来，中国现在越来越被认为是威胁，而非机会。所以，我听到这样的话，想到的是当前停止贸易争端是有挑战的，但是我认为美国与中国应互相借鉴伟大之处。中国和美国，两个国家、两个社会，都为自己骄傲，都认为自己与众不同，都为自己的历史感到荣耀。准确定义这两个国家之间的关系，而且还要它们两个彼此之间达到和谐共处其实是非常困难的，因为历史一次又一次告诉我们，在新的力量增长的时候，在位的这些力量往往会对他们实施一些阻挠，或者并未把他们看成善意的崛起。要想这个过程成功，最重要的就是加强沟通与合作。

第二句话是我在美国呆了很久的一个老朋友说的，他说："美国不能轻视中国，因为美国没有这样的力量，并且这样做是错误的，也不会让你这样做。"他讲到了美国大学的伟大、硅谷以及美国创业精神的伟大之处，美国为什么不能继续努力做得更好，而是要遏制中国，想在钢铁等方面打压中国。我觉得这些问题提得很好，值得美国深思。美国和中国的经济关联和之前的大国之间的纽带十分不同。工业革命以来，世界上最大经济体的人民生活标准不到最领先经济体的25%，当前中国的人均收入大概是美国的25%，但是中国一些公司的发展、它们所处的行业都非常领先，例如百度、腾讯和阿里巴巴，信息技术、互联网技术驱动了这个时代的现代化，世上只有这两个国家有很多公司通过有意义的方式，在这个领域起到领先作用。

中国在40年改革中实现的增长，在人类历史上是前所未有的，我们需要意识到，美国经济的命运很大程度上取决于东京（Tokyo）、北京、法兰克福（Frankfurt）、布鲁塞尔（Brussels）等，受到更多其他国家的影响，而非美国的影响。在如今的世界舞台，美国更应思考如何继续发挥好自身的独特作用，而不是扮演像冷战之后“一枝独秀”的角色。里根总统（Ronald Wilson Reagan）曾经说过“核战没有赢家，因此不能打核战”，我认为，同样的话对贸易战也适用。贸易战最大的后果是心理上的威慑，对供求关系以及GDP的实际影响很小，双边贸易“威吓”对美国来说不是一个有效的策略。

张梅：您认为美国政府应该如何理性看待当前的对华贸易赤字？有没有什么好的解决策略？

劳伦斯·萨默斯：中国对美出口确实给美国造成了一些问题，但这并非因为任何不公平的贸易政策，而是中国产能高速增长的自然结果。因此，美国将对华贸易赤字的原因归结到商业行为上是有误导性的。的确，中国以各种方式对本国出口企业进行了多项补贴，但是如果美国真的成功地阻止中国发放这些补贴或停止进口这些接受补贴的产品，只会导致生产向越南或其他低工资国家转移，而不会在美国国内创造更多就业岗位。同样的，即使中国当真降低了对美国产品设置的贸易壁垒，那些受益的美国企业也并不会在美国境内提供更多的工作岗位。美国企业在中国投资时必须向中国合资伙伴转移某些技术，对此这些美国企业的确有资格抱怨，但是这一问题如果得到解决，只会导致美国国内的生产活动被更多地外包到中国，从而导致美国就业岗位的进一步流失。

尽管有一些国家对与中国开展贸易与商业行为会感到受威胁，但是近几个月来，由于美国对世界贸易组织（World Trade Organization，简称 WTO）与全球体系的漠视，美国的贸易政策不幸地使世界大多数国家站在了中国一边。许多国家站在中国一边，不仅使得中国更容易抵制美国，而且还削弱了美国制裁的有效性。中国仍然可以将产品出口到其他市场，而使用中国产品的美国生产商却因被迫支付关税而失去竞争力。最近几周，每当美国推行其策略时，市场就出现小幅崩溃，而每次表现出退让时，市场又会反弹。同时，历史也清楚地表明，20 世纪 90 年代初，针对日本进行的贸易斗争，付出了巨大成本同时却收效甚微。

我认为，今后中美不能完全从商业的角度看待两国关系，而应把谈判框架放宽，用更加宽泛的思维及多边的方式处理中美关系。与其让贸易领域的官员来处理中美贸易问题，不如让拥有更加丰富背景的官员以更加宽泛的框架来处理贸易问题；与其仅局限于贸易问题，不如更多地去探讨两国的长期关系。接下来的 10 年，我们将面临一个剧变的世界。中美两国应意识到，合作的重要性远远大于分歧。未来在潜在的核扩散、伊斯兰恐怖主义、可能的大规模疾病、彻底地摆脱贫困等领域，中美两国的合作具有更重要的意义。

张梅：您怎样看待未来 30 年的中美关系？

劳伦斯·萨默斯：未来中美两个大国应加强相互间的对话合作，中美合作不是选择，而是命运。大国关系的伟大性在于，我们在尊重对方尊严、传统体制的同时，必须就一些共同关注的问题进行合作，通过建立一种法治和程序来管理商业纠纷。如此，中美两国就能够为全世界营造一个更好的环境，我坚信这完全可以做到。

如今中国政府愿意本着长期战略性的眼光来思考问题，而美国现任政府更多以交易性的短期视角来看待世界。但就目前来看，中国可能犯的最大的错误，就是一味地从特朗普失败这个角度来看待美国所发生的一切。与此同时，从美国视角来看，对于中国表现出的想要鱼与熊掌兼得的做法也感到难以理解。中国对特朗普政府的很多行为，以及处理事务的方式感到担心，对此我表示理解。但从美国视角来看，如今越来越多的人担心，中国一方面希望享受作为一个发展中国家的好处，另一方面又想依靠其大国崛起的力量重新定义地缘政治，同时，中国希望更广泛地去改变诸如海上安全规则等，美国担心中国会利用其崛起的信息技术领域的力量来为自己谋福利，而不是为了大众即全世界人谋福利；此外，如今的中国似乎已不再像过去那样积极地去暗示自己关于世界运转的一些建议，而是从自身利益角度出发，直接提出替代性的提议。

我不知道接下来的30年美国怎样发展，中国怎么样发展，但是我认为中美两国在接下来的30年中一损俱损、一荣俱荣，因为我们有重大的共同利益。关于未来30年中美关系的构架，一种可能是两国都能取得成果。另一种不那么乐观的情形——是美国成功而中国失败，或者是中国成功而美国失败，但在我看来后一种情形其实是不太可能的，因为中美现在是处于一个相对比较小的船中，尽管海浪汹涌，但我们还是要共同发展，双方都意识到这一点非常重要。

【汉学家印象记】

课堂上的劳伦斯·萨默斯 *

接到学友给的题目，我不禁回想起在哈佛两年中的许多美好日子——春天中满怀理想、五洲四洋、改变世界的学生学者，秋日里清波荡漾、浩浩渺渺、千舟竞发的查尔斯河，冬雪后红墙金顶、群贤毕集、学术自由的瑰丽校园。哈佛的确是一个浪漫而不凡的大学，这里不仅有很多典雅的大楼，更有众多卓越的大师。劳伦斯（拉里）·萨默斯就是其中的一位。

那时我很关心宏观经济问题，尤其是关注全球经济和金融危机，于是我对萨默斯的课产生了兴趣。我先后听过他的四门课，听了他好几次讲座，后来也专门拜访过他。

萨默斯非常开放和率真。选课时，学生只要选了他的课，他基本上都不会拒绝。在课堂上，他乐意回答各种问题，总体上会直来直去，说得多是干货，比较少拐弯抹角，让人听得很过瘾、很有收获。同时，相对于大多数的哈佛教授，他的语速总体是比较慢的，基本上是抑扬顿挫、字斟句酌的那一种；有时他会一字一句地讲，让人听得很清楚。加之，他习惯于用一些不那么术语化的语言来讨论经济学问，而且时常加上个实际发生的案例，让枯燥无味的经济学立刻变得生动有趣起来。

---

* 作者李晓涛，经李晓涛授权收入本书，酌情有修改。

第一次听他的课是在 2015 年的秋天。萨默斯与罗伯特·劳伦斯（Robert Lawrence）教授合作，讲不平等和发展。萨默斯非常关切美国的财富分配不平等，他也通过数据给出了美国财富高度集中于 1% 的问题，同时他启发大家反思为什么这种两极分化的情况在过去几十年变得越来越严重。他尤其指出大众的一个常识性误解——通过普及高等教育可以减少贫富分化，实际情况是从 1979 年至 2013 年美国大学生率大幅提高，但是同期的基尼系数也同时大幅提高。总体来看，他的政策倾向是鼓励对富人征税、支持政府提供公共物品，有很强的奥巴马大政府式的社会主义倾向。

他的课一般都在大教室里，而且不限制学生听课，大家都可以随意地来听。这次是安排在哈佛艺术博物馆可容纳 300 人的礼堂里，整个礼堂基本上坐得满满的，有些晚来的学生则安静地坐到走廊的地板上。课由严肃认真的劳伦斯教授讲课程基本的框架和基本概念。劳伦斯讲课中不断就有关内容让学生提问和讨论，而萨默斯则安静地坐在学生席一边。萨默斯开始非常安静，不过很快，就加入了讨论——每当他觉得有必要补充一下时，就会在座位上点评一下；当遇到他非常感兴趣的话题时，他就会站起来进行大段大段地演说。有时会踱步到讲台上面向学生然后侧脸看着劳伦斯。然后两个教授不断讨论，有时还激烈辩论。这种形式颇有意思，像是在讲经济学的相声。后来听多了，就发现了一个规律：每次课堂开始时，萨默斯都比较安静，发言和参与讨论少，仿佛在预热；但是常常过了一会儿后，他就发言越来越多、越来越兴奋，以至于成为课堂的主要发言者。每当讲到一些超过大家想象的观点和自己得意的经历时，自信而得意的神情就会布满他的笑脸，像在一群小朋友的猜题比赛中获胜的孩子。

在克林顿执政时，萨默斯担任财政部官员到财长，成为经济政策制定的核心成员。在此期间，除了在减少赤字方面做出了卓越的贡献外，同时他也极力鼓吹金融自由，大力促进金融创新，削弱金融监管，促使废除了《格拉斯—斯蒂格尔法案》(Glass–Steagall Act)。虽然这些措施在那一阶段极大促进了美国经济增长，尤其在房产、金融和科技的创新领域打开了广阔空间，但是也有很多人认为，正是克林顿执政期间的这些政策，埋下了2008年那场影响深远的次贷危机的导火索。

由于萨默斯长期在美国政府核心层参与经济决策和进行经济管理，他的思路明显不同于一般典型的学者。记得有一次课堂上，大家讨论到一个具体的经济政策的制定问题——考虑以什么方案向总统汇报时，特别严谨认真的劳伦斯教授用他的经济学逻辑总结提出了几个汇报方案，这时萨默斯站出来制止了劳伦斯的进一步分析，说你应该把这个问题直接报告给总统，因为总统有你想象不到的资源和权力，我们想到的方案常常是狭隘的。然后他微笑着，得意扬扬地举例证明——每当他想法远远地超越大家的想象时，他就会露出这样得意的神情。经常看到他的两种典型表情：一是当他谈到一个自信的话题时，得意的神情会溢于言表；另外一个他是感到不悦时，严肃的脸上显得刚毅和威严——不知道为什么每到这种时刻，我总联想到古罗马执政官的形象。他讲课从来都是结合实际的，而不是在纸上谈兵，大家对这个都很是信服。在他的这几门课上，尤其是一门叫“美国经济政策制定实务”的课上，他经常邀请前任或者现任的美国政府财经官员到课堂上来探讨一些财经政策制定的具体问题，让哈佛的学生可以在课堂上尝试着用现实中经济政策制定者的角度来思考。这些官员有的是现在的经济决策者，有的是他原来的同事，他们都很坦诚务实，一点也不打官腔。

萨默斯是典型的美国全球化精英的代表，他相信经济全球分工、支持自由贸易，他认为在全球贸易中美国是受益者。他非常不同意特朗普的民粹主义，他认为贸易战和孤立主义最终会损害美国的利益。关于美国与中国的经济关系，从很多的文章和访谈来看，他非常欣赏中国取得的经济成就，对于中国未来可能取得的成就和扮演的角色，充满敬畏。他曾经支持中、美两国组成一个团体（G2）来代替旧有的八国集团，以携手合作解决世界经济问题的构想，提出过中美金融恐怖平衡概念。

萨默斯非常关注中国，他把中国当作未来最主要的研究方向之一。我至少三次听到他骄傲地谈起自己和中国打交道的经历，每次内容大概都是类似的：当年他代表美国与中国进行世贸谈判，因为朱镕基总理正在甘肃开会，所以让他飞到甘肃的会场去会面。朱镕基总理当场请教他什么是市场经济，并且立刻让他给会场的人上了一天课，讲讲什么是市场经济。每当谈到这段经历，他就眉飞色舞，不能自已。他对朱镕基总理的评价很高，他用了“非凡的政治家”（Remarkable Politician）来称呼朱镕基总理。在我听他的几十场课中，比较少听到他表扬或佩服某个人。相对而言，他很少讲什么套话，总体上心直口快。虽然有时候也很注意政治正确和讲话分寸，但是总体上是快人快语、干货实足；但是当有人问及他关于中国面临的经济挑战和解决方案时，他则非常谨慎，常说他对中国情况并不那么了解。

他也尝试探讨除经济学以外的东西，但是总体而言，他像其他典型的经济学家一样着迷于用经济学这单一维度来理解和解释整个世界。他讲全球治理课时，一开篇就通过 PPT 的演示，以宏大的叙事口吻介绍人类上千年来的格局变迁。不过对世界历史的演变一带而过后，就完全导入到了经济学分析，基本上变成了一门纯经济学课程。他擅长对经济政策方面作出评论，但在课堂上有时也喜欢对其他领域作出判断。例如，2018 年美国总统大选前夕，他非常自信地作出判断，希拉里（Hilary Colinton）将赢得大选，并且特朗普将接受败选的事实，而不会像之前声称的那样——如果败选，就进行街头革命。

在哈佛，萨默斯总是大家关注的焦点——非常有性格、非常有成就、非常有才华、非常有故事、非常有戏剧性，这些都是学生之间喜欢议论的话题。虽然如今他依然喜怒形于色，敢于直言是非的话题；但是经历了许多波折后，他已经注意回避一些太敏感的话题和有时候会收敛自己的情绪了。作为曾经最年轻的哈佛教授到美国前财政部长、白宫首席经济顾问、备受争议的哈佛校长和极有性格的教授，萨默斯的经历、成就和故事都早已广为人知了。虽然展望未来，作为这么传奇而有性格的萨默斯取得什么样的成就、创造什么样的奇迹还不好说；不过我想比较确定的是，在巨匠荟萃的哈佛校园内，作为课堂上的明星教授，劳伦斯·萨默斯今后还将是哈佛校园内那活跃的焦点，甚至历经很多年后仍将是一个传奇。

要正确看待日益强大的中国*

——访哈佛大学肯尼迪政府学院艾什民主治理与创新中心主任安东尼·赛奇教授

▶ 赛奇

* 原载于《马克思主义研究》2016年第1期，收入本书时，酌情有修改。本书所选原公开发表文章，在收入本书时，均酌情有修改，下同。

安东尼·赛奇（Anthony Saich）：美国著名中国问题研究专家，哈佛大学肯尼迪政府学院艾什民主治理与创新中心（Ash Center for Democratic Governance and Innovation）主任，哈佛大学肯尼迪政府学院国际事务教授，哈佛大学拉贾瓦利基金会亚洲研究所（Rajawali Foundation Institute for Asia）主任及中国公共政策项目机构主席，兼任哈佛大学费正清中国研究中心（Fairbank Center for Chinese Studies）执行委员会委员等。赛奇教授还曾担任荷兰莱顿大学（Leiden University）汉学院院长、福特基金会（The Ford Foundation）中国办事处代表等职务。主要著作有《中国的治理与政治》（Governance and Politics of China）、《全球市场 中国乡村：新集体与农村发展》（Chinese Village, Global Market）、《转型中国的公共产品供给》（Providing Public Goods in Transitional China）、《中国共产党力量的崛起》（The Rise to Power of the Chinese Communist Party）、《毛泽东的中国革命论述》（Revolutionary Discourse in Mao's Republic）、《中国 80 年代的自然科学政策》（China's Science Policy in the 80s）等。

一、改革开放以来中国发生了巨大变化

张梅：尊敬的安东尼·赛奇教授，非常感谢您在百忙之中接受访谈。这么多年来您一直关注中国、研究中国问题，出版了很多重要的研究成果，在国际学术界产生了广泛的影响。我知道，赛奇教授和中国有着绵长而深厚的渊源，记得您第一次访问中国是在 1976 年，这对当时的西方学者来说，是非常难得也是非常少见的。请问您当时为什么考虑来中国？您眼中的中国当时又是什么样子？

安东尼·赛奇：第一次去中国是我做留学生的时候，那时候“文化大革命”尚未结束，“四人帮”还在。其实我原来没有想研究中国问题，可是读本科的时候，学院来了一位教授，他告诉我，迄今为止从未有人从科学方面研究中国——因为不要忘记那时候是 20 世纪 70 年代初，在西方还有很多学生游行，许多左派的人用毛主席语录批评资本主义国家，说中国是个理想国家，中国条件非常好等。当然，我不能够完全相信，但是就像那位教授说的，没有人做过认真的研究，所以后来我到英国伦敦大学（University of London）亚非学院读研究生，师从施拉姆教授（Stuart Schram）做关于中国的研究。施教授是研究毛泽东思想的著名外国专家，他已经去世了。

那时候我想，我肯定没有机会去中国，因为我是英国国籍。可是 20 世纪 70 年代初英国与中国恢复交往，两国互派留学生（每年英国派 15 人到中国学习，中国大陆派 15 人到英国学习）。当时派去中国的 15 人之中只有我一个人学习社会科学，其他都是学习语言文化。那时候不能直接到北京，我们就先到香港，经过广州坐火车到

北京，路上一共花费了四天时间。我已经不记得去中国之前的具体想法，但是到中国后，发现跟我来之前想的不一样，因为那时候中国社会非常封闭，想要与中国大陆市民对话基本上不可能。我们开始看到，中国并不像被宣传的那样——是农民的天堂，实际上农民比较辛苦。

几个月后，我被分配到南京大学，学习中国历史。我们是解放后第一批资本主义国家的留学生，当时有九人被派到南京大学去学习。到了南京之后，我们与中国学生共同居住，开始真正了解中国的情况。那时候，我参加了南京大学足球队，队里只有我一个外籍学生。足球队里大家虽然不谈政治，但是我们谈生活状况等，所以开始了解他们对当代社会的看法。另外，因为那时候开门办学，所以我得以在扬州人民公社工作。我们去之前，中方的官员曾告知这些农民，说我们都是特务。可是农民聪明啊！我举一个例子，比如我在大学时知识分子老问我："在国外你的收入多少？"农民不这么问，可是农民也关心西方的情况，就问我："西方有没有农民？"我说："我们西方没有农民，只有农场。"他们马上问："那一斤肉是多少钱？"我想这就是他们聪明的地方，他们想做比较，可是知识分子没有这样的。

那时候开始有点了解中国的情况，但是仍然感觉交流起来特别困难，因为绝大多数中国人怕与外国人说话。这当然不是他们的错，因为"文化大革命"时期，领导不让他们了解国外的情况。举个例子，有一次我在南京鼓楼看大字报，听到后面有人说话，那时候我们每次上街，都有两三百人跟着我们，好像我们是电影明星似的。当时我在看大字报，突然听见后面有人说："你觉得他们是怎么一回事儿，好像他们不是中国人！"两个人在一阵子你推我搡之后，其中一个鼓足勇气走过来问我："你和我们长得不一样，是哪里人？是不是少数民族？”我回答：“不是。”他们又问我：“是不是华侨？”我又说：“不是。”他们更纳闷了，最后问：“那你究竟是什么人呢？”我说：“我是英国人。”他们很惊讶，问：“英国人也说中文？”我用这个例子是想说明，那时候中国社会对外国人有怎样的看法，中国是怎样封闭的一个国家。

张梅：据我所知，此后您每年都会到中国进行或长或短的访问。我想，正是1976年第一次到中国来的经历，使您接触到了改革开放前的中国，而此后多次的访问，又使您了解了改革开放后中国所发生的变化，可以这样说，您成了改革开放前后中国社会发展变化的见证人。您能否结合自己在中国的留学和工作经历，谈一谈您对改革开放以来中国所发生的变化的感受？

安东尼·赛奇：那时候如果有人跟我说，中国10年、20年、30年后能发展成今天这样子，我认为他一定是发疯了。那是不可能的，因为那时在我看来中国是完全封闭的社会。可是改革开放30多年来中国的发展有目共睹，而且这种发展几乎表现在政治、经济、文化、社会各个方面。例如，中国经济体制改革成效显著，影响深远，由于每年保持了将近10%的增长速度，中国经济每七八年就翻一番。中国人民生活水平逐渐提高，农村、城市面貌变化都很大，各项基础设施有了显著改善，百姓收入不断提高，文化生活日益丰富。中国法制建设取得飞跃性发展。中国国际地位不断提高，中国已越来越多地融入国际社会，在国际经济政治舞台上发挥着越来越大的作用。

不过既然说到对比，那时候有一个方面，我认为是相当不错的，那就是农村免费医疗，在一些地方可以帮助免费注射、照料小孩。

尽管医疗水平低，但是对一个比较贫穷的国家来说条件相当不错了。改革开始后，因为走了市场的道路，老的机制、系统被破坏掉了，可能当时的领导没有想到如何提升公共服务水平、完善公共服务体系，所以到了 20 世纪 80 年代，有一些方面没有预想的那么好，比如医疗方面。当然其他好的方面，例如人的自由度提升了，农民收入水平上去了（家里还有自留地），乡镇企业发展也比较好，可是公共服务方面仍有一些不足。到了 20 世纪 90 年代，我想中国领导人发现了这个问题。

我想如果就我自己的切身经历对比来说的话，北京、南京那时候有两个方面比现在好得多。一是无污染。我记得那时候在北京基本上每天都能看到蓝天，我们去长城的时候，视线看得特别远。二是没有交通拥堵。每天可以骑自行车从大学区到市中心，除了大使馆和官员的车子以外，路上基本上看不到小汽车。当然那时候生活水平还是比较低的。

另外，说到感受，我觉得 20 世纪 80 年代是中国非常有意思的一个年代，因为那时候有很多的探索。在 1978、1979 年以前，许多人曾经受到“文化大革命”的冲击，“文革”结束后，人们知道老的体制不行了。从 1979 到 1982、1983 年这段时间，许多新观点、新看法都出来了。当时，有许多学者在讨论中国要怎么发展、应该有怎样的社会、他们应该与政府有何种关系等；当然也制定了很多实际政策，例如农业方面的改革，把权力的一部分还给农民，开始了“包干到户”，后来有乡镇企业等。总的说来，我觉得那时候很多大陆人对国外特别有兴趣，他们想了解西方哪种发展模式更好，想用国外的经验来加速中国的建设和发展。那时候尽管了解国外的渠道比较少，但还是有一些渠道，比如有报纸、电视台等。从一个外国人的视角来看，20 世纪 80 年代的中国与之前相比，做研究较容易一点儿了，因为经济条件好些了，学者们开始发表一些统计和发展数据，可以跟他们有对话，了解他们的观点。那时候，可以看到很多中国人有能力、有激情，我觉得这点与现在的中国不一样，现在中国个人主义很强。举个例子，80年代中国人出国学习还是较为积极的，是希望把好的意见带回去，加速中国的发展。可是我看现在的中国人，很多人是为了自己的利益，为了能找到比较好的工作。我想这与20世纪80年代不太一样，我不评价其好坏，但这是一个差别。

张梅：您对中国在哪些方面的变化印象最为深刻？

安东尼·赛奇：让我印象最深刻的，事实上是在20世纪90年代，那时候我在福特基金会工作，担任了近六年的驻华首席代表。对我来说，这是非常宝贵的经历，因为那时候外国机构在中国特别少，中国企业家没有发展起来，中国国内还没有自己的基金会；此外，政府的资金也不是特别充足，所以20世纪90年代有很多机构欢迎我们去资助他们的项目。举个例子，星期一我可能在北京参加某场会议，跟某个部门领导或者副部级官员谈他们的看法，可是星期五我可能就到了靠近缅甸或者越南的、云南省某个很贫穷的村子，做我们的扶贫项目。这给了我充足的机会了解中国。现在绝大多数的外国人去中国都是去北京、上海、深圳这些大城市，可是我想如果我也只是去了这些大城市，特别是现在这些城市发展很快，有那么多的新建筑，我回来后可能就会想："哎呀！中国真是一个危险的国家。"可是，如果真正了解了中国发展中遇到的各方面问题，我想你就不会有这样的感觉。换句话说，我觉得中国干嘛要给外国惹麻烦呢？中国干嘛要给美国添麻烦呢？中国自己还有那么多的问题需要解决，还有那么多落后的地方需要建设和发展，还有贫困问题、流动人口问题等，中国国内有那么多的挑战、那么多的问题要先解决，所以我觉得国际社会一定要正确看待日益强大的中国。

事实上，改革开始后，中国发展得非常顺利。我觉得，最重要的改变是体现在两个方面：

一是老百姓自由度提升了。比如我去中国留学的时候，都是分配制度。我碰到的那些学生，他们不知道他们将来会去哪里，他们有可能到外交部，有可能到人大系统，也有可能到大学去工作，因为都是服从分配，他们没法自己决定。我记得邓小平同志重新走上领导岗位后，知识分子说了当时两件事情对他们特别重要：第一，他们不用两地分居了。他们说如果邓小平回来，他们可以回去跟夫人还有孩子住在一起，家庭团聚对他们来说特别重要。第二，工作机会可能多一些。他们特别关心工作机会，他们觉得如果邓小平重新走上领导岗位，中国的发展可能会不一样。

二是改革后中国社会发展很快，爱国主义越来越强。这有好的因素，也有不好的因素，但这是每个国家发展都要经历的过程。我觉得我能理解中国这些年轻人的想法。举个例子，假如我是一个年轻的中国人，我居住在城市，父母都有很好的条件，我的生活越来越好，不仅经济条件好，而且学习好、生活好、工作好，每年还可以出国旅游，如果我不了解国外的情况，我可能也会想：为什么国外的一些机构老批评我们？事实上，在中国，个人的人权和生活越来越好。

二、中国30多年来的改革发展是一场巨大的社会转型

张梅：我记得您曾经说过：“中国30多年的改革发展，实际上

是一场巨大的社会转型。”数年前，您就出版了《中国的治理与政治》一书；近年来，您又在哈佛开设了“中国转型的政治经济分析”课程，深受世界各国学生的喜爱。我理解，既然您说是转型，那一定有不同层面的体现。请问您认为中国的社会转型可以从哪些层面展开分析？

安东尼·赛奇：中国30多年的改革发展，是一场巨大的社会转型，表现在许多层面。概括起来说，突出表现在以下两个方面：

一是表现在人的自由度方面。我刚才已经说了，我第一次到中国时还是分配制度，从分配制度到自由决定自己的生活是一大改变。例如“文化大革命”时期，人们看阶级出身，我认识中国一些年龄大的人，他们“文化大革命”时期为了政治原因而结婚，到20世纪80年代、90年代有不少人离婚了，原因在于他们想体会谈恋爱的感觉。我记得当时有部爱情电影叫《廊桥遗梦》(The Bridges of Madison County)，这些年龄大的人特别喜欢。我觉得这是中国社会的一大改变。我认为，对很多老百姓来说，社会最大的进步是你可以自己决定跟谁结婚、可以自由找到工作，当然如果你条件较好还可以到国外去学习。改革开放前的中国社会，老百姓的生活受到控制，他们什么时候能结婚，他们能够跟谁结婚，都不可以自己决定，现在一切都自由了。当然现在还有计划生育，但这是另外一个事情了。

二是表现在社会心理方面，从先前的个人理所当然地服从集体、集体利益高于一切到个人权益意识开始兴起。我觉得，现在中国人的自我意识越来越强，考虑社会少一点儿，考虑家庭多一点儿。当然并不是所有人都这样，比如我周围的一些大学生，他们已经有不错的生活水平，但他们还是想关注一些问题，有生活方面的问题，还有环境保护方面的问题。我想可能有这样一批中国人，他们除了想赚钱之外，希望生活还有其他的可能性，所以这也是我体会到的一个差别。

既然是社会转型当然也有一些问题显露出来，主要体现在四个方面：

一是流动人口问题。记得我当留学生的时候，从农村到城市去特别困难。可能是1976年国庆的时候，我们在天安门广场上看到有人卖小玩具，觉得特别有意思，我们都跑过去看；可是现在看到有人在街上卖东西我就赶紧走，因为有那么多人在街上卖东西！现在的问题是怎么能给这些流动人口以市民权利，把他们接纳进城市的户口体系？我个人认为，这不是地方政府的责任。有一些问题我现在称之为转型问题（Transitional Problems），因为从老的体制转型到新的体制，流动人口是最容易出现的问题。我认为，这是中央政府应该解决的问题，因为仅靠地方政府，是不可能解决的。一是地方政府资金不够充足，二是利益也不够大，并且在城市居民看来如果让这部分流动人口扎根城市，有可能影响自己的利益，例如学校孩子增多，影响原来的教育水平。所以这是现时代中国社会较难解决的一个问题，但也是改革过程的一个必然结果。

二是老龄化问题。这是计划生育政策的结果。在中国留学的时候，我一直认为中国是特别年轻的国家。可是现在按照世界银行（World Bank）和联合国（United Nations）的统计标准，中国已经算是一个老龄化国家，因为60岁以上的老龄人口百分比早已经达到了，而且越来越严重，我觉得这是当代中国社会应该关注并着力解决的一个大问题。

三是社会就业问题。除了我刚才说的流动人口问题以外，过去中国发展是依靠出口行业，未来这样可能行不通，所以第三个问题是中国怎样从低技术的工厂转变为高科技国家？我认为这需要很多方面的努力，比如教育方面、培训方面的努力等。

四是城市化问题。到底哪一种城市化的模式更好？是发展大的城市好，还是小城镇好？因为这影响到未来中国发展的机会。我个人觉得，依靠乡镇发展还是比较困难，因为乡镇没有太多条件，未来教育、公共服务、就业等问题能不能解决很难说。与这个问题相关另有一个有意思的现象，我觉得如果说到农村也要看各地的情况，尽管不同地区条件仍然有差异，但是现在中国农村有些地方条件很好。当然，在中国发展小规模的农业行不行，在我看来可能也是一个问题，可是中国如果不修改《土地法》，如何能发展大规模的农业，提高农民的生活水平呢？我看到南方有一些有意思的模式，例如在广东，农村发展了合作社，我和北师大胡必亮教授合著了一本专著就是关于这个问题的。

三、当前中国改革发展所面临的机遇与挑战

张梅： 最近国际社会对中国政府在政治、经济以及外交方面的新政策反应比较积极，中国新一届领导人已经给世界留下了颇为务实、有亲和力的形象。据我所知，去年艾什民主治理与创新中心曾做过一个“世界主要国家领导人形象的全球公众调查”，习近平主席在国际国内认可度均排名第一。您能否给我们介绍一下这次调查的情况？

安东尼·赛奇： 我先说明一下这个不是艾什中心做的调查，这是大陆零点和日本两个机构合作完成的。我们参与是基于以下两个原

因：一是因为这两个机构不是学术机构，他们希望有外面的人就他们的调查结果做客观分析，而我们是学术机构，所以他们问我们能不能写关于他们调查结果的分析评价，所以我们写了那个报告，可是调查不是我们做的，他们具体怎么实施的我并不是很清楚。另一个原因是袁岳是肯尼迪政府学院的毕业生，我在福特基金会的时候资助过零点公司的一些调查，袁岳到肯尼迪学院后成了我的学生，2003 年零点开始做中国老百姓对政府满意度的社会调查，我认识他并经常与他合作。听说他们准备每年都做类似的调查，我猜想他们是有计划继续做下去的。可是近期我没有收到消息，我现在只有去年年底的调查。

关于这个调查，在这里我想谈两点看法：第一，习主席的国际认可度排名高，这说明其他国家认为中国现在是非常重要的一个国家。习近平主席访问了那么多的国家，对于这些国家来说习主席来访特别重要，所以这些国家的老百姓都记着习主席的名字，同时他们觉得中国的未来发展对他们也很有影响。

第二，习主席的国内认可度排名高，我认为也是有原因的。如果你看西方国家，一般说来，市民对本国领导人评价都偏低，原因在于他们国内民众对本国领导人的批评很多。以奥巴马为例，天天电视台、报纸上有针对他的不同看法，经常有批评的声音，所以很多人觉得他不好，当然另有一部分人觉得他好。英国、德国和法国也是一样，这些国家对本国领导人也有很多不同的观点和看法，所以满意度低。可是中国不一样，我想在这种情况下，中国国内民众对习主席评价很高是很自然的。

张梅：您如何看待新一届中国领导人在治理国家方面的一系

列新政策方针，您认为他们现在所面临的最大机遇和挑战分别是什么？您对中国的未来发展有什么样的预期？

安东尼·赛奇：十八大以来，习近平、李克强等中国政府领导人以务实、亲民、充满活力的形象出现，给国际社会留下了深刻的印象。当前，中国政府和领导人的管理能力和领导水平是很高的，领导素质也很好，有为老百姓做事情的愿望和责任心。非常清楚的是，新一届领导集体面临着诸多良好的发展机遇，但同时也不得不正视许多严峻的挑战。从机遇来看，中国过去30多年的转型发展，奠定了政治、经济、文化等各个领域里非常坚实的基础，中国人民的物质文化生活水平有了非常明显的提高，并且改革和对外开放也为新一届政府领导提供了宝贵的经验，这些都有利于新一届领导人为进一步推进中国转型深化，争取更多的政治资源和社会支持。

但是无法回避的是，巨大的挑战也显而易见。

第一个挑战是经济发展状况。很明显，中国GDP像过去那样每年增长10%、11%、12%是不可能的。我有两个同事做亚洲发展调查，他们写了一篇有意思的文章，分析了日本、中国台湾、韩国、中国香港什么时候经济开始高潮，什么时候停滞。有两点我想对理解中国经济发展非常有帮助：一是中国经济发展的基础比其他国家和地区稍落后一些，这就能说明为什么中国经济发展的高潮期比其他国家和地区要长；二是他们发现了在何种状况下经济发展开始放缓。通过调查，他们发现中国台湾、日本、韩国的GDP、PPP在13000美元左右开始慢下来（GDP增长4%、5%这样子），用这个算法，现在中国GDP、PPP是12000美元左右，所以当前中国经济发展放缓他们觉得比较自然。我个人感觉，未来五年，如果中国政府领导人继续推进改革进程，城市化比较顺利，5%—6%的增长速度应该是可能的，甚至有可能达到 7%（不过这个有点难度）。现在中国政府领导人在这个方向努力很正确。我想现在这种情况下，对中国政府领导班子的一个挑战是老百姓对中国经济发展的希望和要求要被考虑进去。

第二个挑战我觉得是怎样说服更多的民众来支持习主席的政策。我的看法是这样，你看 20 世纪 80 年代，改革刚开始，可以很清楚地看到哪些人能从改革中受益：农民、市民，也包括一部分官员。所以党内党外大家一致赞同，力主改革。到了 20 世纪 90 年代邓小平“南巡”以后，受益群体也可以看得较清楚，一大批人拥护改革进程。加入世界贸易组织后，受益群体也可以看得很清楚。现在的问题是，虽然中国政府领导人说了，过去的模式不行，我们现在必须改，可是谁有改革动机？我觉得国有企业、国有银行不一定有改革动机，地方政府官员以及与地方企业有经济联系的那部分人，他们也不一定觉得改革符合其利益。所以我想现在中国社会哪个群体比较强，真的支持改革还很难说，所以中国政府领导人必须要说服更多的人，使得想改革的队伍比不想改革的队伍要强大。

第三个挑战与第二个挑战有很密切的关系，是国有企业改革。因为国有企业拥有的资源比私营企业多，可是经济效率却并没有足够高，所以能不能改革好国有企业，这也是一个政治利益问题。因为国有企业当前仍是政府的骨干、重要一部分，所以能不能解决这个问题也是挑战，可是对国有企业的改革，既不能回避，也不能犹豫。坦率地说，到目前为止，一些重要部门和关键领域里的制度改革尚未完全成功，一些体制机制的改革尚未完全到位，这是改革的重点，也可以说是一个难点。

当然还有其他的挑战，比如说我上面提到的流动人口问题、老龄化问题，但是我觉得当前最薄弱的问题是道德问题。中国人有怎样的社会观念，他们与政府有怎样的关系。特别是中国的年轻一代正在逐渐成长，他们将成为社会的主角，他们没有经历过动荡和贫困，对这个社会有着和父辈完全不同的思考方式，他们会给中国带来什么样的改变？这也是一个大家应该关注的问题。另外，从中国社会的主流意识形态和价值观来看，长期以来，中国社会一直强调集体利益高于一切，个人理所当然地服从集体，讲求无私奉献，这一点在当今的中国社会仍然受到倡导。可是我们也看到，个人的选择和想法得到许可，甚至开始产生对集体、社会，乃至国家政府的不信任，这就造成了整个社会在道德上的困惑、混乱和冲突。因此，我想，对于中国而言，有一个不容忽视的问题，就是中国社会能否找到一种“黏合剂”，把整个社会“黏合”在一起。

习近平主席提出的“中国梦”是这种努力的一部分，旨在回应个人在社会中的价值何在。可是在我看来，我个人的梦与我朋友的梦是不一样的，如何寻求大家都能够接受的状况，让绝大部分的民众都能相信中国的体制（也就是相信组织吧），举例说来，在欧洲，比如说英国，也有很多的矛盾，可是尽管市民有不同的看法、不同的意见，但是市民觉得能够接受这个体制。我想现在中国已经开始富起来了，老百姓的要求和 20 年前、30 年前肯定不一样了。例如说你居住在城市，有好工作、有小汽车、有孩子，可是不好的是外面空气有污染。我举这个例子是想说明中国老百姓对政府的要求正在改变。我想中国现在这部分问题是跟体制有关系的，所以我觉得中国未来还需要在这方面加以改革。总之，中国有 960 万平方公里的陆地面积，有 13 亿人口，有 5000 多年的文明历史，中国经历了这么快速、持久的发展，她的未来无论朝着什么方向发展，我想都会给世界带来重要影响。

【汉学家印象记】

托尼·赛奇：中国30年巨变，这个国家让我感到惊奇！

一、初见：和蔼可亲的中国研究学者

托尼·赛奇教授是哈佛大学肯尼迪政府学院艾什民主治理与创新中心的主任，非常著名的中国问题研究专家，他长期从事中国政治经济与公共政策研究。第一次听到他的姓名，是在杜维明先生给我发来的邮件上，杜先生在邮件中告诉我："如果你想要去哈佛访学，我引荐你认识赛奇、欧立德和王德威三位学者，他们中的任何一位都可以担任你的合作导师。"

初见赛奇教授，是在北京举行的哈佛校友中国公共政策论坛的发起仪式上。那晚的发起仪式来了好几位部长级的学长，肯尼迪政府学院的原院长戴维·埃尔伍德（David Ellwood）教授几次被邀请上台致辞，尽管如此，他并没有表现出不耐烦，在我看来他是位相当绅士的学者。后来我到了哈佛大学访学，在肯尼迪政府学院的报告交流中，有一次来了一位盲人听众，讲座结束后在场学生、学者人声鼎沸，无人注意到盲人学者的窘境——他找不到出口了，是戴维·埃尔伍德教授搀扶着盲人学者的臂膀引导其走出了报告厅，他的平易近人和良好教养给我留下了深刻印象。

那晚的发起仪式赛奇教授的发言并不长，表述言简意赅，尽管他是这个项目的发起人之一。当他从台上下来后，论坛的主办方和发起人之一的王辉耀教授引我走到了他的面前，向他简要介绍我，他微笑着和我握手，给了我他的名片，详询我对他刚才发言的看法。已经不记得当时我回答了什么，但是给我的感觉是赛奇教授非常和蔼可亲，一点都没有我想象中的哈佛教授的架子。

我到哈佛的第二天参加了肯尼迪政府学院的活动，又逢赛奇教授在现场，和他交流，他竟然一下子认出了我，他绝佳的记忆力让我很是吃惊。我向他提出约访的请求，他满口答应，嘱我将访谈提纲发给他。我按他所说将提纲呈上，他将其转给了助理并约定了访谈时间。可是因为他要临时出差，于是我们又调整了时间，访谈推迟到了几个月之后。

二、访谈：改革开放 30 年来的中国印象

赛奇教授告诉我，他与中国的渊源要追溯到 1976 年。那一年，作为伦敦大学硕士生的赛奇从香港步行过罗湖桥来到了深圳。在北京，他赶上了唐山大地震、毛主席逝世、粉碎“四人帮”等重大事件，那个与世隔绝而又惊心动魄的中国，让这位年轻人现在回忆起来百感交集。而今 30 多年过去，中国已经今非昔比，面对我的问询，赛奇教授感慨地说：“这个国家让我感到惊奇！那时候如果有人跟我说，中国 10 年、20 年、30 年后能发展成今天这样子，我认为他一定是发疯了，那是不可能的，因为那时在我看来中国是完全封闭的社会。”

自 1976 年以英国学生身份首度访华后，赛奇教授几乎每年都会

到访中国。他后来到了福特基金会工作，担任了近 6 年的驻华首席代表。他回忆说："我很珍惜那一段时光，对我来说这是非常宝贵的经历，给了我充足的机会了解中国。"在赛奇教授看来，中国并不是很多西方学者以为的形象。

一直以来，他将中国发展作为重要研究领域之一，后来启动了中国公共政策与政府创新案例研究项目，针对中国改革开放和经济社会转型中不同领域的政策现象展开调研。为了研究需要，他还邀请了来自北京京郊郑各庄村的村民代表来到了哈佛课堂上开展案例教学，这是中国村官少有的走进哈佛课堂，和哈佛大学的学生们就中国农村的特色城市化模式面对面展开研讨。

我访谈的时机恰逢纪念中国抗战胜利 70 周年大阅兵，我能感觉到赛奇教授对中国的关切之情溢于言表，因为在访谈问题之外他询问我关于阅兵式的具体情况，谈着他的理解和体会。

访谈文稿出来后，我立刻给了《马克思主义研究》的编辑老师，文稿被顺利刊发，我将访谈文稿的清样邮件发给了赛奇教授，他的助理回邮件向我致谢。文章刊出后，又被央广网等几十家媒体全文转载，点击量一下突破了十余万次。

三、谣言：那些假托他之名的不实访谈

中国网络论坛、博客和微信上曾经广为流传着一篇所谓对哈佛大学亚洲研究中心主任托尼·赛奇教授的采访。文章以赛奇教授的口气说："以我的观察，中国现在有三种人在污蔑毛主席：第一种人是传统西方政客，这是他们进行'和平演变'的需要。'和平演变'首先就是要否定那个国家最有影响的人在群众心目中的形象和地位，以便接受他们的

思想，过去在东欧是这样，在苏联是他们自己否定了自己。第二种人是中国一些先富起来的人。他们害怕毛主席思想回暖，给他们既得利益带来威胁，他们要维持现状，甚至是要建立有利于他们的政治新秩序，就必然要否定毛主席。第三种人是一些过去毛主席的仇人的后代——国民党时代的官僚和地主的遗老遗少们，因为他们的先辈在毛主席的时代失去了大量利益，所以怀恨在心，于是对毛主席极尽诬蔑之能事。”

时至今日，在微信朋友圈和网络上，我仍然看到时不时有人在转发这篇访谈，有些高产的博客和网上评论员还在大量引用。但是也有些网民怀疑这篇访谈的真伪，例如一位自称牛仔的网友就在联系了赛奇教授后，在凯迪网的网友论坛上公布了哈佛方面的回答：“如果你们不立即把该文章从你们的网站删除，并向有关大学以书面形式说明你们的所作所为，哈佛大学将采取有关法律行动。”

赛奇教授后来辟谣说，这篇访谈文章是伪造的，那些言论不是他说的，也不反映他的观点。我想，不管辟谣的最终结果如何，但是这篇假托赛奇教授的不实访谈传播力度之大，对他应该还是造成了一定的困扰，因而我访谈他的文稿被几十家网站改了原文题目转载后，我第一时间邮件告知了他，这次的邮件他的助理没有回复，但是我想，赛奇教授一定看到了。

去年我的邮箱突然接到一封来自赛奇教授的邮件，约了那个星期的某个下午在哈佛他的办公室会见。我当时人在北京，猜想可能是赛奇教授约了其他人见面，却错发到了我的邮箱，于是回邮件提醒了他。

四、成绩：推动哈佛与中国深度交流

赛奇教授曾经还有另外一个身份，那就是哈佛大学中国高级官员培训项目的主要负责人。在过去的20年里，赛奇教授最显赫的成绩是推动了肯尼迪政府学院与中国的深度交流。中国官员培训项目在哈佛开始于1998年，当时香港新世界发展有限公司与中国国家外国专家局及美国哈佛大学肯尼迪学院签署协议，共同启动“新世界哈佛高级公务员培训项目”，该项目由中组部、国家外国专家局以及中国国际人才交流协会联合立项。每年，哈佛肯尼迪学院接纳20名中国政府高级官员来此接受培训。其中4至6名官员参加一个学期的中长期培训，其他成员则参加2至3周的短期培训，培训全程使用英文。

后来，一项更大规模的中国官员海外培训项目“中国公共管理高级培训班”由国务院发展研究中心下属的中国发展研究基金会发起。哈佛大学肯尼迪政府学院与刚成立不久的清华大学公共管理学院，以及国务院发展研究中心在取得中组部的大力支持以及教育部的同意后，2002年1月18日三方在人民大会堂正式签约。协议规定，从2002年起的5年内，哈佛大学每年为中国政府培训60名中央和地方官员。

在对中国官员培训所展现的热情上，肯尼迪政府学院让人联想到中国的中央党校。“在中国流传着一个说法，我们是第二党校。”赛奇教授曾经这样说，“这里所有人都很清楚中国是多项研究和工作的核心领域，以中国目前的重要性来说，这一点都不奇怪。”对此，哈佛大学肯尼迪政府学院中国项目部主任助理爱德华·卡宁（Edward Cunning）向媒体坦承，这是哈佛历史上针对某一国政府官员进行的最大规模的培训计划，也是中国政府政策研究咨询机构和中美两所著名大学在培训官员方面的首次合作。

国务院发展研究中心为中国官员当时确定的报名条件是：必须是大学本科以上学历、在本岗位至少有两年工作经验、年龄在45岁以下的地市级或司局级以上国家干部，且以中青年、地方干部为主，而副部级干部年龄则可适当放宽。培训分为两个阶段进行：第一阶段在清华，为期 6 周，由清华大学公共管理学院的教授和哈佛大学肯尼迪政府学院教授重点讲授基础理论和国内政策课程，国务院发展研究中心的有关专家将围绕当前中国经济和社会生活中的重大问题做专题讲座。第二阶段到国外培训，地点在哈佛大学，为期 6 周，重点讲授公共管理最新的理论和方法。培训内容主要有四项：一是公共管理的战略性分析，即如何围绕目标安排财政预算和各部门合作等问题；二是改革过程中政府职能的转变问题；三是公共财政问题；四是城市信息化问题。学习结束后，将由国务院发展研究中心、哈佛大学肯尼迪政府学院和清华大学公共管理学院三方共同向学员颁发结业证书。

2002 年 6 月 30 日，经过考核和选拔的首批 60 名官员来到清华大学公共管理学院进行为期 6 周的前期培训。按照协议，肯尼迪政府学院从美国派来了一些教授参与前期授课。据说教授们在接受这项工作时有些犹豫，因为他们中的一些人之前曾接触过部分赴美进修的中国官员，对他们的印象是“内向”“不爱提问”“不爱发表意见”等，教授们担心交流不好会影响教学效果。但是这些教授们很快就发现自己错了，在讲课中，当他们提出一个观点之后，中国官员们提出的不同意见竟然达到五六种之多。由于有丰富的行政管理经验，学员们对一些问题提出的解决方案有时连教授们都觉得很受启发。在整个培训过程中，来自哈佛大学、麻省理工学院等学校的 27 名教授参与了授课，创造了哈佛肯尼迪政府学院培训历史上的一项纪录。

亲缘关系、地缘政治与当代中国研究*

——访哈佛大学费正清中国研究中心主任宋怡明教授

▶ 宋怡明

* 原题为《从历史的角度看中国的发展》，原载于《环球时报》2016 年 9 月 14 日。

宋怡明（Michael A. Szonyi）：美国著名中国历史研究专家，哈佛大学费正清中国研究中心主任，哈佛大学东亚语言文明系中国历史学教授。宋怡明教授1988年于加拿大多伦多大学（University of Toronto）获中国研究与国际关系学士学位，1990年荣获罗德奖学金（Rhodes Scholarships）赴英国牛津大学（University of Oxford）攻读东方学博士学位，1994年博士毕业进入加拿大麦吉尔大学（McGill University）历史系任教，1998年转入加拿大多伦多大学历史系任教，2005年起执教于哈佛大学。他曾先后在台湾大学和厦门大学访问交流，并担任香港教育学院荣誉教授（2010—2011年）等职务。他擅长利用历史人类学和田野调查方法研究中国东南地区的社会史，主要著作有《被统治的艺术：帝制中国晚期的日常政治》（The Art of Being Governed：Everyday Politics in Late Imperial China）、《实践亲缘关系：明清家族组织研究》（Practicing Kinship：Lineage and Descent in Late Imperial China）、《前线岛屿：冷战下的金门》（Cold War Island：Quemoy on the Front Line）等。

一、研究中国历史的缘起

张梅：尊敬的宋怡明教授，非常感谢您在百忙之中接受访谈。这么多年来您一直关注中国、研究中国历史，出版了有重要影响的研究成果，在国际学术界产生了广泛的影响。能不能请您谈一谈，您是怎么开始对中国问题感兴趣的？

宋怡明：说到我与中国的缘分，这要从我小时候说起。我很小的时候，母亲给了我一本儿童读物，内容是讲述一只小鸭子在长江游泳的故事，极其生动有趣，时隔多年我依然清楚记得其中的段落，那是中国留给我的初始印象。我第一次真正踏足中国是在 20 世纪 80 年代初，我父亲是一位大学教授，他在华中工学院（华中科技大学的前身）任教，我 13 岁那年的暑期恰逢他去武汉讲学，我们举家去武汉探望父亲。我从那个时候开始对中国产生兴趣，所以回去之后就开始学习中文。多伦多地区的华人很多，他们大多数讲广东话。高中毕业后我不想继续读大学，决定花一年的时间去旅行（即：间隔年［Gap Year］），那时候我才 16 岁，尽管现在人们对此已习以为常，可在当时还是很不寻常。我向世界各地写了五六百封英文信寻求工作机会，最后仅有三个地方给我回复：肯尼亚、印度和中国武汉。最后我选择了中国，到华中工学院教授了一学期英文。现在回想起来，这一选择改变了我的人生！那时候中国老百姓的工资收入每月才几十元钱，可是作为外国专家我的收入很高，每月有 250 元人民币，相当于副校长的工资水平。学期结束后，尽管学校一再挽留，可是我还是决定辞去工作，由武汉出发去了云南，再到新疆喀什、乌鲁木齐，西藏拉萨，最后到了北京。那个年代中国人都很善良，我一路上都是搭便车，就这样，跑了中国很多地方，对中国的兴趣也越来越浓。

张梅： 旅行结束后您进入多伦多大学学习，主修国际关系，选修中文课程，与现在中国家喻户晓的加拿大籍明星大山成为同学，毕业后你们各自申请到了奖学金，可是您去了台北，他去了北京，自此走上不同的人生道路。请问您怎么看待人生的这次抉择？您后来又是如何转向中国历史这一研究领域的？

宋怡明： 大学期间，我一边学习国际关系一边研习中文，我对中文的兴趣甚至超过了国际关系。那时候，大山（他的名字那时候还不叫大山，大山是他后来取的中文名字）也在学习中文，所以我们成为了同学。本科毕业后，我们都申请到了奖学金。我当时申请的是国际扶轮社的奖学金，它规定只有国际扶轮社的会员才能发放奖学金。当时台湾的扶轮社影响比较大，发放的奖学金也比较多，所以我就选择去了台湾读书，而大山则去了北京，我们自此走上不同的人生道路。大山的中文很棒，而且表演艺术的舞台也较为宽广，所以他在中国做得很成功，我知道很多中国观众喜欢他。以至于现在一回到加拿大说起大山就有同胞取笑我："你做到哈佛教授有什么了不起，你看人家大山！"（笑）

我去台湾读书，一开始读哲学专业。不久之后，我发现我感兴趣的不是哲学问题，而是历史问题，于是我就转到历史方向。现在觉得这个转变是对的，因为不管是过去还是现在，我感兴趣的问题都是与历史有关的，或者说我的思维方式让我觉得通过史学的方法能够回答我想研究的问题。

张梅：罗德奖学金是全球最难申请的奖学金之一，有“本科生诺贝尔奖”之称，获奖者被称为“罗德学者”（Rhodes Scholars）。罗德奖学金今年刚刚对中国开放。能不能请您谈一谈，您当时是如何申请到牛津大学罗德奖学金的？

宋怡明：我在台湾读历史硕士一年级的时候，就已经明确今后要从事学术的道路，可是要怎么做才能做到最好，当时并没有考虑得很清楚。我和朋友讨论下一阶段的人生规划时，他们建议我人生要有突破。那时候我在台湾，他们把罗德奖学金的资料寄给我，在这种情况下我就报名了。事实上，我觉得能够获得罗德奖学金与我长期在海外游学的背景有关，可以说是无心插柳——我并没有刻意去追求，而是恰好符合它的条件，所以就被选上了。现在哈佛的很多学生为了获得罗德奖学金这一荣誉做了很多准备工作，这和我当时是很不同的。

二、到中国开展田野调查的收获

张梅：在牛津读博士期间，您的导师著名学者科大卫（David Faure）教授鼓励您再次回到中国，投入田野调查。那是20世纪90年代初，中国正在经历大规模的城市化，民间历史记忆复苏，宗族认同复兴，华南学派也就是现在人们常说的“历史人类学派”在中国兴起。这一学派在方法论上注重田野调查，请问您所进行的田野调查与他们有何区别和联系？这次中国之行对您而言有何收获和体会？

宋怡明：我当时去牛津大学读博士其实是想跟伊懋可（Mark Elvin）教授学习的，可是我去的那一年，他刚好离职去了澳大利亚，科大卫老师代替他成为中国学教授，所以后来我就跟随科老师学习。科老师对我的影响很大，如果没有科老师的引导，我想我不会接触到华南学派。我觉得，我和华南学派之间主要的不是区别而是联系，我能在哈佛任教的原因之一，就是因为大家把我看作是华南学派的宣传者，我觉得，我可以算作华南学派第二代的代表人物（这样说涉嫌自我表扬），作为科老师和中山大学以及厦门大学我的指导老师们的接班人，将华南学派的研究方法和思维方法介绍给美国的历史学界是我的责任。

说到我去中国的收获和体会，那是在20世纪90年代初，我当时去中国是因为科老师很重视历史田野调查。华南学派的前辈们曾经说过："历史不是要全部在图书馆读，中国的民间也有很多历史，一直在图书馆读书是不能完全明白中国老百姓的思想精神的！"所以我去了中国乡下进行田野调查。那时候我发现，中国的乡下不论是当时还是过去都是家族社会，之后我就开始思考中国家族社会形成的原因，并把这个作为我博士论文的选题。我挑选的地点是福建螺洲，选择这个地方是因为我博一的时候读了末代皇帝溥仪的太傅陈宝琛的族谱。我对他的族谱非常感兴趣，听闻陈宝琛的小儿子在旧金山（San Francisco），是美国第一代中文电视台的创始人，我就开始给他写信。他收到我的来信很高兴，就推荐他的家乡螺洲作为我田野调查的地点，并把我引荐给当地家族，这样我就到了福建螺洲的一个小村庄。那里的村民没有见过外国人，他们也不知道如何接待和安排我，本来想安排我住在祠堂，又怕招待不周，思前想后最后把我安排在村民家中寄宿。那时候，中国的农村很贫穷，我寄宿的村民他们夫妻两人育有三个孩子，再加上我，一共六口人，可是家里只有两张床，条件真的是相当艰苦！那几个月的时间对我一生的影响都很大，在进行田野调查的过程中，我越来越觉得这个领域很有意思。

张梅：那当时让您最感兴趣的地方在哪里？

宋怡明：其一，我们从地方研究可以看到与大历史完全不同的概念；其二，因为在当时的中国社会，历史还活着，不论是从物质方面还是非物质的方面来看，中国当时都还处在历史的环境之中。具体而言，从物质方面来说，我当时居住的地方是清朝中期高官住宅改建的房子；从非物质方面来看，虽然当时中国社会经历了 40 年的革命，但是中国老百姓的思想、行为、道德还是保留了历史的影子，中国传统文化在他们身上多多少少还是保留了下来。对我来说，这是让我感觉非常特别的地方。以上这两个原因也让我觉得田野调查方法在历史研究中非常值得去运用。

三、探寻社会历史对百姓日常生活的影响

张梅：博士毕业后您进入大学任教，2005 年您转入哈佛大学执教，教授中国历史，可是我知道您的研究兴趣其实非常广泛，从中国历史到华侨史，甚至涉及难民史，这段教学和研究经历带给您怎

样的收获?

宋怡明:我的第一份工作是在麦吉尔大学,麦吉尔大学是白求恩大夫(Henry Norman Bethune)的母校。那时候,世界对中国的关注没有现在多,研究中国历史的学者全世界也不是很多,工作岗位更是极其有限(我毕业那个时候不像现在,现在我的学生们找工作都非常容易),但是我很幸运地在麦吉尔大学谋到了中国历史学的教职,完成了由学生向学者的转型,这个过程比较顺利。之后,由于家庭的原因(我的太太在多伦多),我去了多伦多大学任教。2005年,我应邀到哈佛大学任教。

张梅:您当时为什么会关注到难民史、华侨史?

宋怡明:我研究华侨史,一方面是因为多伦多是一个华侨华人聚居的多元文化城市;另一方面是因为我在从事华南研究的时候发现东南亚的华侨华人社会与中国的东南社会有一定的联系,所以我认为华侨史有一定的研究价值,但是它并不是我的研究重点。

张梅:2002年,您以博士论文为基础出版了第一本学术专著《实践亲缘关系:明清家族组织研究》,在这本书中,您考察了福建福州一带的若干家族,探寻亲缘关系在中国社会如此重要的原因。确实,中国的家族观念比较浓厚,特别是南方,几乎每家都有族谱。依我之见,社会存在决定社会意识,中国在过去几十年里经历了巨大的变化,亲缘关系也是在日复一日的社会实践中被建构出来的。

请问，您怎样看待宗族势力在中国所具有的强大而持久的影响力？

宋怡明：我经常向本科生中的华裔学生和华人留学生提问：你们认为是什么原因导致中国社会如此重视亲缘关系？他们多数人都认为这是中国文化的体现，或者认为有史以来中国就是这样的，但是这种回答在我看来并不具有说服力。我们从事社会史工作的学者最基本的任务，就是要把大家认为是理所当然的东西放在历史的框架中，探寻它深层次的答案。不仅学生们这样认为，几十年前的学术界也是这么认为的——中国人的家族观念是一直以来自然而然就有的。但是如果仔细审视，实际上完全不是这样。我给你两点说明：第一，有组织性的家族关系并不是全中国都有的，事实上只有少数地方才有祠堂和族谱。第二，唐宋时期家族的概念和后来的完全不同。我研究发现，唐宋时期的贵族很讲究亲缘关系，这与他们的政治地位、婚姻网络都有关系，但是普通百姓没有这么浓厚的亲缘关系。那么这样会产生一个问题，就是这种亲缘关系“从无到有”必然有一个历史过程，我们如果要说明中国东南地区的家族概念和家族组织的产生就必须要回顾这一历史过程。所以，我刚开始提出的问题就从一个文化的问题转变为一个历史研究的问题。我这本书的基本理路可以分为两部分：第一部分是阐明中国的家族概念是随历史发展而产生的，而且产生的时间也比较晚，大概是在宋代以后。第二部分是详述家族关系的产生不是由于他们的道德所引起，而是因为他们的利益所导致，这是我的基本观点。如果要更详细地解释，那我就以我现在正在写的书——《明代世袭的军户制度》为例，军户的身份从明初就被确定下来，久而久之一个军户会形成一个家族，这个家族当时要共同面对“出壮丁”的义务，所以动员这个家族组织起来的，不是因为道德的因素，而是为了应对国家的要求。以漳浦郑氏为例，这个家族在洪武九年（1376年）被编为军户，按规定必须由家族中一位成人承担兵役，于是这个家庭商议决定由两个儿子中的其中一人承担兵役。他们把家产分成四份，由愿意服兵役的人领取其中三份，结果是家中的二儿子愿意去当兵。后来，郑家的两个儿子各自又生了三个儿子，而老二这一房又找了第二个儿子去当兵。按照族谱记载，老二这一房因此成为长房。而到了下一代，老二的三个儿子分别成为长房、二房、三房，老大的儿子反而成为四房。通过这个例子我想说的是，家族其组织方式并不只是对于传统的继承，而是为了应对国家的要求，是与当时政治制度相互作用的结果，家族组织本身，可视为老百姓应对国家的策略之一。尽管后来也有祠堂、风水等，但是当时动员这批人组织起来的就是“出壮丁”这一很具体的因素。

张梅：那您的研究方向是怎么转向明史的呢？明史为什么会成为您的重点研究方向？

宋怡明：一是因为很多我感兴趣的问题如果要解释清楚都需要追溯到明代，所以我研究明史不是因为我本身对明代感兴趣。二是我觉得明代和现代中国有很多共通的地方，研究明史可以方便和现代社会做比较。我在一篇文章中就写了这方面的内容，解放后的中国和明代的中国有很多很相似的地方，比如说领导阶层——明代的首位皇帝朱元璋和中华人民共和国的缔造者毛泽东。比起其他历朝历代的皇帝，朱元璋特殊的地方在于他迫切地想要改造中国社会，他认为自己比老百姓更了解如何生活会更好，所以要求老百姓按照他所构想的模式去生活，尽管这对老百姓来说不一定是有利的，因为明初时期百姓的生活非常困苦。再比如说，他认为当时的人最大的问题是道德上过于自私，所以他关闭了市场，而这严重地影响了当时的社会生活，后来的中国人通过他们自身的努力突破了首位皇帝带来的限制，创造了一个发达、繁荣的明代中叶社会。

张梅：听闻您的第二部专著《前线岛屿：冷战下的金门》源起于美国“9·11”事件发生后您在金门的被迫滞留，这次意外逗留又让您发现了很多有趣的写作素材。作为冷战缩影的金门岛，其地缘政治对金门老百姓的日常生活到底产生了何种影响？依您之见，中国周边地缘政治对当今中国社会又会有何种影响？

宋怡明：2011 年 9 月，我应邀参加在金门举行的国际研讨会，谁知会刚开完，“9·11”接踵而来，我的航班被取消，一时无法回国。研究建筑史、后来在金门大学执教的江柏炜教授带我参观金门，让我意外发现了很多资料，这吸引了我的研究视线。事实上，地缘政治不是我的发明，我的发明是“地缘政治性的日常生活”，对于这个概念我要强调的是，20 世纪一个突出的变化是地缘政治，也就是冷战。国共对立直接影响了百姓的生活，无论是在男女关系、家庭组织、家庭经济、文化、道德乃至各个领域都或多或少受此影响。金门在很多研究冷战的书中被作为“边缘政策”的案例，作为国共对立的前线，它非常具有代表性，我们特别容易在这里看到地缘政治对老百姓的影响。这种影响其实当时在全国都很普遍，但是在研究中很少有人关注这个问题，而在我看来，如果不讨论这个问题，研究是不完整的。我认为，在讨论国共关系、冷战等历史的时候，不仅要从高级政治层面去看，还应该注意到那段历史对老百姓日常生活的影响。

但是我必须强调，我是利用“地缘政治”这个概念来解释社会的演变，事实上，这一理论对于处理中国当前的地缘关系并没有太多实际帮助。当然，一个大国的崛起势必会引起周边邻近地区的紧张。简单来说，因为中国和邻国存在着非对称性的国际关系，这种非对称性的国际关系很容易引起矛盾和冲突，而小国家的利益损失要超过大国本身的损失。以中国渔业为例，现在中国的渔业发展越来越迅速，实际上渔业的快速发展对于中国整体经济的贡献并不是特别大，但是对于那些依靠渔业生存的小国家而言，实际上很大程度上影响到了他们的利益，所以，同一个经济因素给中国和中国的周边国家带来的影响是非对称的。因此，我想说的是，如果中国认识到这个非对称关系对中国和周边国家影响的不同，那么中国可能会更好地处理与周边国家的关系。

四、对当前中国发展面临挑战的看法

张梅：您在哈佛大学开设有“中国历史”和“史学研究方法”课程，让我印象深刻的是您纵横捭阖、上下五千年历史事实如数家珍，从中国源起说到中国的现在。读史明智，以史为鉴，研究中国历史是为了反观中国现实。最近，国际社会对中国政府在政治、经济以及外交方面的新政策反应比较积极，您如何看待新一届中国领导人在治理国家方面的一系列新政策方针？您认为他们现在所面临的最大机遇和挑战分别是什么？

宋怡明：说到中国新一届政府治理国家的新政策，我觉得中国现在的新政策不见得能很好地解决中国当前所面临的难题。举例来说，台湾大选之前，大陆方面采取的举措就不能帮助实现统一台湾的战略。再以股票市场为例，近几个月中央金融机构对市场的干预是相当失策的，即使能解决短期的股市下跌问题，但是这一政策对中国财政改善以及财税体制改革将产生非常不好的影响。

从国际关系和历史状况来看，中国崛起是世界历史上独一无二的历史事件！在我看来，现代中国虽然是一个大国、强国，但是仍然是一个低收入的发展中国家。经过改革开放30多年来的飞速发展，中国经济总量虽然已经位居世界第二，但是因为中国东西部地区发展不平衡，致使中国人均收入水平在世界各国排名中依然严重偏低。即使现在的新一届中国领导人极力追求富国梦、强国梦，但是中国内在需要处理的问题仍然很多，所以现在新一届中国领导人仍然面临很大的困扰，我非常能理解他们当前所面临的挑战和压力。我想，作为世界公民，中国需要为国际社会做出贡献和表率，但同时也要考虑国内民众的承受能力以及中国本身的发展问题。换句话说，中国一方面要做有责任的世界公民，另一面又要承担本国人民对社会经济发展和生活水平提高的期待，要追求本国利益。

中国最近成立了亚投行，我觉得这对于解决中国的产能过剩以及亚洲缺少基础设施问题等非常重要，因为这是亚洲市场需求的，亚洲非常需要亚投行。尽管国际社会有人持不同意见，但是在我看来，中国领导人认为现存的国际货币基金组织、世界银行等国际金融机构，都是在冷战时期成立的，从成立之日起就沦为西方联盟控制国际贸易和金融的工具和手段，中国希望对此做一些调整，所以中国成立了亚投行，这当然是可以理解的！可是，这也让我觉得有点可惜，因为全世界不能一起努力来完善基础设施投资建设，因为经过调整和协调，这些国际金融机构或者组织并没能解除中国的顾虑，这让我很担心将来如何解决全世界面临的问题。因为我们现在面临的无论是严峻的环境保护问题、人口结构问题、节能减排问题，等等，都需要全世界各国共同努力、一起来解决问题，我希望我们的子孙将来有非常光明的前景。

最后我想谈谈中国梦。中国政府希望能够赋予“中国梦”准确定义：国家富强、人民幸福。但是因为中国存在着不同的利益群体，而这些群体每个群体都有各自的目标诉求，中国梦在我看来虽然可以最大范围凝聚中国人民奋勇前进，但是这一概念并不能囊括所有的中国人，因为中国社会有部分人的梦与中国梦并不一致。荀子说：“水能载舟、亦能覆舟”，如果中国政府不能真正将中国老百姓的利益和需求放在心上、落在实处，中国社会仍然有发生冲突的可能性。这一点在中国历史上可以找到明证。事实上，研究中国历史文化对思考中国的现代发展有跨越时空的意义和价值，站在历史学家的角度来看，我认为忽略中国历史对于处理国际关系和国家政策会产生非常不好的影响。中国当前面临的很多问题，尤其是国内问题主要是历史原因造成的，要解决这些问题绝对不能忽视历史因素。

五、就任费正清中国研究中心主任接下来打算开展的工作

张梅：不久前，您被提名为费正清中国研究中心主任。据我所知，费正清中国研究中心虽是由卡内基基金会和福特基金会出资兴建，但实际上是为美国政府制定对华政策提供参考。请问接任中心主任后您接下来将如何开展工作？与您的上一任欧立德教授以及更早的几任中心主任相比，您将会在中国问题研究方面有哪些开拓？

您对费正清中国研究中心与中国方面的合作有什么打算?

宋怡明：这是个很难回答的问题，因为我刚被任命为费正清中国研究中心的主任。我觉得，现在费正清中国研究中心的影响比20世纪中期弱了很多：一是因为中美关系变得更为复杂和深刻，我们的研究机构不可能囊括所有两国关系间的问题；二是因为美国的中国问题研究专家近年来增加很多，其他的学校、政府机构、社会机构都已经有了学识非常深厚的中国研究专家。所以在我看来，现在的费正清中国研究中心并不是要恢复20世纪50、60年代的状况。外界对费正清中国研究中心存在一些误解。事实上，哈佛所有跟中国有关的教授都挂靠在这里，但是我们并不是一个智库，作为中心主任我也没有权利让谁去研究什么或者不研究什么，我能做的只是调整和整合学者们的个人研究领域。我觉得这个工作非常重要，可以让哈佛的学者有参与公共舆论的平台。

关于接下来将要开展的工作，我想：第一，我觉得哈佛大学很多学者对中国有多年的研究经验，我们要在公共知识领域多做贡献，加强公共沟通。今年是美国大选年，中国会成为选举中的重要话题，我希望费正清研究中心能积极地参与这场讨论，将我们对中国的认识贡献给公众以作参考。第二，就是发展数字人文科学。信息化给学术研究带来很多新技术、新的可能性，但如何利用它也是一个问题，所以我们需要做的事就是提高我们哈佛学者、甚至是中国学者对人文数据库的利用率。目前，哈佛关于中国研究的数字项目有“中国历史地理信息系统”（The China Historical Geographic Information System，简称CHGIS）、“中国历代人物传记资料库”（The China Biographic Database，简称CBDB）等，可以说在利用大数据方面我们已经处于领先地位，但是我们还需要继续努力。第三，我们认识到中国已经不是一个单独的国家，它和全世界都有紧密的联系，所以我们要做一个“世界上的中国”研究项目。这个项目主要包括三方面内容：一是研究中国与非洲；二是研究中国与印度；此外，我希望对美国华侨也进行研究。换句话说，我们今后要将眼光从中国本身扩展开，不仅要了解中国，还要了解中国与世界的联系。

说到费正清中国研究中心与中国方面的合作打算，事实上，为了促进哈佛与中国高校、政府、企业、机构等加强交流，哈佛大学2010在上海成立了哈佛上海研究中心，可是目前这一机构还没有充分发挥作用，所以我打算利用哈佛上海研究中心，为费正清中国研究中心与中国的媒体、机构、企业以及学者合作、交流等创造更加开放的平台和交流基地。

六、对中国的印象及未来发展的建议

张梅：您13岁时随父亲初次访问中国，16岁时独自一人到中国游学；从事中国历史研究以来，您更是频繁来往于中国。我记得，2014年的学术休假您也是放弃了休息时间在中国调研，那么，能否请您结合自己在中国的访问以及调研经历，谈一谈您对20世纪80年代以来中国所发生变化的感受，您认为今天的中国与过去的中国相比有哪些变化让您印象最为深刻？

宋怡明：我最初去中国是在上个世纪80年代，当时中国刚刚对外开放不久，经济没有现在那么发达，交通也不是很便利，但是中国社会治安状况良好，外国人在中国旅行是非常安全的，我个人的安全感也非常高。并且，因为我来自加拿大——加拿大的白求恩大夫在中国尽人皆知，所到之处大家对我都甚为慷慨。在中国各地旅行，我经常会遇到吃饭店家不收我钱的时候，很多时候，只要我一提到“白求恩”，手中的美食就成了他们的免费赠送，这让我至今记忆犹新。此外，还有一点令我印象非常深刻，那就是当时一种莫名的兴奋空气在四处弥漫！因为人民公社解体了，“文革”结束了，接下来会发生什么，没有人能说得出来，但是人们心里很清楚，变化即将来临。

事实上，中国改革开放30多年来所发生的变化从我当时来看是完全不可想象的，让我从80年代的角度去看现在的中国简直是不可思议！中国的发展速度完全超出了我的预期！我认为，这是中国人很骄傲的成就，也是让世界各国都非常钦佩的成就，相当了不起！中国的老百姓无论是从收入、生活享受、社会自由度等方面来说都有了非常大的进步。说到中国今天所取得的成就，我和我周围的很多中国朋友的感觉有些出入，他们认为中国能取得今天的成就是靠邓小平同志的个人智慧，但是我的感觉是，中国今天所取得的成就是全体中国人民共同努力的结果。

中国的发展速度如此之快往往也会有两面性，高速发展会带来一些问题，比如贫富两极分化、富二代、环境污染、人口老龄化问题等。费正清中国研究中心的学者们专门举办了“中国面临的关键问题”（Critical Issues Confronting China）的系列学术讲座，针对中国社会快速发展过程中遇到的困难和问题展开研讨。这些直面中国现实问题的研讨，其实既非否定中国的改革开放政策，也不是批评中国，而是我们认为，从历史发展的角度来看，人类社会加速发展不可避免会有一些问题出来，这在快速发展的诸多国家都有体现，是客观的存在；而我们费正清中国研究中心希望利用我们的知识、经验来帮助中国更好地处理这些因社会快速发展所带来的问题。

张梅：您对中国的未来发展有怎样的预期？作为世界历史领域著名的历史学家，中国今后要保持健康稳定的未来发展，您能否从历史研究的角度给予一些建议？

宋怡明：我对中国未来发展持非常乐观的态度，中国未来稳定健康发展对很多国家都是有利的事情。尽管有些从事中国研究的美国学者对中国未来发展有非常错误的预期，比如说“中国威胁论”、“中国崩溃论”等，事实上，我认为中国经济既不会崩溃又根本不会给世界造成威胁，因为无论是从中国历史、中国文化，还是从中国现实来判断，都可以得出这样的结论。从历史上来说，中国从未有自己的殖民地；从文化上来看，中国文化是“怀柔远人”的——“礼闻来学、不闻往教”；从现实来看，虽然中国的北京、上海、广州等大城市发展速度惊人，但是中国仍然有大面积的贫困地区和山区。我认为，中国过去30多年的改革开放政策走对了；但是说到将来，我认为，中国仍然需要不断地开放、不断地推进改革、不断地解决中国社会发展过程中面临的难题，才能跨越“中等收入陷阱”，保持中国经济持续健康发展，与周边国家建立良好的外交关系。

我能给予中国未来发展的建议有两条：一是不要忘记历史。因为忘记历史就意味着背叛！中国有上下五千多年的文明历史，中国经历了鸦片战争和沦为半殖民地半封建社会的磨难，中国迎来了改革开放30多年来快速、持久的发展，中国正在改革的道路上稳步迈进。我眼中的中国历史是多元的，不能简单地说怎样做是符合中国历史或者怎样做是违背中国历史的，中国历史积累了太多的成功经验，但也有甚多的失败教训。二是不要利用历史。因为历史是客观的，如果想要从历史中得到借鉴，我们就不能跳出那些支持我们立场的客观因素，我们要从整体出发来思考中国历史和现实。

【汉学家印象记】

宋怡明："蹲守"福建乡下豆腐坊的哈佛教授

一、曾和相声演员大山是同学

哈佛大学费正清中国研究中心主任宋怡明教授是我在美访学期间的合作导师。第一次见面，他没有寒暄直接切入问题，让学了外事礼仪准备了一大堆客套话的我瞬间傻了眼。我的英语还不很流利，听得懂问题却无法用英语对答。半个小时在他的问话和我的懊恼情绪中滑过，跨出他的办公室，寒冬三月衣着单薄的我满头大汗。

和宋老师接触多了，才知道他为人非常和善，只是一进入教师角色便语词凌厉起来。他的学生少有不害怕他课堂提问的。每次他发问，他的博士生们就开始挠头，班上两位帅哥本来就不多的额前头发现在更少了。

我向宋老师提出约访请求，他起初并未拒绝。可当我将有关华侨华人的访谈提纲给他，他却说："我现在不再关注华侨华人问题，如果你要就这个问题访谈，我可以不接受你的采访！"我修改了访谈提纲，将访谈问题扩展到他的人生经历和中国历史研究，再一次约谈，仍没有成功，因为宋老师要去中国。紧接着是漫长的圣诞假期，他回了加拿大，我等啊等，好不容易迎来了开学后的第一次长谈。

访谈首先从宋老师与中国的缘分说起。宋老师告诉我，他两岁时妈妈给了他一本有关中国的故事书，建立了他对中国的初始印象。后来十三四岁到中国探望在华中工学院任外籍专家的父亲，是他第一次踏足中国。再后来中学毕业利用间隔年的时间到中国任教，游历了中国很多地方，确立了他对中国的清晰认知。因为父亲是有名的经济学家，宋老师自小家学渊源颇深、博览群书，这为他后来的中国历史研究打下了良好的基础。

因为对中国的喜爱，他在多伦多大学时选修了中文课程，这让他和大山（本名 Mark Henry Rowswell，加拿大籍主持人、相声演员）成为同学。两人毕业后分道扬镳，宋老师去了台湾，大山前往北京。两年后宋老师申请到罗德奖学金去了牛津攻读东方学博士学位，科大卫先生是他的指导老师。读博士期间他曾去厦门留学，由此与族谱结缘。他收集了大量的中国族谱资料，写作完成了博士论文《实践亲缘关系：明清家族组织研究》，在海外历史学界和文化人类学界产生了极大影响，推动了海外汉学界对于中国民间文献的研究兴趣。他还翻译郑振满教授的专著《明清福建家族组织与社会变迁》一书，将其介绍给西方学术界。

当被问到当时为什么要开展族谱研究时，宋老师笑言："中国民间文献内涵丰富，历史不能只在图书馆里读！"事实上，他不仅是这样说，更是这样做的。他去福建乡下的农村调研，在豆腐坊寄宿，做豆腐的夫妻两人有三个孩子，可是家里只有两张床，条件相当艰苦，但他一住就是一年。

宋老师潜心族谱研究三十余载，由中国底层民众的视角出发来理解中国历史，将这些研究外化为文字，有着别人难以企及的深刻。

我想，这也是国际关系专业出身而偏好中文的宋老师颇具特色的一种研究视角。

二、在哈佛课堂讲解中国民间文献

2005 年，宋老师应邀到哈佛任教。他主讲了一系列与中国历史相关的课程，从“海外华人”到“中国历史”再到“史学研究方法”等，内容涵盖上下五千年中国历史。

听宋老师的课是一种享受！记得当时旁听了他和包弼德教授给本科生合开的“中国历史”课程，讲堂是在费正清中国研究中心的楼下 S020 教室，每周四上午十点钟开始。宋老师旁征博引，从中华民族的缘起讲到中华人民共和国，从尧舜禹的传说讲到中国梦，只要课程开始，他立刻神采飞扬、语词犀利，听者掌声如潮。

他和欧立德教授主讲的“史学研究方法”课程更为有趣，时间定在每周二的下午两点，虽然公务繁忙，但是宋老师从未中断过这门课的教学。这门课使用的研究资料是中国民间文献，在我看来这都是不知道从哪里收集来的我之前闻所未闻的“野史”，有些用语在我看来属于俚语，字句读起来已经相当拗口，还要在课堂上翻译成英文，很考验阅读者的中英文理解能力。学生们常犯错，为一个词语的理解要查证许多文献，为此争论不休，最后往往是宋老师一锤定音。让我记忆犹新的是读钟人杰的故事，民间对钟人杰的评价颇高，在诗歌结尾处用了民间评书的常用表达，对于底层生活不熟悉的学生很难理解，但宋老师一语道破：“就像民间说书卖唱的，到精彩处立刻打住，然后开始打锣收钱。”这让我想到小时候看过的现场评书，一瞬间就理解了，并暗暗惊叹宋老师对中国文化的理解之深。

与国内的课堂不一样，哈佛的课堂管理相对宽松，在上课时可以吃东西，也可以随时向老师发问。哈佛大学向来是以批评来表示尊敬的，虽然老师掌控着课堂节奏，但并不是一言堂，学生的发问和老师的回答也构成了课堂很精彩的组成部分。记得班级有位女同学研究一妻多夫这一问题，她收集了相关文献并做了一场 PPT 展示，以证明一妻多夫也是可以接受的，并向宋老师发问。宋老师则用男性教授的视角告诉她："可是从男性（或者我）的角度来看，这不啻为一场战争，在男性来说很难接受一个妻子有两个丈夫。"宋老师说这话的时候有点脸红，女同学不以为然，现场听得我忍不住发笑，我想：同学精心准备并开展了一场严肃的学术讨论，我原以为宋老师要用些"冠冕堂皇"的语言来回答，可没想到他的回答这么"小我"、这么接地气。

三、"山中无老虎，猴子称大王"

2016 年 1 月 1 日，宋老师被任命为费正清中国研究中心的新一任主任，尽管这一结果在我看来一点也不意外。事实上，我到哈佛访学之后，接触哈佛研究中国问题的知名专家学者，除欧立德（Mark C. Elliott）教授外，能把中文说得如此好的就只有宋老师了。在就任中心主任之前，费正清中国研究中心的讲座宋老师只要有时间就会去听，有几次他的课前恰是费正清中心中国问题讲座，我老早过去占据有利位置，稳稳当当坐下聆听，猛一回头，发现宋老师站在最后一排墙根。我还发现他有几次是饿着肚子在听讲座，课程开始了才急急忙忙去办公室抓了几袋小零食再赶回教室，我看了于心不忍，把书包里的水果贡献出来给他，惹得欧老师当场取笑："看！看！对你多好！"宋老师抿嘴一乐。那时我就已经猜到下一任中心主任非他莫属。

在我看来，宋老师就任中心主任理所当然，可是宋老师本人却很谦虚——费正清中国研究中心的新年招待会上，宋老师作为中心主任正式亮相，他的开场白竟然是："山中无老虎，猴子称大王！"我知道他是一语双关：一是今年是生肖猴年，应景；二是谦虚表达自认为自己与费正清历届中心主任相比，还有需要提升的空间。他不仅是这样说的，更是这样做的。尽管担任中心主任后有数不清的杂事，可是宋老师从未放慢研究的脚步，他关于明代军户研究的新书即将由普林斯顿出版社于今年[①]出版，他的《前线岛屿：冷战下的金门》的中文译本也即将印刷。今年 7 月我知道他已经到厦门，正准备开展调研。我想，正是凭着十年磨一剑的执着和坚韧，宋老师才给中外读者呈现了不少好作品。

费正清中国研究中心虽是由卡内基基金会和福特基金会出资兴建，但实际上是为美国政府制定对华政策提供参考的。那日宋老师正式亮相，傅高义（Ezra Feivel Vogel）先生、柯伟林（Willam C.Kirby）教授、欧立德教授等均到场祝贺，并与学子们现场交流。我理解，这是几位前主任对宋老师就任中心主任的支持，他们对宋老师的评价颇高。欧老师说："我相信我的好朋友宋怡明教授接任中心主任会带领中心走向新的发展阶段。"访谈宋老师的前几日，我参加哈佛法学院的活动，遇到法学院副院长安守廉（William P. Alford）教授，他言谈中也向我表达他对宋老师的肯定。补充访谈宋老师的当天中午，恰是费正清中国研究中心的第一次执委会会议，那天我

---

① 本文中"今年"，即 2016 年。

看到宋老师西装革履，在会场正中就座，那天费正清中国研究中心的执委基本都到场了，会议室满满一屋子人，看到哈佛研究中国问题的学者阵容如此强大，让我颇为感慨！

但宋老师说他觉得现在费正清中国研究中心的影响比 20 世纪中期弱了许多：一是因为中美关系变得更为复杂和深刻，费正清中心的研究不可能囊括所有两国关系间的问题；二是因为美国的中国问题研究专家近年来增加很多，其他的学校、政府机构、社会机构都已经有了学识非常深厚的中国研究专家，所以在他看来，现在的费正清中国研究中心并不是要恢复二十世纪五六十年代的状况。今年是费正清中国研究中心成立 60 周年，当被问到他接任中心主任后接下来将如何开展工作时，宋老师从三方面回答说："一是要在公共知识领域多作贡献，加强公共沟通；二是发展数字人文科学；三是要做一个'世界上的中国'研究项目，这个项目主要包括三方面内容：一是研究中国与非洲，二是研究中国与印度，三是他希望对美国华侨也进行研究。"

访谈最后，我问他在教学和研究之外承担了繁重的大量行政工作会不会觉得累？宋老师却微笑着说："这对我来说不过是甜蜜的负担！"我期待宋老师更多有分量的好作品问世，也祝愿他为美国的中国学研究付出的努力能结出越来越多的硕果，开启美国中国学研究的新时代。

中国的和平崛起与新时期对外关系*

——访哈佛大学中国基金会主席柯伟林教授

▶ 柯伟林

* 原载于《东南亚研究》2016 年第 3 期。

柯伟林（William C.Kirby）：美国著名中国历史研究专家，哈佛大学中国研究讲席教授，哈佛商学院（Harvard Business School，简称 HBS）斯潘格勒家族（Spangler Family）讲席教授，现任哈佛大学中国基金会主席，美国人文与科学学院院士，曾获“哈佛大学杰出贡献教授”称号。作为中国历史学家，柯伟林关注国际语境下的中国商业、经济和政治发展，其著作涵盖现代中国商业发展、中国公司法和公司组织、中国自由史、20 世纪 50 年代国际范围内的社会主义经济、海峡两岸关系、中欧及中美关系等。在 1992 年加入哈佛之前，他曾任华盛顿大学圣路易斯分校（Washington University in St. Louis）历史学教授、亚洲研究中心主任（Director of Asian Studies）以及本科生院长（Dean of University College at Washington University in St. Louis）。在哈佛大学，柯伟林历任历史系主任、亚洲研究中心主任、哈佛文理学院（Harvard Faculty of Arts and Sciences）院长、费正清中国研究中心主任等职务。主要著作有《德国与中华民国》（Germany and Republican China）、《中国现代自由世界》（Realms of Freedom in Modern China）等。

一、全球化背景下的中国经济发展

张梅：尊敬的柯伟林教授，非常感谢您在百忙之中接受访谈。拜读您的著作，让我印象深刻的是您对于中国商业、经济和现代发展的深刻认识！您的著作也曾探讨全球化与国际化，您如何看待在全球化背景下的当前中国经济发展？

柯伟林：在我看来，中国经济一直是在全球化和国际化的背景下向前发展的。你知道，在世界历史上中国曾长期占据着主导地位，只是到近代以来才开始落伍了。事实上，要想弄清楚中国今天为什么是这个样子，不仅要在当前中国的时代背景下理解，而且要将中国放在全球化的背景下加以研讨。从历史上来看，中国对外封闭的时间很短，在我看来，中国始终是世界潮流中不可或缺的重要组成部分，不管在历史上中国曾经是领导者、抑或是跟随者，但是因为中国政治、经济、文化等与世界紧密联系，所以我认为中国始终未脱离过世界潮流，即使是在20世纪50年代也不例外，尽管以西方国家的视角来看，中国当时是社会主义国家阵营的成员，但是中国仍然是世界的一部分。现在的世界与19世纪20年代的世界在我眼中差不多，那时候中国人是世界上最有钱的一族，现在也是。

现代中国的经济发展史和商业发展史都很独特，我觉得用“中学为体、西学为用”可以概括中国当前的商业和经济发展。中国人在采用西方管理技术方面非常到位，不管是采取股份有限公司形式、抑或是董事会制度，中国人都特别善于利用国际化的商业组织形式，但是，中国的某些传统在家族企业、小规模的企业中也在运行，也就是说，中国的商业管理不仅要看商业运作，而且要看人际关系、交际圈等（与什么样的人打交道，信任什么样的人等）。换句话说，中国的公司组织形式（硬件）可能很西方化，但是软件却是非常中国化的。不仅私营企业如此，国有企业也是如此，尽管国有企业和私营企业的历史不同，但两者都是非常中国化的。

张梅：事实上，中国经济经过改革开放 30 多年来的飞速发展，已经成为世界第二大经济体。有人说，“21 世纪是中国的世纪”，您如何看待这一论断？在您看来，未来中国能否引领全球经济发展？

柯伟林：我看待中国经济问题的角度与其他人不一样。在我看来，在 20 世纪的头 30 年中国经济发展非常迅速，比同时代世界其他地区的发展都要好，中国从全球经济大萧条中恢复过来的速度也比其他国家快。可是后来在中日战争、国共战争中，中国经济饱受摧残，虽然 20 世纪 50 年代出现了短暂的经济增长，但是在 1958 年至 1978 年间发展又停滞了。在中国经济发展停滞甚至倒退的时候，亚洲其他国家的经济都在前进。当前中国经济的赶超速度非常快，这其中的部分原因是因为强有力的政府管控，这是西方的弱势政府做不到的。举例来说，你看中国基础建设发展很快，像火车、地铁等使得人群的流动性增加，人们可以从一个地方转换至另一个地方工作，这比 20 多年前要好得多。还有由于政府在教育方面的投入，尤其是对大学的投资，使得人民的受教育程度也提高了，这些都是国家基础建设能力提升带来的好处。其实，有人就曾经预言过“20 世纪是中国的世纪”，我觉得 20 世纪是中国的世纪，但是我希望 21 世纪也是，因为中国目前拥有世界上最多的人力资本：优质的大学、人才和企业家等。如果中国政府可以找到某种途径去激发这一群体的创造力，那么中国的发展前途将是无可限量的。除此之外，中国当前还需要持续推进改革。

张梅：您认为当前阻碍中国持续经济增长的可能因素是什么？

柯伟林：首先，我认为当前中国经济的一个挑战在于国有企业改革。如果你从历史的角度去观察中国企业的发展历程，可以发现，它们大多拥有悠久的历史。作为中国经济发展的动态体现，这些企业大部分为私营企业，且在近百年中，发展甚为国际化，即使是在当代，依然有很多类似于荣氏家族那样的大型家族式企业。自 20 世纪 50 年代开始，中国出现了很多的大型国有企业，它们确实起到了一些非常好的作用，但同时也会阻碍甚多领域内私营企业的发展道路。

其次，当代中国经济发展的另一个劣势，我认为是土地的政府所有制，当然这个问题已经存在很久了。自古以来，中国土地属于政府集体所有。我认为，这就给农业发展、农民带来了很大的问题。如果你将中国大陆与东亚地区做一下对比，例如与日本（Japan）、韩国（South Korea）、中国台湾等对比，你会发现，他们在第一次工业化进程后之所以能保持持续发展的势头，是因为他们拥有繁荣的农业，而这是中国所没有的，这也意味着中国的农民很贫穷，他们离开农村前往城市，如果不是做大生意，很难获得良好的经济收入。因此，加快农业发展对于一个拥有 8 亿农民的国家是非常重要的，而在这其中存在的问题可能是因为政府力量太过于强大。例如今天上课我们讨论的一个案例——政府涉入了太多的制酒企业，在我看来，这一行业就根本没有必要国有化，因为这样做与安全、与帮助农民都没有任何关系，反而容易形成垄断。

再次，我认为中国持续经济增长的另一大阻碍是，缺乏针对政府管控经济的一系列经济改革。虽然每个国家的政府都在某些领域对经济具有控制权，但是在中国，政府对经济的管控权是比较强的。

张梅：您认为当前应该如何解决国有企业改革问题？

柯伟林：在我看来，国企改革最大的障碍，不仅是体现在被认为是战略行业的大型国有企业领域、被认为可能是战略行业的高速公路和电信等领域，而且体现在能否将地方上、市一级以及省一级的成百上千的国有企业交给私人去管理。我给学生上课经常用葡萄酒企业举例，我问我的哈佛学生：你知道中国的红葡萄酒生产和消费总量是全世界增长最快的，可是葡萄酒行业为什么会被认为是战略产业？为什么在中国排名靠前的葡萄酒企业都是国企？有部分学生对中国知之甚少，就想当然的回答“那可能是因为中国政府想帮助农民增收”，还有的回答说“中国政府非常关心老百姓的食品安全问题，所以这个领域要由国家控制”。事实上，像中国销量较高的长城、张裕等品牌的葡萄酒在市场上占据的份额已经很高，这些企业在我看来可能缺乏进一步提升的动力，所以，我认为中国经济要想保持长期的稳健发展，并且下一阶段还能像现在这样增长的话，新一代消费者的消费需求必须要被考虑在内。

当然，国有企业也不是不可能发展得好。在每个国家，都有国有企业。在我看来，国有企业改革的挑战在于对国有企业合资化而不是私有化相关政策的诉求。国企合资化，企业可以拥有更多资金，但是并不一定改变其原有的管理模式。我觉得中国的合资企业，尤其是国有合资企业的管理权不是很清晰，因此投资的问题不容易解决。有些人可能会由于垄断获利不菲，但是如果一旦有竞争对手，他们不见得就会是实力强劲的公司，而这样的局势对中国企业的发展很是不利。因此，在我看来，仅仅把国有企业改制成股份有限公司，这样的改革力度是不够的，我很希望中国的经济改革能够持续。如果没有竞争性企业引入，私有企业或者国有企业可能会因此获利，但是无法变得更加强大。

张梅：根据商务部的统计，改革开放以来至2007年底，我国引进外资中的60%是来自海外华侨华人。可是现在海外华商企业面临没有接班人的问题，请问您怎么看待这个问题？

柯伟林：说到海外华商的家族企业，我认为这是一种很不错的商业模式，中国政府引进华侨华人资金从中获益颇丰，比如说正大集团就是海外华商向中国投资的很好的例子。事实上，这些家族企业中，有一些做的是非常成功的。如果我们倒回到200年或者300年前，就会发现中国的家族企业几乎遍及整个东亚，甚至遍及美国、欧洲，这就是中国的伟大力量所在——作为中国人，你可以生存在世界的任何地方，你可以在世界的任何地方受教育，在任何地方做生意，同时，你还可以与中国保持紧密的联系（不管是投资方面的联系，还是教育方面的联系抑或其他方面的联系）。中国是一个国家，某种意义上它又是一种文明，这是与其他国家情况非常不同的，就像我课上所说的，当中国人需要祖国时，他们总会回国寻求帮助。可是对比之下，俄罗斯移民离开自己的故土之后，就再也不会回去了，他们可能会去以色列，会去美国、德国、英国，但不会回俄罗斯。所以，我认为海外侨胞这个群体对中国经济社会发展来说是一支非常重要的力量。

张梅：您认为解决海外华商家族企业的传承问题将来应该往哪个方向走？

柯伟林：我觉得有一个思考方向，就是这些家族企业对女性成员的力量还没有足够重视起来。这可能是出于传统习惯的考虑，但是我觉得形势是会变的。你会发现，今天中国称自己为 CEO 的人中，有 20% 是女性，这个比率是美国的两倍。这很可能是因为中国的女性在政治上、军事上发展前途有限，所以她们就只能在商业上崛起了。当然，这也可能是独生子女政策带来的一个意料之外的收获吧。家族企业现在在全球到处都是，我认为，在世界任何一个地方，大概 75% 到 80% 的企业都是以家族企业的形式存在的，家族企业其实是主导经济发展的一种企业形式，对于社会、国家都有很深远的影响。家族企业有一些共有的现象，事实上，关于海外华商家族企业的接班人问题，我觉得，不同家庭成员去共享这个企业，或者不共享这个企业，或者什么时候开始让职业管理人去进行管理以及这些职业经理人的职责是什么，还有他们的所有权怎么样，或者是由自己的家人进行管理，这个要依据具体情况而定。事实上，我希望中国本土的家族企业也能变得像海外华商家族企业一样成功，可是以前的独生子女政策让这点变得有些困难。

二、和平崛起的中国能否领导世界

张梅：中共十八大召开以来，以习近平为总书记的中共中央提出了实现中华民族伟大复兴中国梦的奋斗目标，您如何看待中国梦？

柯伟林：在我看来，此前的中国领导人如孙中山、袁世凯、蒋介石、毛泽东、邓小平提出的“富强、重振国邦、并在世界占有一席之位”等概念，从某种意义上来讲，与中国梦有相近之处。事实上，自孙中山以来，中国的历届领导人都曾谈到民族复兴，特别是在 20 世纪 40 年代后，中国摆脱了帝国主义强加的一系列不平等条约，结束了中国近代的屈辱历史。

很多中国人认为中国梦很大程度上是指国家的荣誉，强调集体、国家、民族，而美国梦主要是个人主义的表现。其实从物质方面来说，美国人谈论美国梦时，跟中国人谈论中国梦有很大程度上的相似，比如要有自己的房子、自己的车子、子女能上大学、接受高等教育等。就个人生活追求而言，中美两国人民其实是大同小异的。当然，美国梦与中国还有另一个差异，即任何一个美国人，无论贫富、无论贵贱，在理论上都有成为美国总统的可能性——当然这也可能是一个梦想、一个神话，因为美国社会现实并非如此，这一点你通过观察美国的总统竞选也可以发现。这和中国的高考有相似之处，即理论上每个人都能参加高考，进入优质的大学，但现实是，如果你的父母并没有受过良好的高等教育，或者你的家庭中没有这样的资源，那你在高考中也不见得会有很强的竞争力（当然这在美国也是如此）。

说到中国梦，不可避免要谈到中国崛起，在我看来，中国崛起是必然的，但是实现中华民族伟大复兴中国梦仍然要建立在 20 世纪中国发展的基础之上。其实，无论是中国梦，抑或是美国梦，最大的挑战在我看来就是如何凝聚和激发社会的精英人士。中美两个社会中的精英人士都处于一种迅猛增长的状态，甚至中国的精英人士增长较美国要更加迅速，可是，你看中国，例如北京大学、清华大学，来自贫困家庭或者农村家庭背景的学生比例却在逐年递减——那些来自农村的学生拥有的教育资源甚至可能还不如其祖父辈们当年拥有的多。因此，这将会是一个问题。

张梅：您对中国的未来发展有什么样的预期？据我所知，您与您的哈佛同事合著了一本新书《中国能领导世界吗？》（Can China Lead ？），该书探讨了中国领导世界的可能性以及面临的障碍。请问，您如何看待中国的和平崛起？

柯伟林：在我和同事合著的新书《中国能领导世界吗？》中，我们认为，中国的崛起并不是近10年、20年或30年的事情，而是已有近百年。我们认为当代中国是自中华民国和毛泽东时代的人民共和国以来百年国家建设的结合，甚至对于中国现代经济，例如上海、宁波等城市的发展起源，我认为还要追溯到更早的晚清和民国初期。当时中国是世界经济增长的中心，拥有世界最有活力的私营经济，如我开始所言，事实上中国很早就融入了世界体系，是世界潮流不可或缺的重要组成部分。同理，在教育方面，在我看来，中国目前增长很快的优质大学（有些在世界排得上名次，有些在努力成为世界前列学校），不是一夜之间形成的，很多都成立于一百多年前，拥有国际背景和合作关系。例如国立北京大学、清华大学、中央大学，私立金陵大学、燕京大学等。

我认为，当前中国的基础设施建设在世界上居于首位，你看看当前中国的高铁建设、地铁发展、电信设备等就会明白我的意思。事实上，孙中山先生在20世纪20年代的《实业计划》中提及的铁路建设项目等在我看来在今天的中国早已经实现。现代中国还催生了一大批有创业精神的企业家，例如阿里巴巴的创始人马云。在教育方面中国的发展势头也很迅猛，中国大学的毛入学率现已超过了40%，有

3700 万在校大学生，中国已经进入了教育大众化时代。私立高等教育在中国正迅速崛起，世界知名学府都到中国来开拓市场，国际合作办学在中国方兴未艾，例如这些年开办了中欧工商学院、宁波诺丁汉大学、上海纽约大学、哈佛上海中心等机构，这说明大家都认为中国有很大的发展潜力，世界的未来发展应该是在中国。你知道，我是一个历史学家，我习惯从历史视角而不是仅仅从当代中国的视角来关注中国问题，所以从历史的视角来看，中国的崛起有其必然因素。

张梅：您真的认为和平崛起的中国能领导世界吗？

柯伟林：我觉得中国的地理位置可以让它从经济上和平崛起，这不需要使用武力。不过，人们常常无中生有地想象出一些敌人来。以美国为例，军方总是想尽办法向政府要资金。我对中国的未来确实有一些担忧。坦率地说，现在中国的对外投资已经遍及全球，特别是在南亚、非洲一带。然而就像美国曾经经历的那样，我担心中国会抵挡不住在这些地方建军事基地的诱惑，而建军事基地必然会带来混乱。如果你仔细看一下美国近 50 年的历史，你就会发现美国真是哪里都想插一手，但是在哪里都是白费力气！所以，我认为中国需要从美国的历史中吸取教训，我担心中国会陷入跟美国一样的困境——挣扎不已，赢不了却又想不明白哪里出了错。这是美国现在真实的处境。

三、中国的地缘政治与新时期中美关系

张梅：自“二战”以来，中国一直是国际治理中的积极力量。

现在，随着中国经济的日渐强大，中国在全球政治、经济和文化领域发挥越来越强大的国际影响力。可是近期，中国与周边国家和地区的纷争不断，请问，您怎么看待中国今天的地缘政治和周边关系？最近国际社会对中国政府在外交方面的新政策反应比较积极，您如何看待新一届中国领导人在治理国家方面的一系列新政策方针？

柯伟林：说到中国的外交政策，我觉得中国自 1979 年对越战争以后，外交政策就一直是非常谨慎的。中国积极地团结邻国，与世界其他国家寻求合作关系，中国是联合国中的积极一员，正如 1920 年到 1930 年间中国在国际联盟中的重要作用一样，现今的中国也在各大国际组织中占据着中心地位。我总是对我的中国朋友们说，以我看来，中国正处于近代史上最有利的战略地位，中国现在完全没有敌人。因为没有任何一个国家能真正对中国的领土安全构成威胁。以前中国的领土还有可能还受到俄国、日本等国的威胁，可是现在这两个国家已经根本不能对中国构成威胁了。中国台湾也不构成威胁，越南、印度更不是威胁，中国的边境现在不存在威胁。中国过去 35 年来的繁荣发展是由长时期的和平稳定的局势带来的。这段和平时间是自鸦片战争以来最长的一段。所以只要这种和平局势不受威胁，中国的安全和繁荣也就不会受到威胁。

我觉得中国现在没有必要为了很小的利益跟周边的国家把关系搞僵。中国的南海问题可能在某种程度上有象征的意义，但是你要知道自从蒋介石 20 世纪 30 年代划定南海版图之后，就再也没有人能在南海宣示主权了。我觉得中国在这个问题上一定要小心，没有必要不断地在这些地区起争端。越南是中国一个很重要的邻居，也是很有力量的邻居。再说日本，日本和中国都是伟大的国家，不应该在岛屿问题上起争端。最重要的是，中日两国现在在很多方面有共同利益，这些共同利益要比这两个小岛的归属问题重要得多。我觉得中国的领导人应该把眼光放长远一些，因为中国在南海的举动会有将美国重新引入该地区的风险，而美国插足的结果会对中美两国产生不利影响。

最后，我还要提出一个区域，那就是朝鲜。中美在朝鲜的地位都很重要，中国的支持对于朝鲜尤其重要，但是中国在朝鲜问题上有着历史性的包袱，中国出于历史的原因支持朝鲜。正如在 20 世纪 70 年代，中国和美国都曾支持柬埔寨打越南，可是中国和美国在这件事上都犯了历史错误，我们都不能再干同样的事情了！我希望中美两国能共同协商出一种解决方案，让朝鲜半岛统一，让美国从韩国撤军——要解决朝鲜半岛的问题，美国就必须从韩国撤军。在东亚地区，中国应该是一个老大哥的形象，所以它也要有老大哥的担当，中国必须要帮助周边的小国家。

张梅：*您怎样评价当前的中美关系？在习近平主席访美后，我们能否说中美双边关系到了一个极为重要的时刻？您对未来中美关系的发展有着怎样的预期？*

柯伟林：我认为，中美关系是世界上最重要的国际关系，我觉得双方相互之间对形势都要有一个清晰的判断，在一些领域要坚持合作。先前你问过我有关中国和美国网络战争的问题，事实上，在这个问题上，中美双方显然都存在误判。我觉得解决这一问题不是美国政府去了解中国的企业或者中国的政府、军队做什么，然后他们做跟中国一样的事情，而是双方政府要达成一系列一致的意见，让这场竞争停下来，因为只要努力，这场竞争是可以被停止的。此外，我认为，中美双方在环境问题上的合作非常成功。奥巴马总统和习近平主席在环境问题上起到了国际性的领导作用，这对于两国来说都极为重要，在这些问题上中美双方必须要团结合作，因为如果中国和美国不做出相应行动的话，那么其他国家就更不可能做出点什么了。

但是，我认为中美两国在一些政治问题上会持续存在争端，因为两国的政治体制差异太大了。现在，中美两国都有一些事件。我希望特朗普先生不要赢得大选，因为特朗普先生代表了美国的新民族主义（Neo-Nationalism），我觉得他的思想是很危险的。中美关系现在的挑战就是中美双方要尽可能在众多有着共同利益的领域形成合作，比如贸易、投资领域等。我可以给你举例说明某个政策是怎样既损害了中国的利益又同时损害了美国的利益的。以谷歌为例，我们都知道，谷歌离开了中国。我觉得谷歌与中国政府的协商做得非常差劲，他们确实不得不走。但问题是，中国没有了谷歌，百度的发展也就变得很不令人满意了。百度确实也不错，但是怎么说都没有谷歌强大。没有了谷歌，百度在中国就没有了竞争对手，它也就不可能更上一层楼，成为一家更好的公司。这是一个商业悲剧，中国的公司本来有可能成为国际领先者，但是他们需要来自国际上的真正的竞争对手的刺激。这也是为什么我非常欢迎中国的企业家投资进驻美国，因为这可以提高美国公司的竞争意识。总之，我认为中美双方都应该对对方的意图有清晰的理解。

【汉学家印象记】

柯伟林：长袖善舞的历史学家

一、姗姗来迟的访谈

柯伟林教授是美国著名中国历史学家费正清先生的关门弟子，曾获哈佛大学杰出贡献教授称号，现任哈佛大学中国基金会主席。我记得博士毕业时因为想要去哈佛做博士后研究，联系了马若德（Roderick MacFarquhar）老先生，老先生告知我他年事已高，不再接收学生，将我的简历和研究计划转给了时任费正清中国研究中心主任的柯伟林教授，当晚我即接到了柯教授同意接收的邮件。可是因为种种原因，那年我未能成行。后来接到宋怡明教授的邀请函到哈佛访问后，我一直想要见见柯教授。

恰好肯尼迪政府学院与长江商学院的培训项目结项，艾什民主治理与创新中心举行聚焦中国经济问题的研讨会，我应邀参会与柯教授不期而遇。那日，我向柯教授简要介绍了自己的研究经历以及来哈佛后的研究计划，并向他约访，他一口答应，惠赐了名片嘱我写作访谈提纲后发到他的邮箱。我依言照做，可是却如石沉大海。我想：会不会是柯教授根本就不想接受我的访谈！于是就没有再打搅他。那段时间很忙，听课、查资料、约访、写作，我渐渐把这事儿忘记了。我的合作导师宋怡明教授就任费正清中国研究中心主任后，中心举行新年招待会，那日我与柯教授再次相遇。我端着饮料和他打招呼，原以为他一定不记得我了，没想到他却看着我说："你比刚来时瘦了！"我听了有些惊讶，询问他："您还记得我，那为什么我给您发访谈提纲却没有收到您的回复？"他很不好意思地向我道歉，并解释说："我看到了，可是后来忘记给你回了。你再给我发一次，这次我一定回。"我依言照做，可是却仍然石沉大海。于是我不再等他的邮件，直接去了他讲课的教室（他每周在费正清中国研究中心楼下的 S020 教室主讲"现代中国商业发展"课程），告诉他我来旁听他的课。他告诉我近期很忙，访谈可能要过段时间。

我又等了两个星期，仍然没有等到确定的时间，我有点着急了。那天，海南航空的陈峰董事长参加柯教授主讲的商学院课程并演讲。下课后我不顾礼节用英语大声地对经过我身边的柯教授说："请您务必给我一个确定的时间。"柯教授一瞬间面显尴尬。当晚的演讲会上，我举手发问，可是作为主持人的柯教授迟迟不给我机会，我想：一定是我让他尴尬，得罪他了！没想到转念之间他就点了我。因为研究海外华商，所以我就华商家族企业的传承问题提问，陈峰先生以自己的企业为例回答说："在企业的元老们老了以后，会考虑将企业交还给社会。"可是我在想家族企业交给社会会不会使得企业发展少了动力？所以在后来的访谈中我就这个问题重点访谈了柯教授。

二、历史学家与商学院教授

柯教授因为和包弼德（Peter K. Bol）教授在慕课"中国历史"课（ChinaX）上以《两只老虎》的旋律哼唱中国朝代歌而受到不少

网友的关注。到哈佛访学后，我很想听听他主讲的中国历史课程，可是很遗憾，那一年他没有开，于是我只好在网上看了他讲课的相关链接，那门课他和包弼德教授讲的确实非常有趣，不仅内容翔实，而且风趣幽默。他们从时间、空间和身份等维度切入，在介绍朝代时，柯教授他们唱起了儿歌。事实上，在我看来，这是一门中国历史通识课，难度并不高，可是因为授课内容和形式生动有趣，在平台上推出后立刻得到世界各地学子的喜爱。

我有幸聆听了柯教授主讲的“现代中国商业发展”课程，这是他给哈佛商学院本科生开设的案例课程，每周都会邀请一位中国或美国企业家来到课堂，详解自己的创业经过和成功智慧，相当有趣。他的案例课程一般分为这样几个环节：先是向学生介绍该企业简况，然后是讨论该企业的发展策略和成功经验，再指出该企业现存的问题，最后是请企业家现身说法。让我印象深刻的是：讲到中国的葡萄酒企业张裕葡萄酒时，柯教授邀请了美国的红酒企业家来到他的课堂与中国的葡萄酒企业作比较研究；讲到中国的伊利集团时，柯教授开场就询问同学们每天喝不喝牛奶，并携带了相关教具到讲课现场；讲到泰国正大集团时，他邀请正大集团的相关负责人；讲到海航集团的发展时，他邀请了陈峰董事长到场分享。不仅如此，在柯教授的课堂上我还见到了中国万达的王健林先生。

作为哈佛商学院的经典案例课程，同时也因为当时王健林先生的中国首富身份，报名参加演讲会的人特别多，所以哈佛方面招募了一些志愿者协助组织活动，那天我也担任了志愿者。那是我在哈佛见到的中国学生、学者参加人数最多的一场报告会，从下午两三点钟即开始排队进场。那是在哈佛较大的会场伯登讲堂（Burden Hall），可以容纳近千人，可是因为座位有限，仍有部分学生未能进场。在会场我还遇到了欧立德教授，他因为来晚了，没有证件，会场的黑人保安不让他进场，他急得脸通红，我立刻从脖子上取下我带的证件给他，欧老师没有接。后来他和保安好说歹说，保安终于同意他入场了。那晚王健林先生的“万达国际化之路”演讲很精彩，可是问答环节却“险象环生”，特别是当哈佛的学生以及海外记者问到万达集团与中国高层有无联系时，王先生的回答遭遇了哈佛教授和媒体的围堵。我想他其实很想澄清海外媒体的疑问，可是第二天海外媒体却以他未料想到的口径铺天盖地报道。

三、长袖善舞的哈佛中国基金会主席

与柯教授接触，让我印象深刻的还有他出色的行政管理能力。记得当时检索他的相关资料，看到他先后获得达特茅斯学院（Dartmouth College）、哈佛大学、柏林自由大学（Freie Universität Berlin）以及香港理工大学的学位，先后被北京大学、南京大学、复旦大学、浙江大学、重庆大学、华东师范大学、上海社会科学院等聘任为名誉教授，历任华盛顿大学圣路易斯分校历史学教授、亚洲研究中心主任和本科生院长（Professor of History，Director of Asian Studies，and Dean of University College at Washington University in St. Louis），此外，他还是海德堡大学（University of Heidelberg）和柏林自由大学的访问教授。而 1992 年到哈佛大学执教后，他又担任历史系主任、亚洲研究中心主任、哈佛文理学院院长、费正清中国研究中心主任以及中国基金会主席等职务，这让我颇为敬重他的领导能力。

哈佛大学文理学院（Harvard Faculty of Arts and Sciences）是哈佛最大的一个学院，有着“半个哈佛”之称。该院有一万名学生、一千名教授以及两千五百名员工，年度预算为十亿美元。听在哈佛读博并留在该校工作的学长说，柯教授担任院长期间，对哈佛本科教育进行了重大改革，促进了哈佛大学在海内外的国际研究，大幅度增加了哈佛本科生学院和研究院的奖学金数量，还支持了工程和应用科学分部（如今已经成立学院）的发展，并主持修建了新的生命科学、工程和人文艺术等学科的科研与办公大楼。在他的任期内，哈佛文理学院教授的数量是自1960年以来增长最迅速的阶段。柯教授任哈佛文理学院院长时非常善于团结学院教授，可是因为和时任哈佛校长的劳伦斯·萨默斯治校理念不一致，闹过不小的风波。

作为曾经研究教育学的学者，在我看来，美国的教育其实也是有问题的。哈佛现有十个研究生院，包括文理学院、商业管理学院、设计学院、牙科医学学院、神学院、教育学院、法学院、医学院、公共卫生学院和肯尼迪政府学院；两个本科生学院，即哈佛学院和拉德克利夫学院；哈佛还设有继续教育办公室，专门负责暑期学校、附设课程和终身学习中心。可是这些学院各自为政，根本不服从校长的权威。萨默斯校长由美国财政部长任上到哈佛执教，满怀理想抱负，他大刀阔斧，力图改造哈佛各学院。此举遭到包括文理学院院长柯教授等在内的抵制，最终柯教授离任。可是萨默斯校长后来因为关于哈佛女教授的歧视性表达，被哈佛教授们抓住把柄启动了弹劾方案（该方案听说就是由柯教授发起的，由此可见柯教授在哈佛教授中的影响），最终萨默斯校长被迫辞职，改革于是也不了了之。

事实上，关于柯教授的长袖善舞我还听说了很多故事：哈佛中国基金会项目于2006年启动，该项目用来资助哈佛的中国学研究项目和学生实习项目，作为该项目的发起人，柯教授做了很多开拓性的工作；哈佛商学院想与上海市政府开展相关合作，不过上海市政府提出以哈佛大学的名义提出合作可以考虑，柯教授竟然说服了哈佛福斯特校长由校方提出合作意向，最终该项目顺利落户在上海。

我对柯教授的凌厉体会不多，在小不点学生面前柯教授始终是温和的。记得有次他去历史系开会的路上我们一路同行，都是他在无话找话问我问题，有个问题我甚至回答了两遍。我们聊起同住的小镇，聊起小镇上好吃的餐馆，我推荐了我常去的认为比较好吃的郭林中餐馆给他，他嘱咐我将订餐电话邮件发给他，他和太太要去品尝……访谈结束后，我邀请他方便的时间到中国讲学，他很爽快地答应了。

第二部分

关于中国历史文化

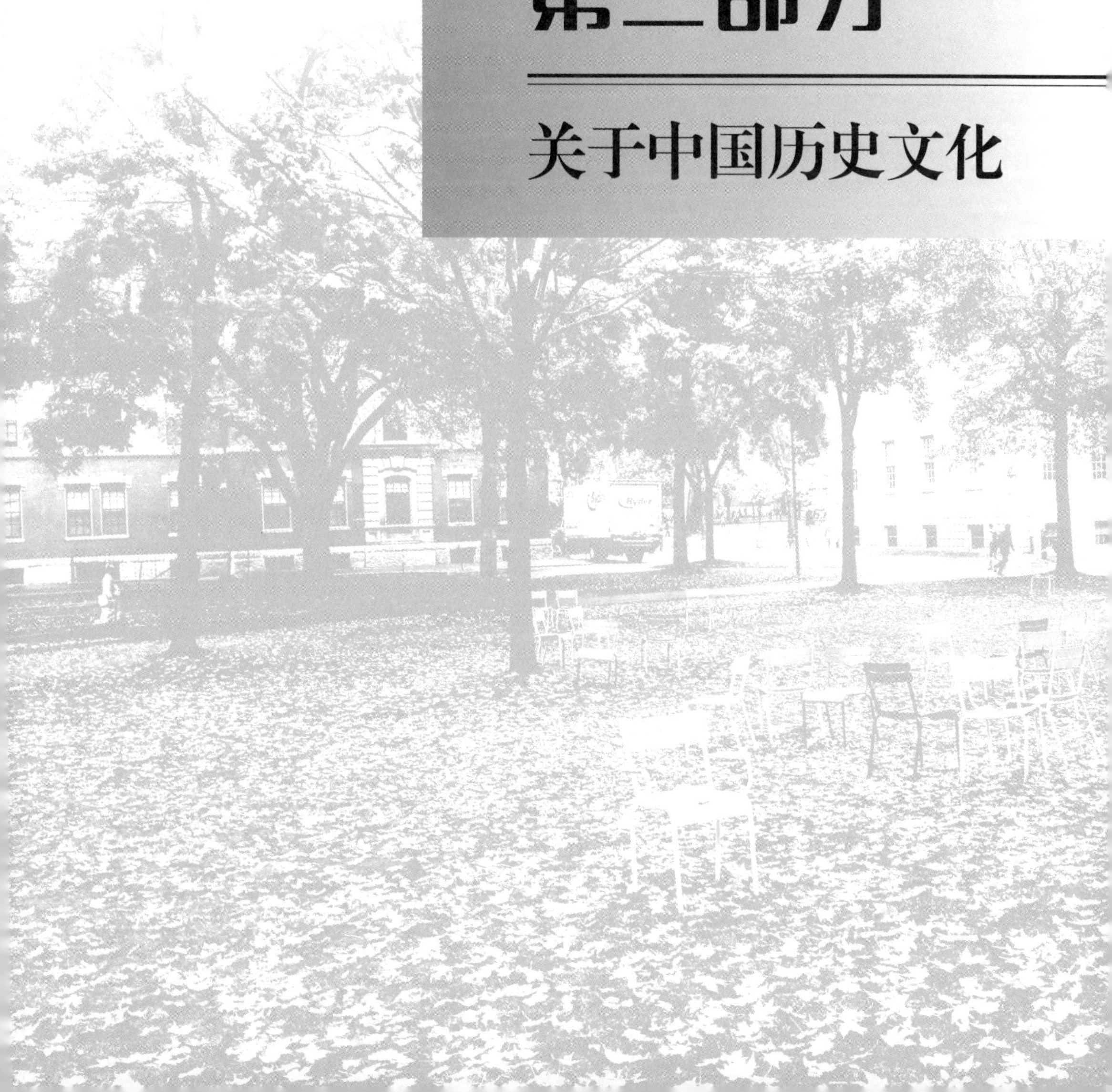

精神人文主义与民族文化复兴

——访北京大学高等人文研究院院长、哈佛大学亚洲研究中心资深研究员、国际哲学学院院士杜维明教授

杜维明

杜维明：当代著名学者，儒学第三期代表人物之一，传播儒家文化的重要思想家。现任北京大学高等人文研究院院长、哈佛大学亚洲研究中心资深研究员、国际哲学学院（International Institute of Philosophy，简称 IIP）院士、美国人文与科学院（American Academy of Arts and Sciences）院士等。杜维明祖籍广东南海，1940 年出生于云南昆明，15 岁起研习儒家文化，曾师从牟宗三、徐复观、鲁实先，并问学于唐君毅等儒学大家。1961 年毕业于台湾东海大学中文系，翌年获哈佛燕京学社（Harvard-Yenching Institute）奖学金前往美国深造，师从史华慈（Benjaman I. Schwartz），获哈佛大学历史与东亚语言学博士学位。1967—1971 年任教于普林斯顿大学（Princeton University），1971—1981 年任教于加州大学柏克莱分校（University of California，Berkeley），1981 年起任哈佛大学中国历史和哲学教授，1983—1986 年任哈佛大学宗教研究委员会主任，1986—1989 年任哈佛大学东亚语言与文明系主任，1996—2008 年任哈佛大学燕京学社社长，2010 年起任北京大学高等人文研究院院长。

作为儒学第三期的主要推动者，杜先生长期致力于阐释儒家经典，同时以世界文化多元发展的眼光审视儒家传统，力图通过对传统的创造性转化复兴中国文化，其开拓的“文化中国”“文明对话”“启蒙反思”“世界伦理”等诸多论域，在国际思想界产生了广泛而深远的影响。1988年，他荣膺美国人文与科学院哲学组院士；1999年，荣膺哈佛大学燕京中国历史、哲学和儒学研究讲座教授；2000年，荣获托马斯·贝里（Thomas Berry）生态与宗教奖；2001年，荣获第九届国际“李退溪研究奖”；2006年，荣获美国人文学者终身成就奖；2008年，当选国际哲学团体联合会（International Federation of Philosophical Societies，简称IFPS）执行委员；2009年，荣获中国首届“孔子文化奖”；2010年，当选国际哲学学院院士；2012年，当选中央电视台举办的“第一届中华之光——传播中华文化年度人物”；2014年，荣获“2013中华文化人物”荣誉称号；2015年，当选国际哲学学院副主席。

一、“学以成人”何以成为世界哲学大会的主题

张梅：尊敬的杜先生您好！非常感谢您接受我的访谈。第24届世界哲学大会（24th World Congress of Philosophy，简称WCP）刚刚在北京闭幕，我们就从这届哲学盛会谈起吧！这届大会的主题是“学以成人”（Learning to be Human），我们都知道儒家的终极关怀是学习如何做人，《论语》开篇第一个字就是“学”——“学而时习之”。可是孔夫子在很早以前就强调“学以成人”是“为己之学”——“古之学者为己”，请问您为什么要把“为己之学”作为本届哲学大会的主题？

杜维明：“为己”有很多个层次的涵义。孔子讲的“为己之学”是为了创造自己的人格，而不是为了自己，不是孤立绝缘的、简单的、个人式的。事实上，学做人是“为己之学”，为己也包含着为人，如果学习只是为了外在的理由而不是发展自己的人格，学习的道路就不一定正，自己受用不够，这样到头来反而会适得其反，所以要先“为己”，从建立自己的人格做起，逐渐地扩大。另外，人虽然是关系网络的中心点，但人与人之间是互相交融的，所以儒家不提倡狭隘的个人主义，而是提倡人与人之间的互利、互赢、互动，就是“己立立人、己达达人”这样基本的理念，从这个层面来讲，“学做人”是每个人都可以关注的。

这届世界哲学大会是自1900年开始举办以来规模最大的一次。每届哲学大会的主题都不是由某一个人确定，而是由国际哲学团体联合会委员会通过召开严肃的学术讨论会投票决定。这届世界哲学

大会的主题在确定之前我心里做了一些准备，我想这届哲学大会既然是百余年来第一次在中国召开，那么如果能够选择一个与中国传统文化有密切联系，同时又兼具全球意义的课题，既让西方的学者了解中国，又让中国的学者对世界各地学术大势有新的认识，这样的交融会比较好。其实当时就大会主题提出的选题很多，委员会全体成员经过讨论，最后投票决定用“学以成人”作为这届大会的主题。

这里还有一个背景，我们北大高等人文研究院 2015 年在北京召开过一次以 IFPS 的执行委员为主的学术会议，那时候的议题就是“学做人”，英文翻译为“Learning to be Human ”。经 FISP 执行委员会全体投票通过“Learning to be Human ”作为主题，再翻译成其他五种世哲会官方语言，这时候中国的学者提出将“学做人”改成了“学以成人”，觉得这样的表达较为典雅，哲学的意味也更浓。

“学以成人”确实是一个很普遍的课题，几乎跟世界上所有人都有关系，超越了种族、性别、年龄、宗教、地域等界限。每个活生生具体的人都有这个过程，成人是一个一直在发展的过程，且发展过程中有很多不确定因素，这许多的不确定因素多半是要靠自己的反思。有些传统思路是暂时放弃“身”来注重“心”，有些是注重精神性而暂时没有太照顾到我们的日常生活。儒家有一个非常奇特并在中华民族心灵传统里根深蒂固的想法，就是你不能离开此世，你是一个具体的、活生生的、当下的人。孔子提出“古之学者为己”的时候，特别强调人的自觉，如何成为一个具体的、活生生的人？这要通过自己的努力，要经过反省和反思才能达到，这就牵扯到了“学”的重要性。“学”一方面是事实的表述，另一方面，“学”还意味着责任、承担和鼓励。孔子说自己最欣赏的学生是颜回，因为他“好学”，这是他对学生最高的评价。另外孔子对自己的描述也是

“好学”——学而不厌，教而不倦。“好学”是孔子的自我定义、自我承诺，同时也是他对学生最高的要求。通过宇宙万物来看，人是通过“学”慢慢地成为一个有品德、有价值的人，所以，在我看来，“学以成人”不是一个很特殊的文化命题，它是一个普遍的命题，它的根在儒家。但是其他哲学，例如古希腊哲学，讨论“学做人”这一课题的内容也非常多，可以说这一课题在世界精神文明中有着相当强、相当广的关怀，所以“学以成人”才能成为本届哲学大会的主题。

二、精神人文主义的内涵

张梅：您近年来提出了“精神人文主义”，我理解您所说的“精神人文主义”实际上包含四个向度：一是自我本身的内在关系，即身心灵神的统一；二是个人与他者的关系，即个体与社会的健康互动；三是人类与自然的关系，即整个人类和自然的持久和谐；四是人心和天道的相辅相成，即“天人合一”。近几十年来，人们为振兴人文精神做出了各种努力，大家都在呼唤一种真正的全人类都能接受的人文主义，在我看来，“精神人文主义”的提出可以说是恰逢其时。以您之见，“精神人文主义”能够为重振人文精神、解决人类社会面临的困境作出哪些贡献？

杜维明：顺着我刚才说的，世界哲学大会以“学以成人”作为本届大会的主旨，当时委员会讨论“学以成人”的问题应该顺着哪几个侧面展开时，就提到了四个不可分割的向度，正是我数年来所研究的核心课题：身心如何整合，个人和社会如何健康互动，人和自然如何持久和谐，人心和天道如果从中国的老传统来说就是如何能够相辅相成。后来他们还加上了“传统”这个向度，这五个向度成为世界哲学大会的一个大框架。在这个大框架下，每一个向度又提出两个专题讨论，这样就有十个专题讨论，再加上九十九个分组讨论，涵盖的范围非常广，环绕着人的四个向度展开讨论，这样讲起来就会有一种共识，这不是说我们强加于人的一种共识，而是大家考虑到要对人做一个全面的理解时，这四个向度都不可分割——你只注重个人而不注重社会是不可能的，过分注重社会和谐而不考虑个人尊严也是不可能的，如果过分强调人类中心主义而对自然环境不能维持，也是不可持续的，另外如果只注意凡俗的世界而对很多宗教传统、精神传统（超越的上帝、安拉这种精神的最高实体）完全不照顾到也是不可行的。它们是四个不可分割的向度，但是中间又有很多交互的关系，所以讲个人严格地说不只是主体性，我认为主体性是与人的自由、人的尊严、人的志向、人对自我的了解都有关系的，但是主体性中间又有互为主体的因素。对于自我的了解，你可以想到将心比心——了解他人也需要同样的要求，讲到个人最高的理念一定是和他人有密切的联系，这样才能逐渐建构起一个以信任为基础而不是完全以契约为基础的社群——家庭就是最好的例子，是自然形成的社群，然后从这个社群逐渐地扩大。

现代社会是有契约的，陌生人组成各种不同的社群，在这些社群中间又有一定的规约、一定的价值、有一定的人与人互相信赖的承诺。否则，没有法制和共同承诺而组成的社会是不可能长久的。再有就是大自然，现在的生态环保可以说是重中之重的首要大事，对待这件大事，最基本的层面而言需要一种态度的改变，而不只是一种策略、方式或者新的能源、技术的产生应用，这些都是很重要而且需要通力合作的。但更重要的是人本身的态度问题，如果人类把自然当成是身外物来利用它，这完全是一种工具理性的方式。我们要把它看作是与人有密切关系的、血肉相连的一个互为主体的存在——不把它当作身外物，而把它作为主体之间必须存在的有机联系。

现在国内大家关注得比较多的是身心和谐、人和社会的关系，以及人和自然的关系问题，而对最后一个人与天的关系问题关注度不够。其实，世界文明中有很多对于“敬天、畏天”这种信念、信仰，以及超越性的敬重，不仅是对天的敬重，对天地万物也一样的敬重。这种敬重是人能否存活的最基本条件，因此我们也要加进来。如果把人作为立体的存在，这四个向度都要有，再加上时间这个传统，传统文化在这个立体的时空中永远学习、不断进步、永远变化、进行互助互动，这样的过程是人成就世界和谐——至少是世界和平所必须具有的条件。

学界有很多人在考虑存不存在这样一种人文主义：既不排斥自然，又注重物与神。它既注重物，就是和自然的亲和；又注重神，有很强的精神资源，可是它又是以人为核心的，不是“人类中心主义”，而是以人为关注重点的。这种人文主义可以超越各种不同宗教的要求——不仅超越，而且可以协助一个有强烈精神人文主义关怀的人，成为一个更好的基督徒、伊斯兰教徒、犹太教徒、佛教徒或印度教徒等，这是精神人文主义的一个基本观点。换句话说，精神人文主义是开放的、多元的，是向各种不同精神文明发出的邀请，邀请大家一起进行互惠的对话。我曾经倡议通过文明之间的对话而逐渐发展出一种“对话的文明”。我们讲中国文化的发展是多元多样的，在先秦出现各种不同的可能性，现在我们很希望回到先秦百花齐放、百家争鸣的盛况。但是从宏观的历时视野，中国也有纵向的发展，经过了一个非常重要的学习过程，也就是通过向印度学习，佛教才成为中国文化的一部分，中国文化从曲阜所代表的地方文化变成中原文化，经过印度（佛教文化）的影响而出现了质的改变。尽管存在批评，也有赞美，但是我们必须接受佛教已经成为中国文化内部不可分割的一部分。不仅它成为中国文化的一部分，从宋末元初开始，中国同伊斯兰世界和阿拉伯世界等“外部世界”进行了多种多样的贸易交往与文化交流，此外，早期的天主教在明代传入中国并扎根发展，基督教在现代中国的影响越来越大，发展势头也很强，这些都是中国文化之所以转变为现代文化的助缘。

我所提出的精神人文主义，天和人不是割裂的、人和物不是割裂的。精神人文主义不是这种排斥性的二分法，而是要打破这种思考，融合成为不仅有一惯性而且是互相交融的共同体。例如阴阳是非常好的理解方式，但是我们把性别问题从阴阳里面剔出来，我们不把阴当作女性、把阳当作是男性，而是认为阴是一种凝聚的力量、阳是一种创造的力量，这两种力量都是可以互相交融的。从实际情况看，如果我的领导是女性，那她实际代表的是阳，而我自己是阴；如果从我与父亲的关系来说，从青年到壮年，我是阴、他是阳，但是他逐渐变年长了，我就成为阳、他变成阴了。中国传统的阴阳理论在宇宙论上有歧视性别的缺陷，而以此角度诠释阴阳互动，正是要祛除这种偏见。

三、文化中国与文化“走出去”

张梅：上世纪 90 年代您提出的“文化中国”论说在海内外也产生了强烈反响，“文化中国”是我近年来特别关注的课题，我曾经拜读过您的大作《文化中国：以外缘为中心》（Cultural China：The

Periphery as the Center），在文中您指出“文化与政治、经济大不相同，边缘地区有时候文化发展得很快，甚至外国人对中华文化发展所起的作用也不容忽视”，这对我启发很大。当前，我们急切地想让中华文化“走出去”，但是在我看来，文化“走出去”与经济“走出去”有很大的不同，要靠人的自觉。您觉得目前情况下，对于文化“走出去”我们应该葆有怎样的文化认同和文化自觉？

杜维明：哈佛大学的约瑟夫·奈（Joseph S. Nye）教授提出的“软实力”事实上是从政治策略角度来考虑的，他认为美国虽然有那么强的军力实力、科技实力和经济实力，但是在国际上并没有得到普遍的尊重——西欧知识分子对美国持很强烈的批评态度，同时美国社会内部对美国文化批评的也不在少数。约瑟夫·奈认为在军事实力、科技实力、经济实力之外，美国应该还有另外一种力量应该发挥作用而没有发挥好作用，那就是软实力。我不太赞同这一提法，事实上，说到软实力，不是用军事的力量而是用文宣的力量来发展，媒体需要起到一种积极的作用，把文化推到世界各地去，这也是大家都知道的一种宣传方式，当然媒体能起到一定的作用，但这基本上意味着一个文化策略。在我看来，文化“走出去”的主要问题是接受问题，要潜移默化，不管你怎么样去推，都要“心悦诚服”——别人听了后能不能听进去，听进去之后能不能在其身体里面发挥正面的作用。此中还牵涉到认同问题，这个认同一定得是自愿的，通过军事和经济的力量虽然可以让人看到文化的影响力，但这种影响不能内化到人的生命中去。

最好的一个例子就是印度文化到中国，印度文化传到中国完全不是印度人花很大的资本、用很大的力量把它的文化推广到中国来的，而是那个时候中国有精神上的需要，中国有很多重要的思想家例如法显、玄奘亲自去印度取经，印度的大师大德来到中国，例如禅宗的发展（达摩）。大家是以敬重的方式学习，这就是文化的意蕴、内涵——包含了思想的高度、知识的意境、文学艺术的成就等所展现的世界，有它的吸引力，所以是人家主动来向你学习，所以我们要培养自己文化的坚实内容，培养文化本身的动力以及它的感染力。

事实上，谈到文化“走出去”，本国文化在国内受到什么样的待遇是你能不能走出去的一个前提。这个前提我们当前还没有建立起来，我们曾经对我们的文化做了一个相当彻底的粗暴的摧残，这个问题到现在也没有得到解决。当前中国很多的年轻人对自己的文化并没有正面的肯定，没有感受到其内在价值，有些甚至根本不把中华文化当作重要的资源，例如，出于升学的考虑，他们可能会学一些钢琴等艺术，作为将来入学考试的资本，但是并不是为了陶冶他自己，是完全出于外在功利的目的而没有任何内在性的，不是“为己之学”。所以我觉得文化的对外传播，有没有感染力、能不能产生影响力，首先是在自我认同的内部，首先在于我们内部是不是有一种鲜活的动力，像中国的绘画在世界很多地方已经有相当大的影响力，中国的诗词歌赋、中国的哲学等也有很大的影响力，这些都是靠人们自觉自愿来完成的。

我之前讲到“文化中国”，海外华人的确是一个非常重要的文化“走出去”的因素，但是除了海外华人之外，还有一批与中国和中华民族既无血缘关系又无婚姻关系的国际人士，这其中既有中国研究学者和汉学家——中国研究成为他们的专业，除此之外，“文化中国”再往大了说还包括长期和中国文化或中国打交道的企业家、媒体从业人员和政府官员，例如外交官等。对于中国文化，他们常常是通过英文、日文、法文、德文、韩文和其他语言来加以了解的，因此，

“文化中国”这一观念要超越语言，有一些不讲中文的外国人，但是大家对中国文化有一种热爱，这一部分人也会对中国文化的传播和发展发挥作用。

我认为，“文化中国”不是一个狭隘的地域观念，不是一个狭隘的种族观念，也不是一种完全关于语言的观念。文化与族群意识、地域感情有很大的不同，它是通过主动自觉的努力而争取到的。近百年来，中国经过了好几次的浩劫。从文化的立场上讲，最大的浩劫是“文化大革命”，那是革文化的命。当时，大批中国人把中国文化摧残到惨不忍睹的地步。你说因为我是中国人，我就是中国文化的代言人，我就是中国文化的维护者。这个命题根本站不住脚。当时摧残自己文化的中国人，比比皆是。反过来说，想通过文化的努力来了解中国智慧的外国人，也相当的多——从比例上讲当然是非常非常少，但是他们的人数在逐渐增加，我们不能忽视他们的重要性。当然现在海外也有部分对中国文化批评比较激烈的，正是因为他们的激烈批评，使得中国人对自己文化的阴暗面有比较深刻的了解和反思，从而推陈出新，推动文化的发展，这也是积极作用，使得文化交流能够开展起来。

此外，在我看来，文化“走出去”与文化能不能扎根也有很大的关系。从“为己之学”来看，就是自己文化的陶养有了一定的建树，有了一定的内化能力，它的覆盖面会扩大，会有潜移默化的影响，能够转化自己，同时转化周围的人。要想中国文化“走出去”，首先在我们的文化圈，特别是教育领域——不仅是小学教育、中学教育，大学教育也应该包括在内，都要有文化自觉，对文化要有一种崇敬感，要父母来鼓励、社会来鼓励、政府来提倡，但是这种对中国文化的崇敬不是工具性的、狭隘的、功利的方式，而是我们确实能够欣赏我们自己的文化。

张梅：从文化中国和儒家传统的关系来看，您认为当前应怎样开发儒家的传统资源，来推动文化中国的发展呢？

杜维明：儒家传统是文化中国中极其重要的文化资源，但是，文化中国所掌握的资源非常丰富，不只是儒家传统，还有道教、佛教、民间传统等其他传统。中国的民间宗教传统里头，有儒家的成分，但也有很多不是儒家的成分，而是佛家的，佛家对中国文化的影响很大，在台湾地区、香港地区以及新加坡，都可以看得出来。文化中国还有很多其他的精神资源，例如法家的思想、墨家的思想，甚至于阴阳五行的思想，各种西方的思潮，这些都是文化中国的资源，所以文化中国的资源是多元的、多样的且非常丰富的。

从客观上来说，文化中国的精神资源在现阶段是薄而不是厚，其价值领域是少而不是多，这是我们现在碰到的一个非常严肃的课题。是什么原因造成这个现象的呢？是“五四”以来的强势意识形态，是西化，这个西化所体现出来的精神，可以说是物质主义、现实主义和广义的科学主义。这个强势的思想在文化中国的各个地方影响力都非常的大。例如在中国大陆，有所谓的商业大潮，大家“下海”以后，物质主义、现实主义、功利主义、科学主义更加突出了。在台湾，虽然宣传中国文化，但它是从工具理性的角度宣传中国文化，以前是为了替国民党造势，现在台湾的意识形态基本上是物质主义、现实主义、功利主义、科学主义。另外，像新加坡和海外华人社会，工具理性的影响最大，突出了经济和政治，对于社会文化，特别是人文社会科学并不重视。

儒家传统是文化中国的资源之一，值得发扬。但是我们不要忘记了，无论文化中国的观念多宽、多广，都没有办法完全涵盖儒家传统，因为儒家传统也是东亚文明的体现。换句话说，儒家传统也是日本的、朝鲜的、越南的，将来也可能成为欧美的。作为一个有生命力的文化传统，儒家传统已经不仅在中华大地，同时也在日本、朝鲜、越南以及很多其他地方开花结果。所以，我们不能说文化中国这个传统把儒家传统完全包括在内了。正因为儒家传统是东亚文明的体现，所以，整个儒家传统对世界文化是从多元文明对话的角度来理解的，因而它所能作出的贡献就不仅是文化中国的贡献，也是整个东亚文明的贡献。

四、儒学的前景与未来发展

张梅：因为工作的关系，近年来我在海外接触到不同地区和不同社会阶层的华裔，从他们的言行中我能感受到他们身上所流露出来的儒家文化精神。我觉得，儒家伦理在海外华侨华人社区正在转化为侨胞日常生活中的行动，体现出旺盛的生命力。可是在中国大陆儒家文化却经历着相当不同的境遇。在中国大陆将来发展的过程中，儒学会不会起积极的作用？另外，您对儒学的发展前景、未来研究方向、研究重点持怎样的看法？

杜维明：我是在台湾长大的，在美国待的时间很长，第一次回中国大陆是在 1979 年，我跟随美国科学院的学术代表团短暂回来大概一个月的时间，对国内的情况有了初步的了解。1980 年，我在北京师范大学待了将近一年的时间，在做学术报告的同时，也向重要的历史学家如赵光贤、白寿彝、何兹全等教授请教。当时海外学界（尤其是台湾），对儒家的理解基本是正面的，但是在中国内地，因为受“文革”的影响，总体感觉理解儒家的负面内容居多，儒学类似于一个符号。那时候的知识分子都是 1978、1979 年考进大学的，现在已经成为中国社会政治经济的中坚力量。我当时问了自己两个问题：一是儒学在中国将来的发展前景问题，二是相对独立的知识分子精神在中国的发展态势将会是怎样。在和老中青三代学者的交流中，我得到了肯定的答案，从当时大家的回应，我感到都是正面的，那是 1980 年左右，距离现在有很长的时间，但是可以看出来现在有很大的改变。这种改变不是一般的社会层面的改变，而是从政府决策一直到企业界——现在企业界里学习儒学的风气比较盛行，特别是大家对王阳明重要性的认识，都有所改变。

这方面文化的改变是渐近的，但是这种改变是很深沉的，从当时完全政治化的“批林批孔”“破四旧”的形态，逐渐走向学习儒学，例如学习《弟子规》——当然有些地区有一些过火了，发展到要背诵一些现在看来没有什么意义的礼俗。现在的改变还体现在，以前儒学几乎不在主流思想的考虑范围之内，现在人们一般认为在中国有三大潮流：马列主义、自由主义所代表的一些思潮，还有儒学，这和以前有很大不同。这次世界哲学大会为数众多的研讨会论文，以及大会主题报告中的很大一部分都是跟儒学有关系的，所以儒学复兴的势头已经非常清楚了。现在如果社会上有人讲乡村儒学、生命儒学、生活儒学、政治儒学，至少也不会引起反感。

在海外的华人世界，以印度尼西亚为例，现在发展的势头很好，它有儒教，儒家是他们信仰的宗教。马来西亚也有这样的传统。新加坡也是一个很好的例子，尽管它受西方影响很大，是中国文化圈中最为西化的，但是经过好几代人的调查研究——他们有数据为证，新加坡的人，不管是老年、中年还是青年，受到汉语或者英语深刻影响的人，他们认为最重要的价值仍然是孝，这是新加坡深刻的传统，这当然和儒家有一定的关系。李光耀已经了解到在新加坡的华人社会中，儒家的根是很强的。

另外，文化的传播有一种特殊的现象，例如，儒学在 19 世纪传到了美国，然后在美国生根，与 19 世纪后在中国的发展是很不同的。传到国外的很多传统不仅被华侨华人继承而且在当地扎根了，非常深刻地一直在发展，现在的海外华侨华人可能还保持着当时传到国外去的饮食、风俗习惯等，并且还继续不断一直在传承，这个很值得我们注意。从这一方面来讲，在海外的华人社会，像我提到的印度尼西亚、马来西亚、新加坡等东南亚地区，美国、欧洲乃至非洲，中国的传统文化都在不断发展。传到美国的中国文化一般是从广州、台山等地传过去的，有非常浓郁的地方特色。在法国，华人开餐饮业的很多，影响最大的可能是温州文化。实际上，这些地方的文化也都有儒家的根，它虽然有地方特色，但是有儒家传统文化的影响。当然现在情况改变了，华侨华人“落地生根”了，特别是最近出去的一批华人，但是从整体上来看，儒家文化对海外华人的影响仍然很强。

另外，儒学作为源远流长的大传统，它必须分成各个不同的发展阶段，有时间的概念。在历史长河中，儒学分为三期：第一期是从公元前 6 世纪孔子时代一直到汉代，儒学从曲阜的地方文化逐渐成为中原文化的主流。中华民族之所以成为中华民族，儒家文化在早期是作出了一些贡献的。比如说孟子，孟子曾提出人禽之辨、夷夏之辨、义利之辨、王霸之辨，突出人性、文明、义理和王道的儒家人文精神，这些问题的提出逐渐塑造了中华文化发展的模式。当时，孔孟思想在政治上影响不大，后来在教育、文化上影响逐渐扩大，逐步深入民间、深入政治文化，为中华文化的自我认同作出了重大贡献。

从 11 世纪（唐末宋初）儒家文化复兴即宋明儒学开始复兴，儒学发展进入了第二阶段，儒家文化从中国文化的一个侧面发展成为东亚文明的体现，从中国传到朝鲜、越南、日本、东南亚等有海外华人聚居的地区。

19 世纪中叶，从鸦片战争开始，儒家文化受到了西方文化的冲击，特别是以启蒙运动为代表的西方文化的冲击，逐渐从政治、社会、经济各个层面撤退，发生了李鸿章所讲的“三千年来未有的大变局”，这个大变化使得儒家文化逐渐在中国精英知识界影响变小，很多人成为批评儒学的干将，例如在“五四”时期，像胡适、陈独秀、李大钊、鲁迅等都成为批评儒学的干将。建国以来，儒家文化发展也很曲折。

在这种情况下，儒家文化有没有进一步发展的可能，儒学到底有没有第三期发展前景的问题，就成为大家考虑的问题。儒家文化被认为是农业社会的产物，它和经济上的农业社会与宗法社会、专制政体有着密切的不解之缘，这被认为是儒家阴暗面的问题。从正面的角度看，儒家文化在中国近代化过程中由于受到西方启蒙运动代表的人文主义等的冲击，进行了自我调节。100 多年来，受儒家文化影响的中国知识分子，从康有为、梁启超到“五四”时期的熊十力、梁漱溟、贺麟、冯友兰、张君劢等，到 1949 年建国后海外的牟宗三、徐复观、钱穆、方东美等一直在做这一工作。到现在为止，至少有三代人在设法对儒家传统受西方挑战、被解构以后，如何面对西方文化的冲击做着调节的尝试与努力。现在，特别是世界哲学大会以后，我们希望儒家哲学本身能够进行开陈出新、精神再造。儒家如何面对西方文化提出来的新的挑战，特别是科学民主，当然也包括自由、人权、法制、个人的尊严这些基本精神，这些精神怎么能够成为发展中国文化的重要资源，这是大家比较关注的。

这次第 24 届世界哲学大会所提出的问题是普世性的问题，就是：如何学做人，如何发展人际关系，如何建立一个良好的社会秩序。儒家从先秦开始一直发展到宋明理学，有一个非常重要的问题就是人生观的问题，就是对人生的态度。此外，还有一个重要的问题就是在和世界主要文明——犹太文明、希腊文明、印度文明和中华文明的对话、比较和交流中来扩大儒家人文精神的内涵，加深对人各个侧面反思的深度，这是一个大问题，这是全面地发展儒家的人文精神。但这不是如同一个筐，把各种好处都拿进来，这是做不到的，它要有一种深刻的自我反思。中国从宋明以后到现在经过了那么多的改变，在接受西方文化的前提之下，我们如果要开陈出新，就必须对自己文化的正面和负面的实际情况有非常深刻的自知之明，在这种基础上，通过和他们真诚的对话，改变我们以前对自己文化内部的了解——我们不仅要从内部了解，还要从外部了解，而且是一种批判的了解。

我认为，儒家传统能不能继续发展，一个很关键的课题是，它的批判精神能不能维持。其实，儒家在中国文化中，特别是在中国政治文化中，一直有一个很难解的结。在中国文化发展过程中很多学者都提到了这个结，那就是儒家与权力的关系问题。在儒家成为中国主流文化以后，在中国的文化圈，不是法家和儒家斗，而是两种儒家在斗争。一种以服务政治权力为目的，为了获得其发言权和影响力，依附政治权力，成为政治控制的软力量和机制，不具有反思能力和批判性，这是一种儒家。另一种儒家从“为己之学”开始，有非常强的人格发展，代表道德理性，是一种为所有人的利益而努力的力量，这种力量是通过个人的道德自觉，实现家庭、社会的和谐，同时用这个力量来转化社会、移风易俗，使得参政的人的品质以及政治的品质本身有所提升——以道德理念和精神价值转化政治，使得它确实为人民服务，为了长远的社会安定与和平（区别于狭隘的民族主义），这是有正面意义的。

我们有“天下”的观念，有“命运共同体”这种世界共同发展的理念，我们与世界可以通过对话和和平相处的方式来发展，因而这种儒学与自由、民主、科学存在配合的可能。这种儒学与前面我所说的丧失了文化自觉，放弃了人格尊严，完全依附于政权，特别是依附于中国传统社会中很糟糕的政权、为他们服务的儒学不一样。以权力为目的和以道德理想为目的来转化政治的这两种儒学力量的斗争非常强烈。所以说这是中国儒学往前发展的关键，就是能不能在儒学的人文精神方面发声，这与放弃这种人文精神完全依靠外在力量、“曲学阿世”的儒学走的是完全不同的两条路。

张梅：您觉得儒学将来会成为世界共通文化吗？

杜维明：儒学成为世界共通的文化是我们的目标，但是现在看起来难度不小，因为我们要找到大家都能够基本接受的人文价值或人文精神——这个理想要成为现实有很大的困难，会遭遇各种不同的误会，比如以前有的人认为我们走出去是要用我们的价值取代人家的价值，认为中国是狭隘的民族主义或者中国想一枝独秀。你要说明你不是这样的，你要在理论和实践层面上能够展现出来，让大家心悦诚服，这不是让比你有权有势的人能不能接受的问题，而是让比你差了很多的社会对你的理念也能够认同。例如我和非洲的一些学生讨论一个叫乌本图的观念，这个观念是说我的存在是因为你的存在，是对他者的敬重，这个观念实际上与中国儒学有不少契合之处，儒家的思想里面有“仁者爱人”“己欲立而立人，己欲达而达人”“己所不欲，勿施于人”这些基本的理念。

乌本图（Ubuntu）有一个非洲哲学复兴的问题，这次世界哲学大会的第一场就是关于“仁”的，与乌本图的“心”“爱”有相通之处，这种对话可以让大家感觉到儒家是在人类共同文明中寻找一种共识，寻找可以互享的精神，这种共享的可能性是很大的。今年11月1至7日在多伦多将要召开世界宗教会议，也是世界最大的宗教学会议，至少有1万人参加，他们要讨论的就是生态环保问题，这是人类的重大问题，对于这个问题我们怎么看、对于社会秩序重组的问题我们怎么看、对于人类都必须接受的人文价值我们怎么看，在这些方面世界有互相理解、了解和对话的可能性。

张梅：当前，中华民族正经历一场重大甚至是前所未有的复兴，在我看来，中华民族的复兴，不应只囿于经济、政治层面，还应包含文化层面。更具体地说，民族复兴本质上应该是民族文化的复兴，儒家文化作为中华民族文化的主流，与中华民族的前途命运息息相关。您认为儒家文化中的哪些资源能够为中华民族的伟大复兴提供强有力的支撑？

杜维明：我觉得这个问题可以换个表述，换成“儒家文化中有哪些因素可以为促进人类社会的进步发展而作出积极贡献”。中华民族复兴不仅是为了我们自己，也是为了世界。从对话的角度来说，“己所不欲，勿施于人”的底线是健康的。我应联合国前秘书长科菲·安南的邀请参加为推动文明对话而组建的“世界杰出人士小组”已经快20年了，我清楚地知道这和基督教的“己所欲，施于人”是可以配合的，而且基督教的“己所欲，施于人”应该以“己所不欲，勿施于人”为基础，这样才不会引起信仰冲突所带来的矛盾。另外还要加上一个“人道”，就是“己欲立而立人，己欲达而达人”——我的努力、我的发展实际上也是为我周围的人创造条件。这种伦理上的基础和“仁者以天地万物为一体”的天下观念（不是一种政治话语）中的同情、移情、慈悲等有感通的可能性。这不仅和理性是没有冲突的，而且理性和共感的情应该配合起来。所以我们看待这个世界，我们对待在世界所碰到的困境不能完全以工具理性的目的和手段来理解，而应该从更宽广的人类的共同存活、共同繁荣来理解。以前有人提出来“地球宪章”，我们怎么样和地球建立一种亲和的关系，这是基础，基础开始于人所处的世界，世界是自然的一部分，这和三大宗教超越精神世界的崇敬是可以配合的。人存在不是为了吃饭，人的存在是有意义的，人是有价值的，“天生人成”，我们还要帮助上天把美好的世界在我们的生活世界里面体现出来。这话听起来像是空话，但是，如果在每个人的心里，大家都有这样一种自觉，那么这不仅仅意味着一个人发展，而是一个国家的发展、一个民族的发展。

这个问题是说中华民族一定要走出自己的独特道路，要有文化自信、道路自信、方法自信。我们独特的路又是和人类文明的长远发展、现在的和平共存相配合的。中华民族不可能走一条与世界文明将来能够和平共存必须要走的宽广大道相违背的道路，不可能走一条狭隘的民族主义的路。我们要考虑到美国有美国的民族主义、俄罗斯有俄罗斯的民族主义、印度有印度的民族主义，我们要在这个基础上面找到大家都能和平共处的和谐道路。

【汉学家印象记】

为往圣继绝学*

——致力于儒学现代化转化的杜维明教授

“我们虽然生为中国人，但对中国自己的东西不论古往今来，都了解得太有限了。学文学的不懂莎士比亚是耻辱，但没有摸过杜工部却是可原谅的；学哲学的不能不知道康德，但可以完全忽视朱熹；学历史的没读过《罗马帝国衰亡史》（The History of the Decline and Fall of the Roman Empire）是遗憾，但没摸过《史记》却很平常！我们必须开始有系统地先来了解自己……。对中国文化和西方文化都再作更深入的了解，那么我们的基础必厚，立论必高，呼声也必大。”刚入师大历史系念书时，《大学杂志》在校园相当风靡，陆续读到自哈佛毕业后到普林斯顿开课的杜维明教授在上面发表的很有见地的文章。尤其是对上述这段话，懵懵懂懂的我，仿佛是有领悟，也因此扩展了对中西史学的兴趣。读起《史记》《罗马帝国衰亡史》……

杜教授早年师承牟宗三、徐复观、鲁实先诸先生，并为唐君毅先生私淑弟子。杜教授在建中就因启蒙老师周文杰的引荐而认识了牟先生，再得识唐、徐二位。因牟、徐先生转任东海，他遂决心入东海大学就读。先考进外文系，次年，中文系徐复观主任建议他转

* 原载于张凤所著的《哈佛问学录——与哈佛大学教授对话30年》，重庆出版社2015年10月版，经张凤老师授权收入本书，酌情有修改。

入该系专治哲学史学，是东海第三届毕业生。

杜教授是儒学第三期的代表人物之一，他始终辛勤从事讲学研究，最难得的是又能以开放的心灵论学。他奔波全球，毫不懈怠地前往北京大学、南京大学、台湾大学、香港中文大学及法国高等研究应用学院（EPHE）担任访问教授，并担任浙江大学、中国人民大学、中山大学、上海社会科学研究院名誉教授，并先后获得美国理海（Lehigh）大学、山东大学、台湾东海大学、香港岭南大学、伦敦大学国王学院等荣誉学位。此外，杜先生还担任国际儒学联合会副会长、马来西亚拉曼大学的国际顾问，并在新加坡、巴黎、东京、温哥华、斯德哥尔摩、新德里、开普敦、伊斯坦堡、丹麦等地高校宣扬讲授儒家哲学，并由比较宗教学、伦理学、美学的视野来阐明儒家传统及其现代化。

杜教授担任哈佛燕京学社社长后，12 年来引领学社蒸蒸日上。当时正值经济繁荣的岁月，选访项目均欣欣向荣，广邀英彦，访问学者多达 30 位、研究讲师 20 位、博士奖学金 45 位，并且设立访问研究学者和公共知识分子计划，邀请学科专才如北大陈来教授等亚太学者短期来开课、做系列演讲，他还鼓励跨学科互动，创办哈佛燕京学社网页。

1997 年陈来教授就以中文开过课，教室内听讲的有杜维明、包弼德两位教授，还有当时的准博士祝平次、宋家富、访问的贺广如及本人。在哈佛英语世界，过去只有王德威、李欧梵、赵如兰教授和高级语言中文课，得以如此讲课，这样多元化的开放，殊为可贵。

杜教授还开辟新局面资助难得的研究，对公元前 300 年郭店竹简的研讨印行上网。哈佛校报特别报道了此事。在杜教授率引之下，学社蓬勃发展。2009 年 6 月 8 日，他邀请我参与庆祝杜社长照片高悬哈佛燕京学社门楣的仪式，见证华人在哈佛光耀门楣，叹为观止！

杜先生是 1940 年出生在昆明，祖籍广东南海。杜先生的父亲杜寿俊老先生，早年自金陵大学毕业即考进资源委员会任职，与陶声洋、蒋彦士、李国鼎诸位相熟，还被选送美国深造，专攻企业管理。在台湾造船公司退休后赴美，因通晓方言，杜老先生考进美国法院，是官方指定的翻译。母亲欧阳淑丽，在 20 世纪 40 年代的“国立中央大学”，是徐悲鸿的女弟子。杜先生略带自豪地说：“母亲一直不单是家庭主妇，她一直在外面上班，（在台湾）后来做过奔驰汽车公司经理。移美旧金山做了多年公务员，曾获市府颁发特奖。”

不得不提到对杜教授母亲影响很大的人——他母亲的二姊夫黄毓沛先生。黄毓沛先生是美国芝加哥华侨，很早就被来美旅行的林森请回国去帮忙发展空军，曾由新疆迪化（乌鲁木齐）护送国旗飞往沈阳给东北军等，立了不少功劳，还出了一套“中国进入航空时代”的纪念邮票。杜先生说：“在那种气氛下，母亲年轻时是要做第一个中国女飞行员的。”终究她成功教养杜教授及杜教授任职空军的哥哥、专攻生物学的妹妹和在旧金山侨界也很热心公益以建筑为专业的弟弟杜维新。

20 世纪 90 年代，杜教授在中国香港、中国台湾、中国大陆以及美国的汉学刊物等媒体提出“文化中国”的论说，引起热烈的反响。他表示，这是超越一般人类学家所指的“文化构造”，这个论说只是针对近年来事实上业已呈现的情况，而做一番描述，但仍有一定的客观基础。“文化中国”的涵义很广，包括了：第一意义世界，指中国大陆、中国台湾、中国香港、中国澳门和新加坡等华人为主体构成的地区。第二意义世界，指散布全球各地的华人社会。第三意义世界，指全球从事研究、报道和传播与中国有关事物的学人、记者、官员及商贾。在此论说中，杜教授将那些和中国既无血统又无婚姻关系，甚至连中文一个大字不识的“外人”也统统纳入，并盼他们与中国健康互动又相对独立，以形成一种有创造张力而无恶性抗争的态势。

杜教授主张从文化的角度对中国进行反思。他提到 40 多年前以加大柏克莱分校的列文森（J. Levenson）为代表的思想家，认为传统儒家已经没落到无生命力，逐渐被埋葬。但有鉴于世界发展的多元化，除了欧美和苏俄模式之外，至少已出现第三种或更多不同的工业文明。或可以说是“个人资本主义”之外，还有“关系资本主义”——这就是与儒家影响极有关系的日本、中国台湾和香港地区、新加坡以及韩国亚洲五条龙的兴起。这些现象怎能不使我们反问，列文森的说法能否成立？学术界只从经济因素，如美援、技术引进、劳资关系、资本积累、劳动力、企管等来认识这些现象，那么解释一定是片面的。如世界接受美援的国家及地区极多，却并未造成类似奇迹，非经济的结构功能歧异性也大。美国现代化理论突出的学者帕森斯（T. Parsons），曾引市场经济、自由民主制度、个人主义为三个不可分割——有一项不能体现，则不能完成——的现代化内容。然而东亚的发展不完全符合。这几个国家及地区不论是多党民主制还是一党专政，政府或当局都对经济有主动规划，扮演着相当重要的角色。杜先生说：“很多人认为香港完全是自由经济的十足体现，那是对香港比较陌生的关系，单看香港 40% 以上市民，是住在政府所建的住屋，政府还配合当地华人精英，对各种问题的领导及介入都是常见的事。1987 年纽约的股票市场突然崩溃，日本股市当然很受影响，而苦无办法，但香港股市马上决定停止，三天不动。哪一个利伯维尔场有那么大的力量？这完全是政府和经济社会的精英所为，维持了香港的安定。”贤明的政策与智识精英配合，有时在促进经济成长方面，比灵活市场也许更有效。

杜教授以哈佛前辈教授，曾任美驻日大使的赖肖尔（E. O. Reischauer）为例。赖肖尔注意到，儒家在日本产生的作用和基督教在欧美所产生的作用，是有相等的决定性。对应德国现代化理论家韦伯（M. Weber）探讨出新教伦理，成为促使资本主义在欧美勃兴的动机，那寻找这五条龙在东亚现代化过程中的文化共通点，便不能忽视儒家伦理。虽然儒家传统在它们的社会结构和功能上的深浅广狭大不相同，却同样对士农工商、贩夫走卒有极大的潜移默化、导引调节作用，树立了东亚工商业的价值精神典范。当然文化不是单因，而应视为不能消解的背景理论。

从广义的“文化中国”来看，还可发现一个特殊现象：“边陲向中心挑战”。边陲，大而言之，是指大陆以外的华人社会；而广东、闽南、上海、山东等大陆边陲因受到港台地区以及日、韩两国的经济互动，也明显地发展出对北京核心有经济威胁的潜力。虽然“文化中国”是不包含日、韩等国的，但日、韩等都是日本学术界所谓“儒教文化圈”的成员。

杜教授分析：文化中国不仅具有世界最多的农民社会——八亿以上，也拥有世界极有影响力的企业队伍，分散各地。1991 年 8 月在新加坡召开第一次世界华商会议，共有 800 位杰出的华人企业家出席，代表 74 座城市、32 个国家。再看中国夏天的水灾，港澳及世界华人均热心救灾。杜先生期待：希望未来大家能主动自觉地投身文化事业，在全球视野下以逐渐涌现的华裔智识分子的自我批判意识，来为“中国向何处去”，以及“如何再铸民族魂”寻求答案。

杜教授在课堂上常强调，研讨中国文化，必须有三个前提：

一是多元化的认知。他以开放的心灵反思儒学，亦顾及中国的其他传统：释道及民间传统，智识分子传统，工商、军人、农民的传统。

二是继承“五四”批判精神，使传统的阴暗面得到较充分的揭露，只有这样，儒家的真精神，才可能以崭新的面貌重新起步。过去他在加大柏克莱分校历史系，就开过好几次批判儒学的研讨会，对过去、现在甚至将来可能出现的对儒学的批判，都作了广泛而深入的探索。

“对于儒学的批判，在我心中占有相当的分量。不管你把儒学说得多么高明、多么富有理想性，我都可以马上举出很多与之相应的阴暗面来。因此我对儒家传统并没有任何浪漫式的迷恋。甚至可以说，我对儒学的阴暗面，可能要比一些以批判儒学为首务的学人，还了解得多一些。如果说，我是像一个基督徒研究基督教神学，或者像一个佛教徒研究佛教教义那样，试图身体力行地去认识儒家的智慧，因此只能进行内部批判，我不能不首肯。但这并不意味着我放弃了批判的权力和意愿，只去照察儒家的那些精彩的东西；我是从最残破的、已经百孔千疮的表现形态中，去发掘还可能有的拯救中国的源头活水，那真正有精神价值和哲学意义的动源。”

三是现实考虑的前提。现实感愈强，对现实问题复杂程度理解得愈深，反思才愈可能深入。近代饱受屈辱的智识分子，基于救亡图存的使命感和爱国心的激励，对企图利用“尊孔读经”来维护既得利益和旧社会秩序的军阀，采取针锋相对的策略。这些智识分子包括：自由主义的胡适、社会主义的陈独秀、马列主义的李大钊、无政府主义的吴稚晖，和鲁迅、巴金等文学家。他们接受西化的层次尽管不同，但不约而同地组成一个和儒家传统彻底决裂的联合阵线，一而再、再而三激发热血青年痛斥礼教，掀起打倒孔家店的浪潮，像吴稚晖先生甚至要把线装书抛进茅坑。这种不可抗拒的西化冲击，使他们一面倒，但在感情和行为上，他们又无法摆脱儒家传统。杜先生说："胡适曾表示，他根本不赞成全盘西化，但由于传统的惰性太厉害，非要矫枉过正不行。"他比喻"五四"的智识分子，以为传统像一只可以一丢了之的包袱，却不料它已内化成骨血，是丢不掉的，只能谋求改善。他用禅宗《指月录》中的"解铃还须系铃人"来说明，如果传统真是儒家惹的麻烦，那这症结，还是要靠主动批判创造的儒家来解决。

如何看待"中学为体，西学为用"的说法呢？杜先生表示"中学为体，西学为用"实际上也是一种简单化的、不能达到运作实效的提法，是一种抽象的理念，一种无用之体。把中学当成孤立的体，那么中学中比较有生命力的价值，就不可能发展。这样一来，青年人对传统的说服力、生命力，也就不可能有什么切实的体会，不可能鼓舞青年，最多不过塑造一批伪君子。我们应该继承"五四"的批判精神，但这一继承一定要建立在比较宽深的文化反思基础上，对政治化的儒家，保持高度警觉，对传统文化进行更深入的挖掘，不但去了解中学之体，而且还要了解其在中国社会如何运用，同时我们也要从西学之用，进一步了解西学之体。把西学当成散离的用，就是把西方文化当作一种工具性的东西来理解。对于它的科学、民主法治、自由人权、道德自律、宗教情操的思想精神，广泛的文化背景和深刻的精神根源没有体验，只是引进它的科技管理等，自以为别的东西都可以不要，那么我们引进的必然是最肤浅的东西。不论是迷恋中国文化的优越感，还是丧失自信的自卑感，都是两股缺乏思想性、知识性、情绪化的浪潮。单以富强为终极关切，误将西化以为现代化，那忽略了人并不只是经济或政治性的社会动物，同时也是历史文化性的精神实体——有生存的要求，也有向往艺术感受和宗教体验的意愿。

杜教授坚定地说："儒学必须对现代西方文明所塑造的生命形态，

做出创建性的回响，才有进一步发展的前景。在这样的理论基础上，恐怕儒家传统将来的发展，也可能有这一侧面。也就是说儒学要进一步发展，必须先在国外的某些地方发生影响，即如经过纽约、巴黎、东京等，在外面取得了发言权，再回到中国才比较有说服力。”

新文化运动者，认为中国的落伍保守和方块汉字有不可分割的关系，故而提倡白话文，进行汉字简化，甚至主张汉字拉丁化，以达废除汉字的最后目标。对此，杜教授特别指出：“今天我们回溯这段历史，站在现代化趋向多元模式的基础上，可以断言，这种努力是混西化与现代化为一谈的特例。”就看日本在第二次世界大战后，曾受美国语文专家的影响，把小学生汉字减到 800 字左右，而朝鲜战争、越南战争之后，日本现代化突飞猛进，在工业上有凌驾欧美之势，可是通行的汉字反而倍增。

目前计算机电传处理汉字的基本技术问题解决了，从普及教育和大众传播的实用观点，来批评汉字的言论，更缺乏说服力。杜先生说：“我最不习惯的，像‘聖人’的‘聖’字，本来很庄严，从耳从口从壬，表达了很特殊的文化意念，但变成‘圣’以后内涵是什么？就很难讲了。还出了个笑话，颐和园有块牌子介绍慈禧，为了古雅一点吧，工人根据指示把简字都改为繁体，结果成了‘慈禧太後’。可见，在认同的问题上，最好不要作简单化的判断。”他强调彻底西化是全面扬弃中国文化，那正归趋王阳明七绝中的两句：“抛却自家无尽藏，沿门托钵效贫儿。”总之，我们该扬弃、继承、引进、排拒者均未达成。要如何摆脱枷锁和狭隘的实用观点，采取宏观角度来看待中国的儒学传统？

从比较文化的角度来看，德国哲学家雅斯贝斯（K. Jaspers）称，公元前 8 世纪到公元前 6 世纪，在世界各地竞相出现光辉灿烂的精神文明时代称为“轴心时代”。思想的主流是：印度的印度教、佛教；中东的犹太教和以后发展出的基督教、伊斯兰教；欧洲的古希腊哲学以及中国的儒家和道教，都是人类共有的精神遗产。我们观察，除了中国文化儒家伦理独自憔悴外，其他上述思想均仍保有旺盛的生命力。这是不应有的特例。我们的文化和儒学能否像其他思想一样，成为现代文明的组成要素？那就得看我们能否了解并效法孔孟荀以降的历代大儒，在每一个时代中，通过自觉批判，重新创造人文价值。

有人认为，若把儒学通过严格的推理形式，用当代的哲学方法和西方的学院术语表达出来，使欧美学术界极有地位的国际学人乐于接受，未尝不是一种宣扬儒学的权宜之计，也许可以收到文化交流的浮面效果。但杜教授认为这最多不过是起码的铺路措施。如果毫不自觉地以为儒学的中心问题如心、性、修身、圣、仁、义、礼、孝、经世之类，只要通过现代哲学的洗礼，就可以粉墨登场，变成一种放诸四海皆准的国际概念，那就太无自知之明了。他说：“我不反对学术工作的趣味性和游戏性，但真正庄严的哲学探究，是一种终身事业，一种‘道不可以须臾离’的宗教奉献。”

现代我们不称读书人、士大夫、儒者，流行称其为“知识分子”，但这“知识分子”要如何定义？杜先生认为把“Intellectual”意译为“智识分子”，以智慧与见识来定义的智识分子，应该能站在自我意识较高的水平，能纵观大局，关切家国天下大事，在历史和文化智慧的导引下，不丧失高瞻远瞩的批判精神。专家学者不一定是智识分子。他们可以来自社会各阶层，他们应和人类全体保持精神的交通，和社会大众保持紧密的接触，和自己所属的群体保持血肉的关联，有存在的感受和参与的精神，而成为社会良心的一群人。

如此的现代智识分子，才不致陷入无根之本、无源之水的窘境。他承认现代中国的智识分子的确不易，无论是社会风气的腐蚀性、政治权势的局限性，或经济结构的迫压性，都会使一个本来胸怀大志的读书人，物化为酸气十足的躯壳。一旦智识分子自弃读书人的灵性，成为一个被世风所转、为利欲所迷者，则常会不惜牺牲道德原则，做一些损人不利己的事，甚至为求速效，投靠现实权势，难免不参与助纣为虐的勾当。

回顾传统的儒者，已用血泪为中国智识分子浇灌了一株以道德责任为根、以学术修养为茎的大树。儒家这门学问的对象不是一套观念、一串命题，而是每个有血有肉、具体存在的人——真实无妄之人。儒学就是引导如何做人的学问。

杜先生曾在美公共电视《观念世界》节目中，对专访他的比尔·莫耶斯（Bill Moyers）由比较文化、比较宗教的角度，谈儒家传统的现代意义兼论社群问题。作为多年身在国外的儒者，杜教授当然不是抱残守缺、食古不化的卫道者。但不管多么开通审慎，强调对话交通、聆听了解，偶被误解，仍然是避免不了的。他还是坚持“知其不可为而为之”地在生活践履上体认儒学：“我的基本思考重点，还不是使儒学在一个多元化的环境中起某种积极的作用，或者让儒学对东亚的现代化，乃至中国的现代化作出巨大贡献，虽然我确实有这方面的心愿……，还必须先站在一个更根本的基点上，就是儒家如果有第三期的发展，它要经过怎样一个创造性的转化？在 20 世纪或是 21 世纪，儒家传统有无再生的可能？有无真正的生命力？这里除了很多客观的外在条件需要考虑外，我最为关注的是：在对儒学没有下最后结论之前，怎样对这一个精神传统进行一个全面深入的反思。”

以史为桥　沟通哈佛与中国*

——访哈佛大学副教务长包弼德教授

▶ 包弼德

* 原载于《华中科技大学学报》（社会科学版）2016 年第 4 期；另一篇包弼德教授访谈文稿的教育部分题为《为学当既修身也致用》，原载于《人民日报》2016 年 8 月 18 日。

包弼德（Peter K. Bol）：哈佛大学著名中国历史研究专家，哈佛大学副教务长，哈佛大学东亚语言文明系教授。长期致力于中国7世纪至17世纪文化精英的研究，著有《斯文：唐宋思想的转型》（The Culture of Ours: Intellectual Transitions in T'ang and Sung China）、《历史上的理学》（Neo-Confucianism in History）等。他于1971年取得荷兰莱顿大学汉学研究院中国语言和文学学士学位，1973年获该学院汉学硕士学位，1982年获美国普林斯顿大学东亚系历史学博士学位，1985年起执教于哈佛大学，1997年至2002年任哈佛大学东亚系主任，2005年创建哈佛大学地理分析中心（Harvard Center for Geographic Analysis）并担任首届主任，学术兼职有中国历史地理信息系统（The China Historical Geographic Information System，简称CHGIS）管理委员会主任和中国历代人物传记资料库项目主任等。作为哈佛大学的副教务长，包弼德教授主要分管教学创新，目前主要负责哈佛大型在线公开课项目（HarvardX）的建设与推广，正积极与世界各地的高校展开合作。

一、对中国历史产生兴趣的原因

张梅：尊敬的包弼德教授，非常感谢您在百忙之中接受访谈！这么多年来，您一直关注中国、研究中国历史及其相关问题，写作了有重要影响的研究专著。能不能请您谈谈，最初是怎样的机缘，触发了您对中国的兴趣？

包弼德：我最初对中国感兴趣，关注点在政治。我从小生活在颇为“左翼”的家庭环境中，一直对美国政治比较感兴趣。那时候，美国政府不承认中国共产党领导的中华人民共和国政府，我认为这样的政策行不通，也和美国在世界上举足轻重的地位不相称。这诱发了我对中国政治的兴趣，于是开始学习中国语言，试图多了解中国。高中毕业后，我本应该就读美国的大学。可是恰在那时我父母亲和妹妹们碰到去荷兰生活一年的机会，于是去了荷兰。到荷兰后，我们家的一位朋友是教中文的荷兰教授，他建议我到莱顿大学读书。那时，我对现代中国有着浓厚的兴趣，可是老师建议我学习中国古代史，他说：“你们美国人老喜欢研究现代的东西，殊不知历史绝对不能忽视。你在莱顿学习，可以先把古代史的基础打牢，这对你将来学习现代史肯定会有帮助。”我在莱顿大学的学习从本科开始一直到硕士毕业，但其中有三年半是在中国台湾学习中国儒家经典，在台湾，我受到了传统并且系统的汉学训练。

张梅：我记得您在一次访谈中曾经说：“我研究中国不光是因为

对中国有兴趣，更是因为中国非常重要，而且对世界历史来说中国越来越重要。”事实上，中国改革开放后经过30多年的飞速发展，已经成为世界第二大经济体。有人说，21世纪是中国的世纪。您如何看待这一论断？您又如何评价当下的中美关系？

包弼德：中国很重要！早在50年前我就认识到中国是一个很重要的国家，事实上，在我心目中，中国之所以重要并不是因为现在中国经济的快速发展。从历史的角度看，中国是世界历史上一个很重要的国家，尽管50年前的中国很穷，但是我始终认为她是世界上一个举足轻重的国家，这也是我当时对中国历史非常感兴趣的一个原因。

说到中美关系，不论是在中国还是在美国，有的学者认为中美关系应该保持良好，有的则觉得未必。在政治家中，有些人视对方为敌人。但是在我看来，如果将中美两国普通民众相比较，可以发现中国人比较关心美国，很在乎美国对中国的态度，而大部分美国人则没有兴趣关注中国，因为美国普通民众对政治不是十分感兴趣。换句话说，如果你去问美国的民众，中国疆域有多大？中国有多少人口？绝大多数的美国人都回答不出来，甚至对中国处于世界地理的具体位置都不是很清楚。因此，我认为目前中国的发展，在借鉴世界先进技术与文化的同时，更应着眼于自己的历史和文化，增强文化自觉和文化自信。中国历史上许多思想家关于社会制度、政治、经济、文化以及如何改善人类福祉的看法，对于今天的中国和世界仍然具有借鉴意义。

二、思想史的研究不能脱离社会史和地方史的研究

张梅：拜读您的著作，让我印象深刻的是您把思想史与社会史

结合起来进行研究，请问您为何要以这种方式进行研究？中国大陆学界以这种方式进行研究的似乎并不多，您对此有何看法？

包弼德：我们知道，以往的思想史研究，主要是从哲学的角度提出和分析问题，这在很大程度上忽略了思想文化根植于社会生活的事实，思想史的研究不能脱离社会史的研究。思想史研究，我认为主要是研究有思想的人，具体可以说是“有学术的思想家”及“有思想的学者”。当然，把社会史和思想史结合起来研究对我来说并不是一件容易的事情，这我在写作《斯文：唐宋思想的转型》和《历史上的理学》等著作中都深有体会。因为从社会史的角度看，中国社会不讲个人，只讲家族（集体）。个人的行为（准确地说是大部分人的行为），都是根据群体的利益诉求进行的。而从思想史的角度看，思想家是个人，他们有一个比较理想的世界，他们的“想”和“做”与普通人的想法和做法是有一些不一样的。研究思想史，是要研究这些思想家想什么；而研究社会史，则是弄清楚他们怎样用自己的思想去影响他人的行为。正是思想和行动的交互作用，推动了历史，导致了历史的变迁。

中国大陆学者将思想史与社会史结合起来进行研究的，确实不多，但是我们看到，有一批学者正在努力推动一个新的社会史研究方向，例如华南学派。

张梅：您的大作《斯文：唐宋思想的转型》是从“文”的角度切入研究唐宋士人价值选择的演变轨迹，非常有新意！在这本书里，您分别讨论了初唐朝廷以传承“斯文”为核心的学术和写作风气，中唐韩愈等强调价值独立思考的古文思想与实践，宋初文治政策与文学文化，范仲淹、欧阳修等古文作家注重人事的价值思考，王安石、司马光以建立完善的政治秩序为核心的价值观，苏轼深通物理、寓统一于多样之中的价值取向，以及程颐如何使价值观的基础转向伦理原则等。请问，您为什么要将“文”放在价值观讨论的核心位置？

包弼德：将“文”放在价值观讨论的核心位置与历史的发展有关系，是在历史过程中形成的。如果阅读《宋文选》你会发现它主要是讲理学（也即道学）的兴起，在思想史上，我们必须承认宋朝最重要的是道学的兴起。如何解释道学的成功？我们都知道，道学本来不是主流思想。原本的主流思想是什么，道学与它又是什么关系？如果将当时的主流思想理解为儒学那当然是可以的，但是我们首先要了解当时的儒学是怎样的一种儒学？道学的代表人物程颐非常反对两种儒学——他说从事经学的人和从事文章的人绝对不是真正的儒学，只有“知道者”可谓之真儒。（程颐原话：今之学者，歧而为三，能文者谓之文士，谈经者泥为讲师，惟知道者乃儒学。）他反对儒学之中的两种观点：一是认为文章重要，一是认为经学重要。到底经学与文章有什么关联呢？这里就需要谈到“斯文”这个概念。当时所说的“文学”绝不是现代汉语中的“文学”，现代汉语中的“文学”对应西文的 literature，而当时的“文学”含义甚为宽广，可以追溯到孔子《论语》中所提到的“德行”“政事”“文学”“言语”四科。我在研究时就发现王安石、苏轼、欧阳修等人都认为儒学的重点是在“斯文”，也就是很宽泛的“文学”。王安石新法将以文章科为主的进士考试改成了经义科，与此同时，给文章注入了新的内容，即对经典的阐释。所以，我认为“斯文”这个观念其实是唐宋学术的主流，而道学所反对的刚好就是这个以“文”为主流的观点。

我观察到，哲学史通常不认为王安石、司马光、欧阳修、苏轼是哲学家，但是我认为，思想史并非只关注哲学，它关注的是价值的体现和表达，包括学术价值、思想价值、社会价值等。不管研究对象是不是哲学家，思想史试图了解重要思想人物的影响力、价值观以及他们如何宣传自己的价值观。事实上，在中国历史上从事文学的人有时候是非常重要的，比如说“五四”运动中大多数领导者都是文学家而不是哲学家，这就可以看出文学的重要性，在现代也有这样的例子，所以我把“文”放在价值观讨论的核心。

张梅：不少人将您的近著《历史上的理学》视为《斯文》的续篇，认为这本书与《斯文》的共同之处就在于都是从社会史的角度探讨问题。在这本书中您将宋明理学视为对政治、经济、社会与文化变迁的回应。因为这本书您主要是为西方历史学家写的，所以，能否请您简要说说，在您看来，理学如何成为中国的正统思想？理学及理学家如何参与他们所处的社会及政治世界，以及他们如何影响之后的社会发展？

包弼德：其实在我看来，《斯文》这本书并不是从社会史的角度来探讨问题的，但我在写这本书时对社会史是有兴趣的。可以这样说，我不是从哲学，而是从历史学的角度去探讨中国的过去。从历史的角度来看，唐宋时期有两大非常重要的变迁：一是思想的变迁，也即是道学的兴起；二是社会的变迁，也就是精英的身份认同从唐代的门阀贵族到宋代士大夫的转变。以前有人说宋代是平民化的，这个观点我不同意！我也不认为宋代的士大夫是唐代世族门阀的后裔。所以我写博士论文的时候就说到这两大变迁：思想的变迁与社会的变迁是关联的，但并不是画等号的。那么，这两者是怎样的关系，我们研究思想史的人为什么需要将社会史考虑在内呢？因为思想家同时也是社会的人，所以讨论两者之间的关系就是一个基本的问题。

理学如何成为正统思想？这个问题在《历史上的理学》这本书里有回答。理学要成为中国的正统思想必须要有政府的支持，可是政府会为什么要承认理学的地位呢？我想这和士大夫社会特别是地方士人社会的发展有关系。在南宋末期，我们已经看到政府开始认可道学（理学）的影响力，当然最重要的年代是在1315年（元代第一次开科取士），元廷恢复科举制度时要求将《四书章句集注》作为教科书（明清时代延续了这种模式）。我在《历史上的理学》这本书里说过，很多地方士人一直未能通过科举考试，但是他们仍然希望自己是士人是精英，而道学给了他们一个解释：考不考得上进士与你的个人道德价值无关，做不做官与你对社会的责任没有关系，如果你想做一个有责任感的、道德高尚的人，那么通过学习道学你就可以成为这样的人，可以继续成为精英中的一员。国内尤其是东南一带的地方士人逐渐接受了这一思想，开始喜欢道学。因此，政府承认道学的主要原因是因为越来越多的地方士人赞成道学，而政府实行新政策时需要得到地方士人的支持（这与人们通常认为的“士人接受道学是因为政府的推行”恰恰是相反的）。道学特别关注地方精英的行为与地方社会的状况。我们知道朱熹和孝宗皇帝有交往，他希望孝宗能够接受自己的政治主张，可是孝宗皇帝也在一篇文章中提到过“三教合一”的思想（而这绝对不是道学家的立场），可是朱熹在地方社会非常有影响力，事实上在这一点上，朱熹的看法很清楚：正是在地方社会，士人才有实现理想的可能性。

张梅：您还长期致力于古代婺州（浙江金华）地区的文化研究，经常到金华地区实地考察，收集资料，撰写了不少有影响的论文，如《苏轼作品在南宋婺州研读情况考》《地方传统的重建——以金华府为例（1480—1758）》《地域文化与晚清帝国——以金华府为例》（Local History and Later Imperial China：the Jinhua Case）《地方史的兴起：宋元婺州的历史和文化》、《地域史的勃兴：南宋、元代的婺州历史、地理学文化》（The Rise of Local History：History，Geography，and Culture is Southern Song and Yuan Wu zhou）等，可是中国学者以前对地方史的研究不太重视，您对此怎么看？据您所知，现在美国研究地方史的重要学术机构有哪些？

包弼德：是的，中国大陆历史学界一直不太重视地方史的研究，认为地方史的研究是低层次的，更喜欢关注整个国家的历史，觉得这才是重要的。我觉得，从地方史出发也可以研究一个国家的历史，所以我认为，地方史的研究很重要。大陆历史学界现在虽然有些改观，但地方史的研究还是没有引起足够重视。其实，研究宋史的人知道，南宋很多学问高的人不参加科举考试和做官，而是将全部精力投入地方建设，对地方和整个社会作出了巨大贡献。例如，朱熹的 500 余名学生中，已知有官职的还不到三分之一。受到理学教育的士人，认为每个人天生具备良好的天性，只要能充分发挥自己的天性，就可以成圣成贤，而不一定要在朝廷当官。他们可以在思想上成为国家精英阶层的一部分，他们也可以通过在地方社会中的行动把学问付诸实施；可以影响他们的家族，建立由志同道合的士人组成的群体，也可以利用资源建立自发性的制度以改善地方社会的状况。

关于地方史研究，有些人认为就是研究某一个地方的历史，而另外一些人则认为从地方史可以研究一个国家的历史。正如我刚才所讲的，我是主张后者的。你们知道，我对金华地方史关注较多，因为金华是13世纪至14世纪文集留存最多的地方。其实，我原来的设想是将金华、徽州、吉安与华北平原某个地方进行比较研究，后来发现非常困难，加之华北平原的资料不多，所以只进行了金华的地方史研究。美国研究中国地方史的学术重镇有哈佛大学、哥伦比亚大学、加州大学伯克利分校、华盛顿大学、密歇根大学等。

三、将数字技术应用到人文社科研究领域

张梅：除了思想史和地方史的研究外，您先后主持中国历史地理信息系统（CHGIS）与中国历代人物传记资料库（CBDB）两个大型数据库建设。前者是与复旦大学史地所合作，将中国历史地名矢量化，凡涉及中国古代历史地名的，都可通过数字化的历史地理信息系统得以可视化的展示，具有广泛的应用前景。后者与北京大学历史系、台湾“中央研究院”合作，是目前世界上最大的中国历史人物传记资料分析数据库。尤其值得称赞的是，这两个数据库可以配合使用，将人物的行动轨迹通过可视化的地图得以形象展现，这在人文社会科学研究中是不多见也是非常前瞻的技术。因您在领导地理分析研究上的特殊贡献，美国地理学家协会（Association of American Geographers）为您颁发了2015年度“荣誉地理学家”奖章。请问，依您之见，数字化人文科学的发展前景如何？对于中国的高等院校和科研机构，他们应该怎样借鉴您的成功经验用新技术去建造一个新的系统？

包弼德：这两年来数字化人文科学在中国越来越流行，我们也可以从网上的数据看到这种变化。我对通史感兴趣，因为我喜欢整体性地思考问题。我也一直对宏观项目比较感兴趣，包括我对哈佛图书馆的建设比较用心，图书馆这种基础性工作做好了，对各方面的研究都有好处。建设历史地理信息系统主要基于这样的思考：历史是有时间性的，历史研究往往关注人物在什么时间做什么事，事件是发生在什么时间。可是仅做历史研究会有限制，地理研究虽没有历史学视野下的时间性，却提供了关于人物活动和事件发生的环境信息，因此我对地理学也很感兴趣。

研究历史和研究地理面临相同的问题，但遵循不同的方法。历史的核心是时间上的变迁，但我们讲历史变迁是无法讲清楚所有的历史事件、所有人的行为和所有的情况的，因此，我们只能选择认为重要且有能力解释的现象去研究，所以学习历史学的同时，也要学习政治、文学，对全国性的现象要特别的关注。而地理学则比较忽视时间的变迁，注重环境的空间区别。可以说，历史和地理一个注重时间一个注重空间，而我们知道人类的活动是在时间和空间中进行的，那怎么将时间和空间联系起来？我们开始做中国历史地理信息系统时，想法是这样的：在中国历代的文集和文选中，当作者提到某个人物时，会说他出生在哪里、在哪里做官，即在什么地方发生了什么事情。在中国的历代文献里，关于地名的信息线索（Reference）非常多，如果我们能将这些信息都放在地图上，就可以从空间的视角去看中国历史的变迁。我们开始做中国历史地理信息系统的目标，是要囊括从秦始皇时期到辛亥革命时期的历史，了解地方行政制度的变迁。例如，徐州在汉代时指哪个地方，在明代时又是指哪里？所以这项工作比较庞大和复杂，没有复旦老一辈学者的帮忙是很难进行下去的。后来我开始关注哈佛自己的地理信息系统的建立，十年前我向校长提议应该重视在哈佛建设有关地理分析系统的研究和教学，之后我和各学院的教授统一计划成立了哈佛大学地理分析中心，现在这个中心的影响很大。

我从事建设中国历代人物传记资料库项目，主要是受郝若贝（Robert M. Hartwell）教授的委托。记得他当时问我是否想做这方面的工作，我告诉他有兴趣。后来没想到他那么突然离世，我就接着把这个工作做下去了。CBDB 是一个在线的关系型数据库，其远程目标在于系统地收录中国历史上所有重要的传记资料。因此，CBDB 是个开放的项目，似乎永远也做不完，但是我们现在的资料越来越丰富了，截至 2016 年 1 月，共收录约 37 万人的传记资料，这些人物主要出自 7 世纪至 19 世纪，而我们现在正致力于增录更多的明清人物传记资料。CBDB 将其内容毫无限制地、免费地公诸学术之用，它除了可作为人物传记的一种参考资料外，亦可作统计分析与空间分析之用。因为我们的成果都是开放的，可以直接共享到网上，所以如果中国的高校或者科研院所需要的话他们可以无偿使用，我们愿意以史为桥，联通哈佛与中国，并且我们欢迎他们从事类似的工作。

张梅：作为哈佛大学的副教务长，您负责教学以及哈佛大学在线课程等与教学相关的工作。据我所知，您目前正在进行哈佛大型在线公开课项目（HarvardX）的建设与推广。事实上，在我看来，信息技术是对传统大学的严峻挑战，特别是慕课（MOOC）、海外校园等新技术的逐渐兴起对传统大学造成了很大冲击。请问您如何看待信息技术对哈佛教学与研究的影响？

包弼德：我认为信息技术是当今世界重要的组成部分，我希望我们的老师、学生可以多利用信息技术来提高自己，同时也希望他们利用信息技术与全世界更多地进行交流。近来问世的网络课程，比如说 HarvardX 等，非常便利。那么，会不会有一天我们不再需要现在的课堂教学了呢？可能有些课程会出现这种情况，但我想绝大多数的课程不会这样，因为每位教授对课程内容的诠释是不同的，以中国历史课程为例，每位教授的见解都是有差别的。当然，因为中国受教育人数比较多，而各个地方的教育资源不均衡，开展网上课程是非常重要的。

四、为学当既修身也致用

张梅：能否请您谈一谈，您每年是如何安排哈佛大学的教学工作的？哈佛大学教授们的教学理念和教学设计是什么？因为我们知道教育对象是人，教学是培养人，可是真正让教学质量上层次，让教学内容更有前瞻性，都是要经过严格的教学设计的。

包弼德：首先我要谈谈哈佛的学院构成。哈佛大学分由多个不同的学院组成，而每个学院都非常独立、自我管理。我负责的是全校性的教学管理，关心各学院的教学方法，但我并不管理它们，所以各学院的教学并不向我进行汇报。说到我们的教学理念，孔子在《论语》里说过“为己之学”与“为人之学”的区别。他说古代有“为己之学”，而近代只有“为人之学”。可以说“为己之学”是修身之学，“为人之学”是致用之学。一方面我非常同意孔子的观点，我们太注重致用之学而忽略了为己之学，而为己之学事实上是基础，人要有思想必须从为己之学开始。另一方面，我和孔子的看法不同点在于，我认为“为己之学”和“为人之学”并不矛盾。如果你是从为人之学开始的，可是忽略了为己之学，那你的为人之学也不会成功。因此我希望哈佛的学生既修身也致用，希望他们既有通识教育也有专门教育，希望他们能发展自己的领导能力。可是我想更重要的观念是这样：一个教授想要教授什么，我们就应当鼓励他们教什么。我们希望年轻优秀的学者做他们想做的事情，我们不需要控制和管理他们，如果他们有责任心、有志向，他们会和别人合作把自己的工作做好。

张梅：哈佛大学如何对任课教师进行考核评价以及如何进行科研管理？

包弼德：哈佛大学有两大目标：教学和研究（我想大概可以这么说，虽然校长可能并不一定同意我的说法）。在哈佛大学，研究做得好的教师占99%以上，而教学好的教师比例则没这么高。要在哈佛任教的话你的学术研究必须非常棒，我们虽然也希望你教学好，但这不是主要的要求。哈佛对教师进行考核评价的方法相对而言比较复杂：第一年选聘教师的时候请几个人来哈佛演讲然后选择其中之一，到第二、三年之后看其研究的进展状况和教学状况，第五年要有个正式的评鉴（Review），在评鉴中你可能会被解聘，因为第五年的评议不仅要看你的论文著作出版情况、教学情况，同时要看同一专业领域中其他学校的教授怎么评价你，如果你想留在哈佛就必须获得其他教授的支持。如果你顺利通过第五年的考核，你就成为副教授。第八年是最后一个考核，这个考核更严格，除了考察你的学术研究状况、教学，我们还会请二十余位外校教授匿名评议，校外教授评议某个教授时会将其与同一领域的其他学校的教授们进行比较，同时我们学校自己系的所有教授要先投票。除此之外，他们必须给院长写匿名信表达他们对这个教授的个人意见。最后，校长邀请四名外校教授到哈佛，召开半天的会议来评价这个教授是不是应该被提升为正教授，并给予其终身教职。我们评审时会有四个人向委员会作报告并且接受委员会的询问。我们在评价一个教授的学术研究水平时，不是单纯看其发表的学术著作数量，而是看其所做研究的重要性和影响力，衡量其学术研究的影响力同样需要参考其他外校教授的意见。有时候我们会碰到一些情况，比如我们可能觉得某位教授将来不会再做更重要的研究了，因为他之前已经做过了非常重要的研究，或者现在他的研究并不是特别有影响力，但是同领域的其他专家认为他是非常有潜力的，在这种情况下我们也会考虑让他继续留任。

张梅：案例教学是哈佛大学非常有特色的教学方法，目前世界上很多高校都仿效哈佛大学开展了案例教学研究。在您看来哈佛大学的案例教学在商业管理领域与政府管理方面有何不同？

包弼德：案例教学是非常有意思的，哈佛大学很多学院都开展案例教学，但每个学院的案例教学都是不一样的。十年前我们有个学者对法学院、医学院、商学院的案例教学进行比较研究，发现这几个学院案例教学的方法、内容、老师与学生的关系以及学生的态度都是不同的。比如说商学院的案例教学，教师会借助一个公司的经历，让学生去分析公司背后成功和失败的原因。我们都知道，商学院的课堂上学生之间的竞争是很激烈的，所以学生往往会以努力取胜的心态来给出自己的答案。而在医学院，老师会说现在我们碰到的情况是这样的，你们去想想看怎么合作来解决这个问题，这是因为医生在实际工作中必须要跟他人合作。所以我们说，虽然案例教学方法有它的好处，但是我们要先思考需要在哪种学术领域中去使用它。对于不同的学术领域，它的方法可能是完全不同的，而老师教授的内容、学生的态度也会不同。

张梅：现在哈佛大学的校领导除您之外，校长福斯特女士（Drew Faust）和副教务长欧立德教授（Mark C. Elliott）也是历史专业出身，可见哈佛大学的人文气息非常浓厚。那么，请问，哈佛大学当前是如何将理想、信念、价值观等植入学生的思想中去的？哈佛以培养精英著称，但它同时也很注重公民教育，那么哈佛大学在课程设置中是如何将这两个方面结合起来的？

包弼德：你问我们如何将理想、信念、价值观等植入学生的思想中去，我想我们不是这样思考的。修身、致用之学不能依靠别人告诉你应当怎样做，而是要依靠你自己建立起自己的思想，当然老师和同学们也会帮忙。在课堂上，我希望学生理解我所讲的。但我讲的是不是最好的，这个不好评价，所以我只能尽力而为，做好我能做的。而关于学生应该有怎么样的理想和信念，这并不是教授考虑的主要问题，而是学生自己需要考虑的问题。

每个人在他的活动范围内，都有成为领导的潜力，并同时兼具公民性。朱熹就曾经说过，有人批评他，因为他让学生谈论国家政策，批评他的人认为“不在其位，不谋其政”，朱熹说这其实不是古代的思想，古代的思想应该是格物致知，每个人都要有修身、齐家、治国、平天下的理想，这是每个人的责任，你即使不做官也可以讨论国家大事发表自己的看法。我们从公民教育这个层面开始，教育我们的学生要有自己的想法和自己看待事物的态度，要有对自己的了解，要明白自己的兴趣，然后深入地学习下去。个人最终对社会的贡献也与此相关。我认为每个教授都应该提供给学生每个教授自己的案例，但是学生需要学习什么，这个选择应当由他们自由决定，而不是由教授来决定。在课程建设方面，学校也只是在教学方法上为教授们提供帮助，但是对于教授们讲课的内容，学校是不做要求的。可以说学校的目标是让教授们在“为己”的同时来“为人”。

【汉学家印象记】

包弼德：喜欢抬杠的宋史专家

一、并不成功的初访

包弼德教授是哈佛大学负责教学发展的副教务长，他研究的重点领域是宋史。记得初到哈佛拟定访谈计划时，我并没有考虑采访包老师，可是那时候恰好与他的访问学者相遇，她提出可以帮助引荐包老师给我做个访谈。因为杂志社约稿甚紧，同时也因为我约访的赛奇教授由于安排有变向后推了一段时间，所以思考了一下，我欣然接受了她的相助。

约访很顺利，可是包老师只给了30分钟的访谈时间，我准备的几个访谈问题都没能展开，回来后看着半成品的访谈文稿我有些发愁——这样的稿子给杂志社肯定是通不过的。思前想后，我于是决定先读读包老师的书、听听他的课后再重新和他做个访谈。哈佛教授普遍不怎么高产（当然也有例外，比如约瑟夫·奈教授就以几乎每年一本专著的速度在写作），包老师比较有代表性的著作有两本:《斯文：唐宋思想的转型》和《历史上的理学》。

读完包老师的两本专著和相关论文已近深秋，又听完包老师和我的合作导师宋怡明教授合讲的“中国历史”课已经是圣诞节了，我向包老师再次约访，他却去了中国，奔走于 CBDB 和 CHGIS 数据库的建设和推广。后来我们约定了新年后的一周，我捧着事先准备好的一打玫瑰——这是我的工作习惯，因为我喜欢玫瑰，所以我给被访谈的教授们准备的都是鲜艳的玫瑰花——敲开了包老师办公室的房门。那天他的助理不在，他正在里间办公室忙着，看到我进来立刻走了出来，眼神落到我手里捧着的玫瑰花上，一瞬间有些不太自然，不过很快他就恢复了常态，拿出他事先打印好的访谈提纲，我们开门见山进入主题。

二、沉溺于宋史研究的知名学者

包老师告诉我，他最初对中国感兴趣不是历史而是政治，因为他生活在颇为“左翼”的家庭环境中。可是因为那时候美国不承认中国共产党领导的中华人民共和国政府，他觉得这样的政策行不通，于是开始学习中国语言，试图多了解中国。高中毕业后，他去了荷兰的莱顿大学读书，开始学习中国历史，恰好那时有位教授开设了有关 12 世纪至 13 世纪南宋杭州的课程，这让他对宋史产生了兴趣。他说，一般人都认为宋朝是积贫积弱的朝代，不如汉唐盛世研究起来有意思，可是他认为，发达不发达、发展不发展，不是评价一个时代、一个民族或者国家的最好做法。对于宋代也是一样，它有积贫积弱的一面，可是它也有强盛的地方，因此要加以认真研究。

通过研究，他发现在中国历史上，宋朝是一个非常重要的时代，宋朝的史料非常丰富。他注意到一个非常有趣的问题，那就是宋代出现了理学——为什么没有出现在唐代而是出现在宋代呢？他考虑思想的变迁是与社会的变迁相关联的，这应该和宋代士大夫社会特别是地方士人社会的发展有关系。在宋代，很多地方士人未能通过科举考试，但是他们仍然希望自己是士人 / 精英，而理学给出了一个解释，那就是，考不考得上进士与个人的道德价值无关，做不做官与个人对社会的责任没有关系，如果想做一个有责任感的、道德高尚的人，那么通过学习理学你就可以成为这样的人。国内尤其是东南一带的地方士人逐渐接受了这一思想，开始喜欢理学。而政府实行新政策时需要得到地方士人的支持，在这种情况下政府开始承认理学的地位。

对于中国大陆历史学界一直不太重视的地方史研究，包老师也甚为关注，他评论说，从地方史出发也可以研究一个国家的历史，其实，研究宋史的人知道，南宋很多学问高的人不参加科举考试和做官，而是将全部精力投入地方建设，对地方和整个社会作出了巨大贡献。

除了思想史和地方史的研究外，包老师还先后主持中国历史地理信息系统（CHGIS）与中国历代人物传记资料库（CBDB）两个大型数据库建设，将人物的行动轨迹通过可视化的地图得以形象展现，这在人文社会科学研究中是不多见也是非常前瞻的技术。数据库建设是非常烧钱的，使用权购买起来也非常贵，可是值得称赞的是，包老师告诉我他们的数字人文研究成果都是开放的，可以直接共享到网上，如果中国的高校或者科研院所需要的话可以无偿使用。

三、幽默风趣且善良有礼的哈佛教授

因其在宋史研究方面的卓越成就，包老师被提拔为哈佛大学负责教学创新的副教务长，大型在线公开课项目（HarvardX）就是由

包老师建设与推广的。而在 ChinaX 的课上，包老师和柯伟林教授以《两只老虎》的朝代歌引起中国学生关注，给大家留下了外表严肃而内里幽默的印象。可是在我心里，让我感佩的是他对中国学子的拳拳之心。

他是一个非常重礼节的老师。访谈结束后的两日，我收到了他发来的邮件，在信中他对我说："你送来的玫瑰花这两天开得很好，这让我感到了一些春天和夏天的气息。谢谢你！"读完邮件我有些失笑，恍然忆起那天访谈我进他办公室时他的表情，我想：对中国文化了解如此之深的包老师一定是觉得他那天有些失礼了。我将整理好的访谈文稿发给他，他仔仔细细看了并逐字逐句地修改，连小细节也不肯放过，这让我有些感动——因为我知道包老师工作繁忙，可是与哈佛其他教授不同的是，他仍然对每个学生来件必复（且他的邮件基本上都是当天回），这在哈佛教授中是非常难得的，当然我知道他工作效率极高，而且他担任副教务长有些年头了，各项行政事务早已经驾轻就熟。在哈佛的几位副教务长中，我想，他是能力较强的。

因为研究生读的教育学专业，所以到哈佛后我对教育问题也甚为关注，访谈时我提了几个这方面的问题，包老师详解了哈佛的学院构成和教学研究状况。听着他的解读，想到按照他所说的评价体系，我想宋老师这样专心于教学研究的学者会不会有些吃亏，而像文安立教授这样著作翻译成 18 国文字的学者又会不会占了先机？我刚提出问题，他像是已经洞悉了我的心理，他说："我们不谈具体的人或事，但是你说的我们都会有考虑，最终的结果对谁都是比较公平的。"

包老师与宋老师合开有"中国历史"课程，每周大部分是宋老师主讲，包老师偶尔启发学生并补充讲解。这门课分为四个部分：

学生预习并阅读相关书目和资料、老师讲解和引导、小组讨论、观看视频。记得宋老师讲到“中国梦”这一章节时，他准备了党和国家领导人参观《复兴之路》展览时的照片和资料让同学们阅读，为了了解同学们对中国领导人的熟悉程度，他指着照片现场提问，我和其他两位中国学生当然回答得很正确，可是当问到美国学生时，他们绝大多数只认识习大大，偶有几位同学还认识李总理，包老师一时兴起，也参与进来，结果没想到他却说错了，现场爆笑，包老师也自我解嘲。

宋老师讲课非常有激情，他们一同上课时，宋老师不喜欢有人打断他，可是包老师听到宋老师讲的观点与他不一致时会忍不住纠正，宋老师脱口而出：“I donot like you always say no！”包老师立刻无声，我看着他的眼睛望向屋顶，只看到了他的白眼球。这样的场景也发生在宋老师和欧老师合开的课上，一同上课时也是宋老师主讲，听到宋老师的观点与自己不同欧老师有时也忍不住要去纠正，宋老师毫不客气的用这句话回复他，欧老师立刻也现出白眼球。还有一次在“史学研究方法”课上，他们对照民间文献谈到中国古代官官相卫——上一任地方官判下的冤案下一任地方官不敢翻案。因为古文献佶屈聱牙，课上很多学生读了不懂，欧老师以自己为例说：“就像我之前在费正清中国研究中心主任任上做了什么坏事情宋老师也不会拿我怎么样！”宋老师立刻笑着接口：“我可不会官官相护，你小心，我要查你的经济账！”两人言谈轻笑间就讲清楚了复杂的古文问题。

不仅任课教师相互之间交锋，在他们主讲的课堂上，师生之间的交锋也是蛮有趣的场景。听包老师的访问学者说，在包老师给研究生主讲的“当代中国思想论争”课上，有好几次，包老师的一位学生发表评论与包老师都大相径庭，每次包老师说出一个观点，该同学总有自己的解读，刚开始包老师还能容忍，可是有一天他实在忍不住了，问："××同学，你为什么总与我不一样？"该同学理直气壮地回答："您不是教育我们要有质疑精神吗？况且这也是我的真实想法。"包老师的脸瞬间黑线，无语了。

不过尽管教授们以及师生之见课上交锋，但私下里仍然是极好的朋友。记得去年拜访欧老师时，欧老师向与我同去的另一位教授用中文介绍说："新任费正清中国研究中心主任是我的好朋友宋怡明教授"，并立刻从书架上抽出《明清福建五帝汇编》给我们，那位教授却转身对我说："他说的宋老师是你的合作导师吧。"中文极好的欧老师立刻听进去了，并记住了我是宋老师的学生，以后再和我说宋老师都变成了"你们宋老师"而不再用词为"我的好朋友"。

如何理解满族史与清史的关系*

——访哈佛大学副教务长欧立德教授

欧立德

* 原载于《清华大学学报》（哲学社会科学版）2016 年第 4 期。

欧立德（Mark C. Elliott）：哈佛大学著名清史研究专家，哈佛大学东亚语言文明系讲座教授，哈佛大学负责国际事务的副教务长，哈佛大学费正清中国研究中心前主任。欧立德教授早年在耶鲁大学（Yale University）获得历史学学士和硕士学位，后于加州大学伯克利分校获博士学位。他是美国“新清史”（New Qing History）学派的领军人物之一，基于扎实的满文史料，写作出版了《满洲之道：八旗制度与清代的民族认同》（The Manchu Way：The Eight Banners and Ethnic Identity in Late Imperial China）一书，被称为“新清史”的“新四书”之一。目前，他正致力于研究清朝早期与现代中国的内在联系。

一、突破历史学界是以欧洲为中心的研究范式

张梅：尊敬的欧立德教授，非常感谢您在百忙之中接受访谈。这么多年来您一直关注中国、研究中国历史，出版了有重要影响的研究成果，在国际学术界产生了广泛的影响。能不能请您谈一谈，您是怎么开始对中国历史感兴趣的？又是如何投身清史研究这一领域的？

欧立德：我大学读的是欧洲史，硕博士阶段改学中国史。1979年邓小平访美，我正在读大学三年级。那一年中美恢复建交，有关中国的新闻报道在美国较之前增多。坦率地说，在此之前我对中国的了解比较肤浅，可是因为我对语言感兴趣，先后学习过俄语和法语，不过觉得不够用，就想要学一门难度高点的语言，因为邓小平访美让我对中国产生兴趣，所以在1979年的秋季我开始学习中文。耶鲁大学历史系那时候有一位非常有名的史景迁（Jonathan Spence）教授，他讲授的“中国近现代史”课程很受学生欢迎，我选修了他的课程，这是我学习的第一门中国历史课程。后来回耶鲁读硕士的时候，我做了史教授的助教，那一年他的课有700多名学生选修，是当时全校选修人数最多的课程之一。学习中文两年后，我先获得富布莱特奖学金去中国台湾读书进修，当时能够获准去中国大陆读书的机会很少，我当时去的是台湾大学史丹福中心，那里有专门给外国学生开设的中文学习班。后来，由美国国家科学院、中国科学院和中国教育部共同成立的“美中学术交流委员会”启动了中美双方的交流项目，我有幸被选中，于1982年去辽宁大学学习一年。

我对满洲或者说东北产生兴趣是因为之前俄国在东北一带非常活跃，我因为既懂俄语又懂中文，可以一边用俄文的资料，一边用中文的资料进行比较研究，所以在辽宁大学历史系读书期间，我写作完成了关于在中国近代史上如何看待和理解中俄关系的论文。可以说，从那个时候起，我就已经决定将来要从事中国历史研究工作。事实上，我选择研究清史也和我在沈阳的求学经历有关。那个时代，人们的生活水平比较低，沈阳市内没有什么娱乐场所和设施，可是沈阳有自己的故宫、北陵（皇太极之陵墓）、东陵（努尔哈赤之陵墓），我们留学生去外面放松时就常去附近的北陵公园玩，那里环境很美，所以我自然而然地对清朝历史和满文有了一定的接触和了解。

张梅：据我所知，当时的国际历史学界是以欧洲为中心的研究范式，而在美国，人们对中国史的研究远未融入美国的比较课程之中。当您投身中国历史研究的时候，我猜想您一定遭遇了某些困难。让我感兴趣的是，您是如何克服这些困难的？在开展清史研究的过程中，对您影响比较大的人物有哪些？

欧立德：遇到困难肯定是有的。我当时碰到的最大困难就是我要研究的那个课题——八旗制度和它旗下的满洲、蒙古、汉军那些人，在美国没有多少人研究。我的老师们对清初八旗是非常感兴趣的，但真正做过这方面研究的人很少，包括史景迁、魏斐德（Frederic Wakeman）两位老师在内。魏斐德教授是我在伯克利大学读博士时的导师，他那时候正忙于写作出版《洪业：清朝开国史》（The Great Enterprise），所以清初对他来说也是很新鲜的课题。他对八旗制度没有做过深入研究，但是他知道八旗制度很重要，所以鼓励我进一步地去了解。因为当时日本学者在八旗制度历史研究方面是最强的，所以我当时考虑去日本。另外，因为要做好这方面的研究必须要使用满文的资料，所以我在耶鲁大学读硕士的时候还选修了白彬菊（Beatrice Bartlett）教授的课，她给我的影响非常大。从1971年至1981年，她一直在台北和北京的档案馆里搜寻资料，在此过程中她发现满文资料和中文资料其实并不重复，而在那之前，清史研究学者普遍认为满文资料和中文资料是重复的，满文是汉文的译本。她指导我去历史档案馆查找资料，并说一定要认真阅读满文资料，这是开展清史研究非常重要的一步，所以我后来听从她的建议，在伯克利学习了两年的满文。到了东京后，我一方面继续学习满文和利用满文资料，另一方面开始研究八旗制度的历史。到了90年代，我去了中国人民大学清史所访问交流，花了一年的时间在第一历史档案馆里搜寻资料，这些资料是我后来写作《满洲之道》一书的基础。

二、将满族史与清史研究结合起来

张梅：对于清朝历史，历史学界有两种研究范式：一种是以汉族为中心的研究范式，强调汉化的重要性；另一种则是以满族为中心的研究范式，强调满族并未被完全同化。当前的中国历史学界普遍采用第一种研究范式，而在您的著作《满洲之道》和《乾隆帝》（Emperor Qianlong：Son of Heaven，Man of the World）中，我注意到您将两种范式结合起来，那么，请问您如何理解满族史与清史之间的关系？

欧立德：你问如何理解满族史和清史之间的关系，这个问题非常好。其实，我从很早之前就注意到历史学界有这么一个分歧，不仅是中国学术界有这种分歧，日本也是，日本有一个“清朝史”学派，还有一个“清代史”学派。研究“清朝史”的人注重研究清初，他们使用的很多都是满文的资料，他们的研究路径与后来被人们称之为“新清史”的学者们的研究方法有很多相近之处。关于这一问题，在我之前的论文里曾谈到过。而“清代史”的学者们关注的主要是社会经济史，特别是 19 世纪的社会经济史。在日本，上世纪 80、90 年代研究清朝史和研究清代史的学者们来往极少，彼此不参加对方的研讨会，在思想上也很少有什么关联，这跟中国国内的情况有些相似，尽管并不完全相同。因为当时社会史的研究方法还没有流传到中国大陆，中国国内主要是研究清代史，以清代的社会经济史和政治史为主。关于清代史的研究时段，学者们一般认为是从清朝开始到鸦片战争时期结束，因为鸦片战争之后就是近代史的范畴，而近代史的研究则属于另一个方向，有另外的研究基金、另外一拨人在做。事实上，这种分歧对整个清代历史研究非常不利。

在我看来，中国清代史的研究是以汉族为中心的研究范式，因为汉族占据中国人口的绝大多数，所以这种以汉族为中心的研究范式我认为是可以理解的。就像在美国有很多人喜欢研究美国史，而对欧洲史、中国史不感兴趣一样——人们普遍想要更多地了解自己国家的历史而非他国的历史，这是很普遍的。当时研究满族史的学者和研究清代史的学者相互之间没有什么往来，这么说并不夸张。因为满族史属于民族史的一支，民族史和清代史是两码事。民族史的研究通常不会放在北京大学、清华大学、人民大学、复旦大学这样的学校进行，而是在民族大学开展。我在中国大陆读书的时候，有两位教授对我影响最大：第一位是中国人民大学档案学院的韦庆远教授，他是我当时的指导老师，也是明清史方面的研究专家；第二位是中央民族大学（当时是中央民族学院）的王钟翰教授，王教授也曾在哈佛读书，英文说得很好。可以说，我之所以能够迈进清史学界就是因为韦庆远和王钟翰两位教授，同时还有中国人民大学清史所的华立、成崇德、郭成康等学者们的帮助，他们对我们这些来自美国的研究清史的学生当时都非常欢迎并给予鼓励和支持。

在当时，我一方面参加他们指导的清代史的研究讨论，同时也和研究满族史的人，主要是王钟翰教授的高徒们尤其是定宜庄、刘小萌等学者经常探讨满族史的研究进展，直到现在我们还经常保持联系。我那个时候还没有意识到满族史和清代史在中国区分得这么开，现在想来，当时能让这两组人坐在一起研讨是多么困难的事情。不过我想，他们也慢慢意识到不应该把清代史和满族史分得那么开，要两者结合才有道理。事实上，我一直努力将这两者结合到一起。那时候，刚好所谓“新清史”的英文著作开始出版，然后美国、日本的学者们开始意识到要想研究好清代史，不能不重视满洲人在其中的作用。之后，日本国内清代史和近代史两个学派的距离变小了，中国国内清代史和民族史两个学派的距离也变小了，而在美国研究清朝初期历史和研究清朝中期历史的距离也变小了。应该说，这一努力在某种程度上是产生了一些成效。

张梅：清朝政府给予满洲八旗以特殊的民族政策，用以维系这一族群的战斗力，却仍然不能阻挡满洲衰落和清朝灭亡的命运，您认为主要原因是什么？

欧立德：这个问题不好回答，尽管清史研究学者们对这个问题的答案很感兴趣。研究清代史的学者们好像都有责任去解释和弄明白“清朝为什么会灭亡”这一问题。其实在我看来，当时不仅清朝灭亡了，而且整个帝制都消亡了。一百多年来，人们一直试图寻找这一问题的答案，不过我相信，即使再过一百年也还是会有人继续问同样的问题。我想我能给的回答是：我们都要努力适应当前所面临的机遇和挑战。首先让我们来看清朝的领导阶层，他们在 17、18 世纪都能比较好地适应经济、社会、环境上的各种变化；到了 19 世纪，他们的适应能力好像已经不如 18 世纪那样强，虽然他们也尝试过改革，但是最终并没有完成，甚至到后来制度都已经不起作用了，政府也失去了有识之士的信任。在我看来，对任何一个政府来说，人民的信心不管在什么时候都很重要，尤其是在信息发达的时代。那么，为什么清朝会灭亡呢？简单地说，主要是因为在一个正在转变的历史环境里，它没有能够说服大多数人来支持其统治。当时大家都能看到周围已经出现了各种各样的威胁，可是政府对此束手无策。我最近在看清华大学秦晖教授写作的《走出帝制》一书，里面谈到应该怎样去理解帝制和民国之间的转换，他也提到一些同样的原因。事实上，对于清朝灭亡可以从微观方面去解释，也可以从宏观角度去理解。从宏观上来说，任何制度都有它的寿命，一旦它不能适应时代的变化就会面临淘汰。

三、何谓“新清史”

张梅：事实上，您关于清朝历史的观点与 20 世纪以来中国清史研究的主流论述并不一致，您试图从满族、从“他者”（Other）的角度来寻求问题的答案，这给我们提供了一条超越民族主义重新看待历史的路径，因为从满洲史的角度重新审视清代历史，可能会给我们理解现代中国的形成开启不同的道路。对于您的研究理路，学术界称之为“新清史”。能否请您解释一下什么是“新清史”？

欧立德：20世纪90年代末“新清史”出现于北美学术界，这一学派的主要观点是，满洲人的统治能够成功，在很大程度上并不仅仅因为汉化，还因为他们保持了一个征服民族的特性。因此，要理解满洲统治的重要意义，至关重要的是理解满洲人是谁，他们的政治、军事、法律机构是如何运转以及建立一个合成的帝制的。当然，这里的帝制不能简单地视为我们今天所理解的中国人传统的帝制，而是清朝政府专有的独特体制。在研究17世纪至20世纪满洲人的实践时，新清史不可避免会面临传统观念的挑战，那就是认为满洲人单方面被彻底汉化了。可是根据我们的研究，满洲人尽管在中国生活了很多年，尽管他们一直在吸收中国的传统文化，但是却不能说是完全被同化了。也就是说，一直到清代末期，人们（至少住在大城市的人）都还很清楚，谁是满洲人，谁是汉人。

新清史的出现引起了许多新问题，作为研究清代中国历史的学者，如果要真正开展研究的话，我们必须在研究中使用满文文献。这种满文文献应该是原文，而不是译文；同样，对蒙古语、藏语、察哈台语文献的使用也是如此。事实上，如果清代历史研究学者们真的这样做了，就可以发现这种满洲特征或者说对满族特征的意识不只是在17世纪发挥作用，甚至到了18、19世纪，乃至到了辛亥革命都还在发挥作用。为什么这么说呢？因为如果我们把清朝皇帝不仅看作是一个中国人的皇帝，而且把他视为满洲人的大汗，乃至蒙古汗的继承人，我们对清代宫廷政治、中央财政和地方政府的分析将会有所不同。事实上，通过深入研究满洲统治下的清朝历史，

“新清史”寻求的是把有关清朝历史的线性研究回溯到历史的多样性和偶然性的学术话语中去，把学术探讨延伸到族群认同、民族主义、边疆和帝制等与世界历史相关的领域，把满洲统治纳入到世界历史比较研究的视域中，把清代历史研究与世界历史研究结合起来。

张梅：这一研究理路促使您怎样看待现代中国的形成？

欧立德：这个问题也很复杂，应该说，我开始做研究的时候并没有过多地思考现代中国形成的问题。我感兴趣的是大家都这样说——满洲人经历过 260 多年的检验，因为受到汉人的影响都被汉化了，并且因为他们汉化了才有办法统治中国这么长时间！作为一个历史学者，我当时的想法是想了解这个汉化的过程是什么？有什么意义？我很奇怪的是，在清末的时候，有很多的革命家在他们的著作或是演讲里，对于清代的宣传充满了浓烈的排满情绪，比如说孙中山先生提到要“驱除鞑虏、恢复中华”。如果说满族人都被汉化了的话，怎么还会存在“满洲人”这个群体的概念呢？这是很让人不理解的，甚至有点悖论。我就是想要弄清楚这个问题，才开始对“满洲人”的民族意识或者说族群意识进行研究的。可是想要了解他们如何看待自己，汉文的资料是远远不够的，我必须阅读他们用自己本族的语言写成的史料。研究到了后来，我又在想，如果我们把清代看作是一个帝国，那么这是一个什么样的帝国？如果我们把这个帝国看成是满洲人的帝国而不是彻头彻尾被汉化了的满洲人的帝国，这对于我们理解中国近现代史有什么意义？这个问题是我在《满洲之道》一书基本写完之后才意识到的，不是我当初写这本书的初衷，也并不是我最关心的事情，现在回想起来觉得很有意思。要知道，任何一个学者，他在做个人研究的时候，都希望他所做的研究能让其他研究方向的学者感兴趣。比如，我经常跟我的学生们讲，你们在做研究的时候，必须首先考虑到这项研究的目的是什么，做研究不应该仅仅只是为了满足个人的研究兴趣。我在研究八旗制度的时候，有些方面的研究做得很具体，可是事实上并不是所有人都对八旗制度感兴趣，我更不可能期待所有人像我一样对八旗制度感兴趣，那我的研究为什么别人要关注呢？我在思考这个问题的时候，就想如果我们把清朝不仅看作是汉人的帝国，而且是满洲人的帝国，是包括传统十八省和周边其他领地在内的这么一个帝制的话，这就好像和现代中国的形成有了关系。不用说，我不是第一个这样思考，也不是第一个注意到这个问题的人，早在上个世纪 60 年代，何炳棣教授在他的文章里就提到了这个问题，但是他和我的立场并不一致。现在多数中国学者也都已经承认清代的统一和现代中国的形成密切相关。

张梅：两者是因果关系吗？

欧立德：有没有因果关系，主要看你怎么看待“中国”这个概念。葛兆光教授在《何为中国：疆域、民族、文化与历史》里，曾谈到“中国”这个概念一直在变，宋代、近代、现在的解释都不一样。事实上是否有因果关系？我觉得，我们要研究清代人对“中国”这个词怎么使用：在什么情况下使用，什么语境下使用，什么情况下不用。弄清楚了这些，我们才可以明确清代中国是什么样子；认清了清代中国，我们才可以说它跟 20 世纪的中国是什么关系。中国当前历史学界那种认为“今天的中国之所以是这样是因为她一直以来就是这样”的观点并不是一个历史的观点。作为历史学家，在我看来，我们的责任是要在正确的语境中理解我们所使用的概念和术语，对于那些看上去很熟悉、意思也很相近的术语我们要谨慎使用。我们应该抱着怀疑的态度去作出判断，批判性地去思考这个满洲人统治的天下是怎样的天下，他们的世界究竟是怎样的世界。在我看来，“中国”这个字眼是一个不断变化的符号。当然，在进行这一陈述的时候，我想强调的是，我绝不是要否认中华人民共和国这一中国领土上现存政体的历史事实。与此同时，必须认识到我们今天说的“中国”与前人所说的“中国”不完全是一回事儿。

张梅：如您所言，通过深入研究满洲统治下的清朝历史，“新清史”寻求的是把有关清朝的线性历史研究回溯到历史的多样性和偶然性的学术话语中，把满洲统治纳入到世界历史比较研究的视域中，可是让我存疑的是，您的这种想法实现的可能性到底有多大？您认为您现在所做的工作将会给世界历史研究带来怎样的影响？

欧立德：在美国大学的历史系，你可以看到学习美国史或欧洲史的学生很多，而学习其他历史的学生相对较少。在美国，历史主要是指美国史或者是欧洲史。事实上，传统的美欧知识分子用了很长的时间才接受了这样的观点：中国就像法国、德国和英国那样拥有自己的历史，而不只是个简单的过去。可以说，这种以欧洲为中心的叙事源自于黑格尔的影响，马克思也接受了同样的立场。不过，在过去 30 多年里，出现了根据中国的历史特点，而不是从欧洲的历史经验建构出来的叙事标准看待中国的新趋向。也就是说，在 20 世纪 80 年代以后，日益明显的以中国为中心的新的学术趋势占据优势，已经在北美、欧洲、日本等国家和地区的学术界稳步确立，增进了人们对中国的历史经验在人类历史中重要性的普遍认知。当然，这一进程并没有预想的那么容易，除非中国以某种形式被卷入到世界历史比较研究的视域中，因为在美国，一般学生还很不熟悉朱元璋或者乾隆皇帝这样的名字。我想我们所做的这部分工作就是要使我们所讲述的清代历史，能被其他历史学家（不管他们的研究区域或时段如何）理解，并和他们的研究关联起来：清史不仅是中国历史的一个组成部分，同时也是世界历史的一个组成部分。如果将清史与俄罗斯、西班牙、英国、美国等国的历史加以比较研究，不仅有助于认清我们称之为清代的这个时期到底发生了什么，这些事件如何导致清朝政府政策的制定和改变，同时还可以重塑美国乃至整个世界的中华晚期帝国历史。

四、开拓哈佛大学国际交流的新视野

张梅：不久前，您被任命为哈佛大学主管国际事务的副教务长，让大家充满期待的是，您接下来将与哈佛大学的校长、教务长及各学院院长一起，将哈佛大学打造成为融学术、科研、教学于一体的全球卓越的高等学府。请问您将如何实现这一目标？

欧立德：我答应做分管国际交流事务的副教务长，主要原因是我觉得这是一个很难得的机会，可以指导哈佛完成全球性大学的战略。我们都知道，20 世纪初期的高等教育和 20 世纪中期的高等教育很不一样，我们也可以预料到 20 世纪中期或晚期的高等教育和 21 世纪的高等教育会更不一样。会有哪些不同呢？我们有责任好好地去思考这个问题。我们不知道，再过几十年，哈佛还会不会像现在这样是全世界最好的大学。当然，我们希望如此，但这不是确定无疑的。在考虑这个问题之前，我们首先要回答另一个问题——“哈佛是世界上顶尖的美国大学还是美国顶尖的全球性大学？”（Is Harvard a great American university that happens to be in the world or is Harvard a great world university that happens to be in America？），这个问题到现在我还不知道该怎么回答。

这里我所说全球性的大学是指它的视野。它在进行教学研究计划、聘请教授、招收学生的时候，是把它自己看作是一所美国大学还是看成一所全球性的学校？您知道，哈佛最初创立的时候，美国还没有独立，我们只不过是处在英国殖民地上一个很小的牧师学校，到了 19 世纪后半期，哈佛才转变成为一个以研究为中心的学府。可以说，我们一直在演变、一直在适应，我们仍需要不断适应一直改变的新世界，我们现在面对的世界变化比以前要快很多，那将来我们要如何适应世界的变化呢？因此，全球性大学的策略对哈佛的未来发展非常重要，我所要做的就是协助哈佛的校长、教务长做好这项工作。

张梅：您曾经担任费正清中国研究中心的主任，在任期内您做了很多开拓性的工作。我想请问您在担任副教务长后会不会在此前的基础上继续做一些工作？哈佛大学可以在哪些方面与中国相关机构开展合作交流？

欧立德：哈佛通常很少与任何学校开展合作关系，唯一的例外就是与麻省理工学院。我们让我们的教授自己去寻找他们的合作伙伴，而我的工作就是支持教授们的工作。每所学校的教授都要知道他们自己想做哪方面的研究，而不是由学校来告诉他们应该要去做什么研究。做什么研究、和谁一起做是教授们的自由！当然，我希望我的同事们，不管是文理学院、商学院还是法学院的教授们，在做与中国相关的研究的人可以做得更多更好，希望还没有与中国有过接触的教授们将来有机会到中国去，与中国的教授们、研究所等创办合作项目。同时我也在寻找合作机会，也力争提供给教授们这样的机会，但前提是我们必须要共同找到一个“基地”，这个“基地”就是教授们的研究，这是我们的核心。我在其中扮演的只是桥梁的角色。

【汉学家印象记】

欧立德：那些关于中国的故事，他恐怕已经淡忘了吧！

一、初见：日本式的温文尔雅

初见欧立德教授，是在 2015 年 4 月由共识网周志兴老师带队的哈佛演讲会上。那日欧老师出场，并不惊艳，我仅记住了他黑色羊绒大衣包裹下合体的西装和看起来略显冷峻的西方人面孔。但他一开口，我震惊了：中文相当地道！为了显示对中方邀请人的尊重，欧老师全场用中文主持，不仅如此，他的反应还非常快，当听到周老师说："我们没有完全按照老欧给出的题目来讲"，欧老师立刻略带委屈地回应说："你们谁也没有按照我给出的题目来讲啊！"

每句话后带"啊""啦"等词是欧老师的说话特点，这让他地道的中文表述有那么一丁点儿不正式的味道，但他的神情偏偏又是严肃且高冷的，相形之下，实在让人忍俊不禁。记得有一次一位师长因为给他写信总是收不到回复，嘱咐在哈佛旁听他课的我向他问询，于是下课后我拔腿追上收拾教具正打算离开的欧老师，向他说明情况。他说回去查查日程表，然后给我回复，我诚惶诚恐地道谢，他则礼貌且客气地回应："不客气啦！"轻柔的语调和这个"啦"，让我原本紧张严肃的心情瞬间放松，差点笑出声来。但看着他冷峻且严肃的脸，又强忍住了笑。

因为在日本留学三年，欧老师深受日本文化的影响，说话声音（分贝）从来都控制在听者刚刚能听到的范围，且这种内在修养外化于外，给人一种谦谦君子、温润如玉的感觉。当然他的语调轻柔也是因为年龄，欧老师是 1959 年出生的人。这和我的合作导师宋怡明教授形成了非常鲜明的对比。宋老师因为年轻，中气十足，每次喊我名字声音大得都会吓我一跳。不过我很喜欢听宋老师讲课，不仅是因为他上课富有激情、神采飞扬、语词犀利、思想敏锐，而且因为哈佛的课堂上没有麦克风，宋老师的声音足够响亮，所以相比之下宋老师说的每句话我都能听清听懂，这也是许多上过宋老师课的中国学生很喜欢他的原因之一。

到哈佛后，我很关注哈佛大学有关中国问题的讲座报告，所以每场必听，而欧老师当时是费正清中国研究中心的主任，中心关于中国问题的讲座他基本都会主持，其他学院有关中国问题的报告，他有时间也会出席，所以我们常常相遇。我和欧老师的交谈是从某一天多次偶遇开始。那日周二欧老师结束课后，我赶去听中科院白春礼院长的报告，主持人又是欧老师。讲座结束，我和几个朋友聚会，晚宴结束，回来已经 9：30，路上遇到欧老师、丘成桐和孟晓黎三位教授。校园的小径那么窄，我和欧老师并排向前走，他向丘成桐和孟晓黎两位学者介绍说我是班上的学生，然后询问我对白院长讲座的看法。我如实相告："讲座中规中矩！"我看到欧老师用欣赏的眼神看着我，但是当听到我评论说："我觉得白院长回答'我们有百度'这句话没有问题！"他的神情突然变了。我理解欧老师认为我在为白院长辩护，可是当我将我作为文科生使用百度的个人体验说完后，欧老师心悦诚服地点头。话题由此延伸开去，一直延伸到欧老师的家庭和学术……

现在回忆起来那其实是一段很短的校园小径，可是一路上我们聊了不少话题，欧老师对中国问题的敏锐和对小不点学生的尊重在那一瞬间给我留下了极为深刻的印象。那日的交谈后我们频繁相遇，欧老师每次都能喊出我的名字。他记人姓名甚快，我猜想这也是他为什么精通英语、法语、汉语、日语、满语、蒙语等多种语言的原因之一。

二、访谈：那些没有被读懂的误解

早在 20 世纪 90 年代，杜维明先生提出“文化中国”论说，在海内外学界引起强烈反响。杜先生所说的“文化中国”包含三个意义世界：一是指由中国大陆、中国香港、中国澳门、中国台湾和新加坡地区华人组成的社会；二是由散布在世界各地的华人组成的社会；三是这一概念包括了一批与中国及中华民族既无血缘关系又无婚姻关系的国际人士，这其中既包括研究中国问题的学者和汉学家，又包括长期与中华文化或中国打交道的企业家、媒体从业人员和政府官员等——对于中华文化，他们是通过英语、法语、德语、日语、韩语等加以了解的。在杜先生看来，以上不同团体都是文化中国的体现。

记得当时拜读杜先生文章，我被这个概念吸引。进入工作系统后，我一直在研究华侨华人问题，华侨华人与中华文化“走出去”是我去哈佛大学访问交流时拟完成的课题之一。受杜先生“文化中国”概念的影响，到哈佛之后，我对于杜先生提到的第三个意义世界中的个体亦相当关注，正是在这一理念支配下开始了哈佛大学研究中国问题的知名学者和专家的系列访谈，通过深入了解他们对中国历史和现实问题的看法，力争为中华文化“走出去”和加深中美两国文化交流做些工作。

在此思考下，我向欧老师提出访谈的请求，欧老师邮件中回说：“好啊，给你半小时时间。”我说：“这点时间不够，至少要 50 分钟。”并以我访谈赛奇教授的例子来说明——我访谈赛奇教授用了 50 分钟，访谈比较成功，还谈到访谈文章出来后的发表意向以及我已向福斯特校长当面约访，她答应了。欧老师没有回应。我再次邮件问起，欧老师回复说他已经询问过《清史研究》编辑部和哈佛校长办公室的工作人员，他说《清史研究》不会刊登他的文章，而哈佛校长办也没有收到我要访谈福斯特校长的提纲，他觉得我有撒谎的嫌疑。（他在英文邮件中没有明说，但我一读就明白。）我有理有据地在邮件中反驳，并毫不客气地请他直接去问福斯特校长。回完邮件我心里冷飕飕的，我想看起来如此儒雅的欧老师竟然无端猜测并背后调查一个学生，这让我对他的欣赏大打折扣。可是当我把电话打回国内时，我的心震撼了，特别是知道国内学界对欧老师的批评态度时，我突然一下子明白了欧老师这样对待我的原因，那一刻，我坚定了要访谈欧老师的想法。我找来欧老师的《满洲之道》和《乾隆帝》细细品读，并下载了他的学术论文。仔细研读之后我发现其实国内学界误读了欧老师！

当我再次约访，欧老师没有凌厉的言辞，只是问我：“你真的确定要访我吗？”我言简意赅地回复：“Absolutely，sure！”访谈那日，在他的新办公室（在访谈之前他就已由费正清中国研究中心主任升为哈佛大学负责国际交流事务的副教务长），我去得很早，但是欧老师晚到了。教务长办公室的工作人员打通他的手机，他才急忙赶来。我猜想他的脚步一定很迅速，因为我看到他的发型仍然保持着奔跑的姿态。

最后访谈时间远超出我想要的 50 分钟，事实上，我们聊了一个多小时，他怕我听不懂，将问题展开来讲。他的思想颇有体系，可以从任一点开始，讲透彻后，在结尾处画上圆满的句号。与欧老师访谈，让我感觉他的“新清史”虽然从观点上来说尚未超出日本学者的论点和范围，但无论是对满文史料的应用，还是将其放在世界历史范畴内研究，都仍然有创新之处。特别是他从满洲八旗的民族性出发，运用族群理论，重新梳理清朝历史，发掘出前人很少注意到的清史中的一些重要层面，颇为有趣。

三、再见：那些关于中国的故事，他淡忘了吗？

访谈结束后，我没有再去打搅欧老师。偶尔几次去国际学生办公室办事，我路过他的办公室——他的办公室是透明的玻璃门，通常熄着灯。有次路过我隔着玻璃门往内看去，看到他脱了西装外套，在未开灯的屋内靠在椅子上看书。我知道他的勤勉。想起某一日在东亚系的办公室对面听报告，我看到欧老师学生访他，知道他在。我舍不得腾出时间吃午饭，饿着肚子听到下午三点多钟，低血糖让我头晕，报告结束后就走出来捡起外面桌子上剩余的两块三明治中的一块（干干硬硬的），站在燕京图书馆的门前艰难下咽。远远地，就看到欧老师从办公室出来了，他拿起我留下的另一块干三明治，然后身影一闪就回了办公室。那一瞬间我体会到感动的力量。

作为老师，有如此天赋、如此成就却还如此努力，让学生情何以堪，唯有更加勤奋努力罢了。每天清晨，我沿着既定的轨迹在固定的时间穿行在去图书馆或教室的路上，在怀德纳图书馆（Widener Library）门前的道路上和欧老师时常交错（他因为住房在另一个方向，所以去办公室要穿过校园小径）。那是一个深冬的早晨，欧老师穿着厚厚的大衣，带着厚厚的翻毛帽子，他只顾盯着眼前雨雪泥泞的路，竟没有认出我来，我快步跑到他面前，他这才发现我，笑容一瞬间绽放开来。他的笑容透着婴儿般的纯真，你很难想象这会是一个理性、审慎、敏锐的学者的笑容。我们聊了两句，他迈步前行，我望着寒风中他缓慢前行的背影，眼眶突然有点湿润。我想，那些关于中国的故事在他的记忆中恐怕早就应该淡忘了吧！

事实上，那天访谈时我就知道欧老师的注意力已经转移到哈佛教育问题上。因为谈到中国时他的声音是完全平静的，只是在我追问："作为费正清中国研究中心的前主任，您难道不想在此基础上为推动中国和哈佛之间的合作做一些努力？"他的声音才显现出了一丝激动。这让我想到在费正清中国研究中心的新年招待会上，那天我们再次相遇，他一见我就激动地问："你有没有看春晚？"当我回答看了后，他立刻询问我的感受，并说他觉得标语（Slogan）多了一点，我明白那时欧老师仍在关注中国动态。可是，看着现在为哈佛教育事业辛勤耕耘如螺丝钉般的欧老师，我的心里多多少少有些难过。可是站在欧老师角度思考——理性如他，在新的问题中找到新的研究兴趣，也是一种幸福吧！

临行前的一日晚间，我在燕京图书馆扫描借阅的英文图书，除了管理员和我，图书馆已没有他人，突然，一个穿着大衣围着围巾的人影走了进来——是欧老师，他来借阅图书。我快速按下扫描暂停键，一脸欣喜地跑到他面前。我们站着聊天，我向他请教语言学习秘诀，说到宋怡明教授还会中国地方方言，他立刻换了坏坏的笑容调侃地说:“你的意思是说，我的中文不如你们宋老师好，对吗？”我一瞬间涨红了脸。我向他辞行，并邀请他方便的时间来京和去高校做报告，他答应了。我们握手告别，他的手凉冰冰的，可是当我望到他的眼睛里去，却看到他的眸子在闪光。

神话比较揭示人类拥有共同的根*

——访哈佛大学迈克尔·威策尔教授

▶ 威策尔

---

* 原载于《中国社会科学报》2017 年 2 月 16 日。

迈克尔·威策尔（Michael Witzel）：哈佛大学南亚系教授，国际比较神话学会（International Association for Comparative Mythology）主席。他早年在德国学习印度学，1986年起执教于哈佛大学，因其对吠陀梵语方言、早期印度历史与吠陀宗教信仰发展史、南亚史前语言学等的精深研究而闻名于世。他早期关注吠陀经的研究，后日益关注吠陀经文本的地方化以及印度早期历史证据研究。自1990年开始，尤其是2001年以来，他致力于研究古印度、欧亚大陆以及其他地域神话间的彼此关联，发起并成立了国际比较神话学会并担任主席。其主要著作有《吠陀中的神奇思想》（On Magical Thought in the Veda）、《文献内，文献外——吠陀研究新方法》（Inside the Texts, Beyond the Texts: New Approaches to the Study of the Vedas）、《世界神话起源》（The Origins of the World's Mythologies）等。

一、重构神话研究

张梅：尊敬的迈克尔·威策尔教授，感谢您在百忙之中接受我们的采访。神话学研究是洞察世界的一扇重要窗口，对于一个国家的文明史而言，神话学研究具有追根溯源的重大意义，特别是在中国提倡文化自信的大背景下，神话学研究能够帮助我们找到中华民族复兴的精神文化支点。能否请您谈一谈，您是怎么开始对神话学研究感兴趣的？又是如何投身这一研究领域的？

威策尔：对神话学的研究兴趣可以追溯到我的学生时代。那时候（20 世纪 60 年代末）我爱阅读古印度、古伊朗和其他印欧语言神话的原文，已经注意到欧亚神话有某些重叠，只是没有去系统地研究它，因为我大部分时间都致力于研究古代印度和伊朗的文本，还有其宗教信仰、仪式、历史以及它们对现代社会和文化的影响。不过对神话学我一直保持着浓厚的兴趣。

1990 年，恰好当时我有很长一段时间的学术休假，于是便把注意力更多地放到比较欧亚仪式、神话之间的相似性和共同点上，后来这种比较扩大到了全世界。当发现欧洲和亚洲某些神话之间的高度相似点后，我决定聚焦于此展开系统的研究。为让神话的相似点更加清晰明了，我后来制了一张对应表，这张表囊括了冰岛、罗马、希腊、圣经旧约、埃及、美索不达米亚、玛雅、伊朗的波斯古经、印度吠陀和日本神话等。令人惊讶的是，印度吠陀神话和日本神话虽然在时空上隔着很远的距离，但是有许多不易被解释的共同特征。因此我很好奇，想找到一个解释，一个迄今为止尚未有其他学者给予的解释，这促使我寻找更古老的“共同起源”。后来，我利用学术休假时间，全身心投入到对不同神话之间关系的深入研究上，并将这个新的研究领域命名为“劳亚古大陆神话学”（Laurasian Mythology）。

张梅：在我看来，您的神话学研究打破了以往纯文学、历史及哲学的研究范式，利用文献学、语言学、考古学、遗传学及其他科学方法，来研究历史上出现的各种形式的神话，研究不同民族的神话起源与流布，将业已消失的神话与现存的神话进行比较研究，可以说开辟了神话学研究的新范式。作为历史信息的储存库，神话其实蕴含着丰富的内涵。请问您如何用神话学揭示人类文明的源起？

威策尔：首先，我们必须重构早些时期的神话等级，例如，先是印欧神话，随后是诺斯特拉神话、欧亚神话和劳亚古陆神话。然后，我们必须重构撒哈拉以南非洲、澳大利亚、新几内亚和一些其他人种（例如安达曼人、印度南部尼尔吉里山上的托达人、马来亚的塞芒人、菲律宾的阿埃塔人）的“南部”神话。通过主要的神话体系——北部劳亚古陆神话和南部民族的神话的比较，我们可以得出神话的一些共通点。例如，世界范围内都存在着有关洪水的神话，存在着人类是由一个高高在上的神或由神的儿子创造的神话，存在着关于人类早期的恶行和傲慢的神话，还有关于死亡怎样产生和出现的神话。

张梅：您的研究角度和纯粹历史学或者考古学的研究角度有何不同？相对于历史学、考古学等学科，神话学的价值究竟在哪儿？

威策尔：从历史和比较相结合、共时和历时相结合的角度研究神话，能告诉我们人类在发展为智人（Homo sapiens）的过程中，其不同阶段状况反映在精神、仪式、社会这三个层面上的信息。某些神话包括仪式被某一个社会认为是必需的，例如，印度文化中最基本、最古老的“三债”观念，即欠神、祖先和原始先贤的债；或是中国文化中与此类似的强调尊崇祖先的观念；或者是犹太教—基督教中强调听从上帝的命令。我们喜欢把这种不断强化的观念称为“路径依赖”，这些观念会对未来产生重要影响，也是各区域文明赖以建立的基础。

这一点在马林诺夫斯基提出的神话是信仰的“社会宪章”中可以清楚地看出来。它告诉我们，为什么即使是在今天，我们的行为举止也必须符合某种方式，因为始祖和神灵一开始就是这样做的。

就中国的情况来说，对适当的行为和仪式的强调在孔子及儒家思想中得到进一步强化，即使是在今天，他的思想也起到了重要的作用，例如在师生关系、父母和子女的关系上。这种基于“以人为本”，而不是基于来世回报的观念，在某种程度上将中国及东亚与欧洲、美洲、印度和近东文明区分开来，这些文明全都强调将来的奖赏，无论是在天堂还是在尘世度过下辈子。

然而，如果仅仅是依靠纯粹的历史学方法，就只能向上追溯到公元前 3000 年的书面资源。尽管考古可以提供帮助，但是考古的局限又在于，古老的、没有文字的材料并不附带任何解释，因此，我们必须自己去解释它。事实上，试图去解释古代印度河流域文明（公元前 2600 年—前 1900 年）的众多理论是多么深奥和难懂，从中就可以看出这类解释工作是多么困难，他们的建筑、工具、图形印等讲述了一个个故事，但是这些故事并没有传递出多少有关他们古老信仰体系的信息。举例来说，我们一直坚信玛雅文明是和平的文明，然而，直到他们的铭文几十年前被破译，才证明他们一直就像其他民族一样好战。

相比之下，通过比较来重构越来越古老时期神话之间的共同点（如劳亚古大陆等），我们就能了解到很多关于公元前 3000 年之前的信仰体系和社会的知识，从而最终得知我们人类迁徙离开非洲东部的时间——大约是在 6.5 万年前（也有人说是 10 万年前）。

二、文献研究的意义

张梅：据我所知，您认为，尽管神话研究有着悠久的历史，可是迄今尚未发展成强有力的解释体系。在您看来，以往的研究或者集中于某一个神话，或是该神话的各种异文，其解释都限于局部，而您提出的“劳亚古大陆神话学”（或称“历史比较神话学”），其方法可以突破上述局限，并对世界范围内的神话源起作出解释，可是在我看来，您的研究方法与神话学历史上的“自然神话学派”比较相近，能否请您解释一下您的研究方法与“自然神话学派”的区别和联系？

威策尔：这取决于你所说的“自然神话”是什么。如果你说的是马克斯·穆勒（Max Muller）在 19 世纪提出的“自然神话”，那么我的方法显然与他完全不同。穆勒想要把古老的印欧神话都解释为自然现象，或夜间天象这类简单的故事，他认为由于“语言固有的疾病”[①]，古老的印欧神话被扭曲，这使得几个世纪过去之后，随着时间的推移，它们变得越来越晦涩，越来越难以被人理解。

① 指穆勒认为语言常常在变，这是语言固有的疾病。

我并不想解释自然现象（除了个别时候，例如对神话中大洪水的解释），而是根据不同的语境来诠释所有的神话，例如撑起天 / 分天地（象征着男性 / 女性的分离，或者神明和人类的分离），或者躲藏起来的太阳被释放出来而重放光明（天空之神的女儿逃到一个山洞里，因为她被其近亲性侵）。在这里，“光明”和“太阳”的母题再次出现，但是这并非是指太阳每日的消失和太阳的“重生”，而是指上古时代第一天发生的事情。

研究中我们首先必须依靠最古老的书面文献，因为它们代表着当地神话的原始状态——在其还未进一步发展前和被其他神话影响之前。但是，我们还必须考虑到那些没有被记录下来的（或者是最近才被记录下来的）世界各地的口头传承的神话。它们不仅代表了神话的地方版本，而且通常保存了已在别处丧失的古老特征。因而，波利尼西亚（指大洋洲东部波利尼西亚群岛，毛利人属于波利尼西亚人的一个分支）神话与印欧神话有许多紧密重合的特征，以至于 19 世纪的研究人员想知道，为什么新西兰的口头传统看起来如此“希腊”。这些孤立的“奇怪”特征往往是先前已经过去了的一个阶段的遗迹。

张梅：您刚才提到古老的书面文献，我知道，文献学（Philology）也是您研究的很重要的内容，能否请您介绍一下什么是文献学？

威策尔：学者们对于文献学有很多种不同的定义。一些学者简单将其解释为“缓慢的阅读”，一些学者认为它是“理解文献的含义”，但我认为，我们需要有一个更为广泛的定义：“文献学是在文献的基础之上研究人类文明的学科。”因此，文献学并不是研究人类遗留物（如考古学、古生物学）或者是研究艺术（如绘画、雕塑、音乐等）的，它实际上是研究某种特定的文化所创造出的文献的科学，这些文献可以是书面的（手稿、印刷品、文件），也可以是口头上代代相传的，例如民间故事、英雄故事、史诗等，当然最重要的是我们当下的文献，例如神话。在进行文献研究的过程中，我们需要利用许多辅助的学科，很显然，这些学科包括研究语言、语法、书面语系统、手稿和印刷品，以及解读文献的不同的方法。总的来说，文献能够揭示某种文明的本质或不同文明之间的差异，从而给我们以启发。例如，中国文化是以书面文献为基础的，而印度文化与之相比就更加重视口头文献。除了上述提到的多种辅助学科，我们时不时也需要来自其他不同人文学科或科学领域的洞察力，例如考古学、文学、生物学、天文学或者医学。这些学科对于我们理解文献的某些方面大有裨益。总之，文献学是在一系列学科辅助之下所开展的研究文献的学科。

三、神话表明我们拥有共同的根

张梅：我记得是 2006 年，在北京大学召开的比较神话学国际研讨会上，您宣读了论文《走出非洲：最初神话的传播》（Out of Africa: The Spread of Our Earliest Mythologies），指出劳亚古大陆模式潜藏在现今大部分人群的神话中，通过研究世界范围内广泛共享的神话，有助于认清我们共同的精神起源，发现我们思想之下的共同模式。请问，您认为您的历史比较神话学研究方法，真的能够揭示人类文明的源起和共同思维模式吗？

威策尔：即使现在我们的比较历史研究还处于早期阶段，但显而易见的是，我们已经可以比较地方和区域的神话、礼仪和文明，辨识出“北方”神话中常见的一些模式，例如在长篇故事中，从世界的诞生、神祇和人类的出现到它们预期的终结。与北方神话形成鲜明对比的是，撒哈拉以南非洲这些地区流传的“南方”神话，对人类起源更感兴趣，却缺乏有关世界末日的故事。

但是，“北方”和“南方”这两种版本的神话都可以追溯到我们的非洲起源，如果我们能以某种方式有机会接触尼安德特人的神话，还可以试探性地窥视我们最早的神话和信仰。近来越来越清晰的一点是：从基因上来说，欧亚人种与尼安德特人的基因有 1%—5% 的混合，而这些我们早期和远古的亲戚能说话、有象征性的思想和仪式，人们现在已经发现了这些人用来举行仪式的很深的洞穴，甚至可以追溯到大约 17 万年前。因此，我们的工作尚未完成，有很多空间等着我们去开拓。

张梅：在我看来，您的劳亚古大陆神话学更强调人类思维的共性，可是亨廷顿（Samuel Phillips Huntington）先生曾经提出过“文明冲突论”（The Clash of Civilization），并把世界文明划分为不同的板块，您对此怎么看？

威策尔：简要地说共性和差异都存在。尽管我们享有共同起源的故事（指人类源于非洲）往往表明我们拥有共同的根源和信仰，但如今主要的文明之间也存在着许多显著的差异，这些差异主要基于其在过去 3000—5000 年间特殊的“路径依赖”。

中国及其东亚邻近地区之外的主要文明，包含了欧洲文明及其在南北美洲、澳大利亚和新西兰、俄罗斯及信仰东正教地区的分支或子文明，然后是南亚及东南亚的印度教—佛教文明，最后是穆斯林为主的北非、近东及中东地区的文明（包括南亚部分地区，某种程度上讲就是如今的马来西亚和印度尼西亚，尽管这两个国家仍保留着一些印度教—佛教的特征）。

显然，西方国家、中国、印度和伊斯兰地区的传统中存在很多差异，如宗教的作用、社会结构、个人或家庭或群体在社会中发挥的作用，以及国家性质等方面，都存在着很多不同点。从这些显著的不同点来看，这些主要文明的差异是如此之大，以至于它们无法共同生存或是相互协作。

然而，这也是一种过度强调特性的做法。这种情况总是出现在某个国家想要建立和彰显自己国家地位或是扩大影响力的时期。很久之前，意大利思想家、政治家马基雅维利，印度的考底利耶和中国的孙子，都已经对这种情况进行过恰当的描述。

虽然个别政府的行为可能会部分受到它所继承的文化特征的影响，例如西方社会对于普遍人权的坚持或者是穆斯林通过政治表达其宗教思想。各国政府终究会以其自身利益为出发点，但是过度强调文化和宗教的差异不应成为相互共存和包容的阻碍。这些文明在过去既然能够相互共存，而且大部分时间都是和平共处，现在就没有理由不能够相互共存。宗教一直以来处于第二位，并且现在依然处于第二位，社会和政治冲突（例如在北爱尔兰、南斯拉夫、菲律宾、也门、尼日利亚等国家和地区）才是泛欧洲地区天主教和新教之间 30 年战争（1618—1648 年）的真正原因。

四、重构中国早期神话仍需比较

张梅：中国神话犹如汪洋大海。记得 20 世纪末，美国汉学家柯文（Paul A.Cohen）出版了《在中国发现历史》（Discovering History in China）一书，在世界范围内产生了很大反响。事实上，从《春秋》《史记》到太平天国的历史，我们在中国文化中看到了地地道道的“神话历史”，可以这样说，如果没有神话编码的解读技巧，中华文化的特质和源流是隐藏着的，对中华文明源起的探寻也就难以做出有效的解析和判断。请问，您如何研究中国神话，并在此基础上揭示中华文明的源起？

威策尔：这是一个复杂的问题。说到研究，我们必须依靠中国早期成文的传统神话，如《山海经》，以及很多当地不同少数民族口述的传统神话。这里存在一个问题，就是孔子和他的早期弟子持有一种反神话的立场，他们认为古神话在某种程度上来说，是最早期人类演员所上演的民间故事，古希腊神话作家犹希迈罗斯（Euhemerus）也拥有相似的观点。

事实上，最早期的几位皇帝与神话之间的联系就在于，他们更像是某种文化英雄（造物主或智者），他们治理洪水，或是“发明”养蚕缫丝术。这同古罗马最早期的几个国王的“历史”有异曲同工之妙，后者的功绩，例如建立罗马、移民新“镇”等，使他们成为文化英雄——这和中国最早的皇帝十分类似。

这种早期罗马和中国神话的“历史化”与世界其他地方的创世神话大相径庭，在那些地方，贵族和国王在神话中出现的时间晚了许多（例如埃及法老或古希腊国王的出现要比创世和原始大洪水晚得多）。

另一个问题是我们接触到的早期中国文献的选材。正如上文提到的，只有少数古老神话安然度过了儒家思想的过滤。此外，很大一部分非汉族神话被融合吸收，这使得我们了解最早期的中国神话变得更加困难。例如，著名的盘古神话应该是流传于早期中国南部的民族中（这些民族到如今繁衍为苗族、瑶族、白族、彝族等）。甚至它与早期的印度及其他地区神话也有着密切的联系。

总而言之，我们首先需要重构中国不同地区之间早期的神话，之后通过比较，更好地了解古代中国文明，以及不同民族是如何作出不同贡献、促成其发展的。事实上，尽管现在有大量的有关早期中国神话的书籍，但我们仍然需要有一个详细而系统的历史比较。这种比较最好是研究这些神话的最初形式，无论这些形式是古汉语还是其他语言文字。在最近重构的早期印欧语系神话中，我们可以明显地看出这种比较工作的成效，它清晰地揭示出：正如我们所认为的那样，古希腊神话在某种程度上受到近东神话特性的影响。

五、神话中的中华文化

张梅：您如何看待神话故事中体现出来的中华文化观念？

威策尔：一些中国古老的神话被认为是来自南方（例如盘古），它们会反映原初的不同观念，例如关于世界、神灵和人类的起源，所以这不仅仅只有一个答案。每一个神话都必须先单独研究，然后必须再调查它与外在神话的关系（也可能是没有关系）以及与中国境内各民族的相互影响。表面上看，中国神话与北亚神话和东南亚神话之间有许多联结。可是，如果中国神话按照以下方式来算，即在过去 2000 年左右、以书面形式流传下来的那些，我们应该能找到对这个组合神话的解释。在这种情况下，尽管早期儒家持反神话（Anti-Myth）的态度，或者尽管他们发起了神话历史化的运动

（Euhemerizatio，攸赫麦鲁斯运动，将诸神解释为历史上的人），一些神话已经成为“创始神话”——比如关于早期的“皇帝”（类似于早期罗马历史上的“国王”）的神话。两者（中国早期“皇帝”和罗马“国王”）都建立了当地的人类社会形式，甚至机智地发明了早期的工具和技术。这为中国文化、宗教、社会关系，甚至对国家的看法奠定了强大的共同基础。这一基础一直持续到现代。

张梅：通过您的神话学研究，您觉得中华文明与西方文明有何异同？

威策尔：如果我们将西方文明定义为欧洲文明以及它的分支美洲文明、澳洲文明等，我们就可以比较其典型特征，正如它们现在与现代中国文明一起出现。虽然宗教过去曾在这两个地区都发挥了重要作用，并继续发挥着作用——特别是在美洲地区，但是西方文明有一个共同的特征——它奠基于古希腊罗马文化特质与中世纪基督教的历史融合，以及来自一些早期文化（例如日耳曼、斯拉夫等）的重要影响，人们甚至依旧可以清晰地看到它们在当今欧洲绝大多数世俗传统中的踪迹。同样，在中华文明中，我们也看到了古代儒家、道家和佛教传统的融合，以及来自早期非汉民族传统的影响和混合。

比较两个现代文明，我们可以看到非宗教的显著影响和基于人文主义的传统，例如欧洲的文艺复兴和启蒙运动、中国儒家学说的传播。而与其他一些传统（例如印度文明）相比，这种“以人为本”的方法很明显是一致的。然而，在这两个地区，由于现代化和全球化的压力，我们也看到一个显著的趋势，人们倾向于去一些传统宗教与邪教中寻求“安全感”。当然在两种文明之间也有相当大的差异，例如，在中国，传统价值的重点是放在家庭，欧美的重点却越来越多地放在小型核心家庭（或者单身人士）上，或者走得更远些，个体之间日益疏离，导致代与代之间无法密切联系与合作，年轻人与日益增加的老一辈人的隔离——类似的现象也开始出现在中国、印度和日本等国。

张梅：从神话学研究的角度出发，您觉得当前复兴中华文化，以及中华文化要想“走出去”并融入世界文明，我们需要在哪些方面作出努力？

威策尔：对一个局外人和非专业的中国文化专家来说，这无疑是很难回答的一个问题，但是我可以提出一些建议。我们看到，中国儒家信仰和教义正在一定程度上开始复兴。人们（尤其是家长）显然觉得有必要让那些受到溺爱的独生子女，树立起某种意义上的社会责任感。显而易见，与中国传统文化的联系，就像所有这些文化规范，可以给人提供在世俗环境中的归属感和安全感。一些人认为这也可以通过回归佛教实现，因为佛教在中国有 2000 年的历史和区域发展，它也能提供与中国传统文化同样古老的连接方式。

在我们这个越来越相互依存、越来越全球化的世界，文化交流交往不应该停滞不前。相反，在学校或大学教授不同语言以及世界其他主要（或次要)文明的特征是十分必要的。许多文化都患有“近视眼”，印度曾认为自己是神话世界的“中心国”（Madhyadesha），这非常类似于古代中国。直到几十年前欧洲也这样认为，美国这个排外主义视角下的“上帝的国度”仍在继续这一趋势。

同时，中国应该继续坚持对外推广其悠久的历史和丰富的文化，就像现在已经在做的一样。有些已经初见成效，因为一些国家已经在学校教汉语。这些做法应该得到支持，还应该支持更多的学生双向交换和交流。中国文字的书写性质无疑构成了一个主要障碍，因此怎样教汉语，然后进一步教汉字，需要开拓有创意的新方式。例如，对于我们人类这样的视觉动物，可以通过电视和电影的方式。有五花八门的方式可以让这些“切入点”吸引社会各界的眼球，正如瑜伽为印度所作出的贡献一样。在日益注重健康养生的西方社会，认真的传统中医教学和行医也有可能成为另一个切入点。

【汉学家印象记】

迈克尔·威策尔：仙风道骨的学术“杂家”*

2015 年 8 月我在哈佛南亚研究系访学，有幸追随迈克尔·威策尔教授学习比较神话学。南亚系前身是梵文系，威策尔教授从德国来到哈佛教书已经 30 多年，曾担任梵文系主任，还有威尔士讲座教授的头衔。在维基百科的词条中，他被描述为一位古文献学家，该词专指研究古典语言和文献的学者，这可以算是他的本行。另外，他不仅精通梵语，还懂拉丁语、希腊语、波斯语、法语、意大利语、波兰语、日语、英语……究竟有多少门，曾有好奇心旺盛的哈佛本科小同学在“比较神话学”课上贸然发问，老师看样子费力地在脑中数了半天，却没有给出一个具体答复，他后来告诉我，因为掌握程度不一，不好统计究竟“会”多少门。在我的印象中，他在古典学、印度学、人类学、语言学、文献学、考古学等学科中的学养都非常深厚，尤其是对于印度古代梵文典籍的深入研究和独创比较神话学这门学问，有很多融会贯通的创见，可称为“杂家”。

一、缘起

老师虽然不是研究中国问题的专家，但对中国怀有着深厚的感

* 作者杨泪，经杨泪授权收入本书，酌情有修改。

情，他曾多次访问中国，也有很多中国学者朋友，因此熟知中国当代的状况。我们初次见面，就是2010年8月在云南大学召开的“兄妹婚及洪水神话国际研讨会”上，他与几十位中国、韩国、日本的神话学学者交流，我为他担任翻译。那时我很快发现他能直接听懂国际研讨会上日本学者的发言，还发现他甚至认识不少汉字（当时我不知道师母是日本人，日语当中有很多汉字），这在西方学者中确实比较少见。会议的议程除了学术交流，还包括到云南南部开远这座小城郊区的一个偏远的彝族小村落开展实地田野调查。那一年老师以近70岁高龄，不顾天空飘着濛濛细雨，坚持深一脚、浅一脚地踩过泥泞的山路，费力爬上山头，并用小数码摄像机记录下了珍贵的村民祭祀和祭师唱诵彝族创世神话场面。后来在一次谈话中我才得知，20世纪70年代，他在尼泊尔做梵文古文物的修复和保护田野工作，那里和中国边境距离很近，能听到中国的对外宣传广播，还能买到中国制造的大花脸盆和暖水瓶等生活用品，从那时起他就对中国产生了浓厚的兴趣。

二、读书/育人

不知道是出于德国人做学问的传统，还是他也许了解中国传统的孔夫子式教学，老师指导我是遵循一种因材施教的师徒制模式。虽然他是一位德高望重的大学者，但是对待每一位学生，即使是从世界各地慕名上门拜访他的学者，都是那么和蔼可亲，且风趣幽默，从无高高在上的架子。他也从不要求我看什么书，或是选什么课，一般是在我自己选择的基础上提供建议。老师自己读书也是以身作则，偌大一个办公室完全是书房的形式——“环壁皆书也”，架子上的书至少有几千册，把办公室填得满满当当。他书桌前一个小小的会客桌和沙发上也常常堆满了书。这些书新出的大多是英文、德文、法文的，古典的梵文的也不少。还有很多巨大的大字典，里面是查各种文字，在中国类似于小学的东西。书虽多，但是不乱，有时和我提到什么概念，立刻就能从书架上抽出相应的章节来展示。

除了周末，几十年如一日，他总是在自己的办公室里勤奋工作，哈佛最大的怀德纳图书馆就在街对面，要查找什么资料都很方便。他写作任何东西都体现出德国人的严谨认真，经常要核对引用的信息，确保没有错误。除了上课之外，我还需要经常到老师办公室汇报学习心得，他只要有时间都欢迎。看起来身材高大的他，由于瘦骨嶙峋、满头白发，很有一点东方哲人仙风道骨的意趣。他的各种学问我只能沾到九牛一毛，《庄子·秋水篇》中读到的“夫千里之远，不足以举其大，千仞之高，不足以极其深”这两句话，我想形容先生之深不可测、广无尽头的学问，还是很恰当的。

三、学问

我自己因为是搞英语语言和文学研究出身，神话学方面属于入门者，刚开始只能选修一门初级的公共基础课，他随手就开了长达一页的十几本书给我读。我曾多次向他请教应该怎样学习语言。他告诉我，其实大多数语言是“非常自然地”学会。因为童年时期居住的故乡小镇位于德国和波兰交界处，他从小就爱听收音机中不同语言的广播节目，“听着听着就会了”。老师为了保持和各种语言接触，现在主要使用 iPad 来收听世界各地各种电台的节目，他给我展示过自己的主页面，密密麻麻的电台和新闻媒体的标志。世界那么大，竟然可以在这个小小的方寸之间“掌握”。他告诉我，有一次去捷克开会，“神奇地”发现自己居然能看懂很多捷克资料。

老师在语言方面的天赋并不只限于书面阅读，口头上他能惟妙惟肖地模仿不同口音。我记得他给我讲过的一个小故事：两个哈佛教授在波士顿坐地铁，车厢里有很多人在聊天，使用着五花八门的世界各地语言，如此丰富多彩的语言环境刚好适合比拼一下两人的语言辨析能力。他们于是开始猜。“越南语”“俄语”“希伯来语”“匈牙利语”……但有最后一种十分奇特的语言实在听不懂，最后忍不住去问，答案揭晓居然是“波士顿英语”。印象深刻的是：有一次，课前他给我和一个印度同学绘声绘色地模仿被誉为“美国东北话”的波士顿口音，“Park the car in the yard…”，还直接上演了一个“模仿秀”，一连串说了印度英语、波士顿英语、伦敦英语、美国南方英语……边模仿边讲解。那天我真是笑到捂着肚子回家的。我私下里常想，老师能取得这样的成就，究竟主要是靠天赋出众还是靠勤奋？答案是都有，但不只这样。正如我曾经在波士顿某处偶然看到这样一条标语，“爱好能创造优秀，但只有热情才能导致卓越”（“Love can make goodness, but only passion can make greatness.”），老师确实一直对学习语言充满热情，他的坚持不懈来源于发自心底的热爱。

一位哈佛的文科博士曾经这样总结：“语言是文科的生命线。”我想，如果没有那么多种的语言知识作为基础，老师无法完成在2012年由牛津出版社出版的比较神话学巨著《世界神话起源》（The Origins of the World’s Mythologies）。在该书的封底，牛津出版社这样介绍：“（该书）是一部比较神话学的集大成之作。这部杰出的作品是神话研究方面自从著名的米尔恰·伊利亚得成书以来最为雄心勃勃的作品。作者以一己之力开创了对神话和宗教的现代研究。以最古老的典籍为本，辅以考古学、比较语言学及人类基因研究的数据佐证，迈克尔·威策尔重建了人类集体神话发源于非洲，最早可以上溯到十万年之久。”这本书长达600多页，仅就写书的过程，老师至少在上面投入了5年才完成。在该书的筹备阶段，正是他到云南大学开会的时期，那时他已经积累了厚厚一大本亲自手写的笔记，开会时有任何学者提出他没有听到过的要点，他会立刻记录到笔记中相应的位置。一次一个学者提到云南少数民族神话当中兄妹婚母题涉及到太阳崇拜的地方，他记录下来之后告诉我，和美洲一个印第安部落的神话有哪些相似之处。

俗话说“读万卷书，行万里路”。神话学研究也是如此。一方面需要扎实的比较语言学、神话学、人类学等学科的理论知识；另一方面，需要开展第一线的田野调查。从1972年至1977年在尼泊尔开展梵文资料的保护工作开始，老师的足迹遍布欧洲、亚洲和美洲很多国家。再加上他曾在荷兰、巴黎、东京等地多所著名大学担任客座教授工作，“两脚踏东西文化”，我认为他做到了。

四、上课

我跟老师上过“比较神话学”和“基础梵语”这两门课。由于比较，他常随手在黑板上举例说明词的来源，“梵语这样……拉丁语中少了一个……变成这样……现在法语中……英语中……”。每到这样的时候，我仿佛听到了同学们心中发出的阵阵叹气声。“每个词都有一个故事呢”还有“梵语无休无止”这两句话，他几乎每节课都要强调一遍。高冷的梵语课却并不枯燥，比较文化差异也是里面一个永恒的主题，能让我这个不懂梵语的都听得入迷。上课的形式是传统的每人轮流逐句翻译课本上选的小段子，大多选自古印度典籍《吠陀》。老师一边校正同学翻译中的错误，一边讲述相关的背景文化知识。5 个学生可以随意参与讨论，结合课文内容对比女性男性地位、宗教、性、审美、脏话等等在不同历史时期和不同文化中的异同。有些话题劲爆，大家越聊越嗨停不下来，老师就会出来打断叫停，或者有时他讲到什么神话的内容太繁杂，只有用“故事太长不讲了”收住。这时让人恨不得把 3 小时的课延长到 6 小时。课上老师还不时穿插讲述许多冷幽默小段子，其中不乏各种八卦，有些段子很“冷”，一时听不懂，老师会说，“我妻子也抱怨我讲的笑点在哪里”，却从不揭示答案。他自己说过，曾经有同事听了他讲的笑话当时没反应，两小时后坐在地铁上才领悟过来，大笑不止。

我到哈佛跟随老师学习的时候，他已经 70 多岁，2016 年暑假还亲自给来自世界各地的优秀本科生上梵语课，几乎每天都讲授几个小时。近些年选修梵文的学生越来越少，这门高深的学问发展逐渐式微，面临着后继无人的窘境，连传统的“梵文系”也改名为“南亚研究系”，他对这样的现象深感忧虑，想尽一己之力扶持年轻人，将学术薪火代代相传。在他的办公室，我曾见到过来访的印度、中国、美国、加拿大等地的年轻学子，老师总是耐心辅导。上课之余，他暑期也坚持在写作一本关于克什米尔地区的大部头专著，他主张文科学者可以 70 岁之后再写专著，在各种学问比较融会贯通、想法比较成熟的时候再成书。对于有些大学者，一生中的各个时期不断“变法”，不断出新书，他很不以为然。他曾告诉我，一个他非常欣赏的“年轻”（50 多岁）教师，学问做得很好，却由于著述较少，竟然没有通过哈佛的终身教职审查，不得不转到其他学校任教。对于哈佛不断从世界各地挖掘人才，尤其是商学院这样的，时不时就从大公司重金礼聘高管来任教，他觉得并不是办学和育人的良策。

在我的印象中，老师在学校里从未有完全放松休息的时候。他总是利用一切时间孜孜不倦地伏案写作，要不就是边听古典音乐边读书。即使是大夏天，波士顿室外气温高达三十五六度，老师在室内还穿着衬衫加上羽绒背心，脚下点着油酊取暖，一来是冷气太足，二来他特别高瘦，长久伏案工作，脚下气血不足。我建议他锻炼锻炼，养生方面他却是提倡“龟息法”，以静制动。办公室在三楼，从大玻璃窗往下看，马萨诸塞大街边酷暑天依然有裸着上身在骄阳下跑步锻炼的年轻人，老师会说：“一边锻炼了，一边又吸了尾气进去。”可能因为受师母的影响，他并不是高高在上只会呆在象牙塔中的老学究，家里有时还看看韩剧，对中国当代的情况也非常熟悉，知道很多我所不知道的国内学术界印度研究和梵文研究的情况。世界比较神话学会由他创建，并亲自担任主席，在这一学科领域，更是熟知几乎每一位研究者的动向，还热心于牵线搭桥，为一位意大利研究云南白族虎文化的学者介绍了我这个白族人，电邮来往相互交流学习。他那时在写一篇关于中国龙的文章，有几句古文，谦虚地向我请教。我每当想起老师的时候，总会想起他镜片后一双渴求知识的蓝眼睛，还有他烫得平平整整的各色衬衫，记忆力惊人的老师会向我介绍，“这件衬衫 43 岁，这件 35 岁……”他的车也多年没换，在物质方面，我觉得他已经脱离了桎梏，进入了无欲无求的境界。

第三部分

关于中国外交与对外关系

中国软实力的现状、发展与新时期的中美关系*

——访哈佛大学肯尼迪政府学院约瑟夫·奈教授

▶ 约瑟夫·奈

* 原载于《马克思主义研究》2016 年第 5 期，曾被《新华文摘》2016 年第 17 期、《社会科学文摘》2017 年第 3 期转载。

约瑟夫·奈（Joseph S. Nye）：美国著名政治学家，哈佛大学肯尼迪政府学院国际关系学教授。1937年生，1964年获哈佛大学政治学博士学位，毕业后留校任教。1977年开始步入政坛，之后两年出任卡特（Jimmy Carter）政府助理国务卿（Assistant Secretary of State）。1993年至1994年间，他担任克林顿政府国家情报委员会（National Intelligence Council，简称NIC）主席，1994年至1996年间，任美国助理国防部长（Assistant Secretary of Defense）。后重回哈佛，担任哈佛大学肯尼迪政府学院院长。约瑟夫·奈是国际关系理论中新自由主义学派的代表人物，以最早提出软实力（Soft Power）概念而闻名，被称为“软实力之父”，受到国际社会和学术界的广泛关注。2011年约瑟夫·奈入选美国《外交政策》（Foreign Policy）杂志“全球百大思想者”，是当前美国最有影响力的对外政策学者。约瑟夫·奈有多部经典作品问世，他关于软实力的主要著作有：《美国世纪结束了吗？》（Is the American Century Over ？）、《权力大未来》（The Future of Power）、《软实力：权力，从硬实力到软实力》（Soft Power: The Means to Success in World Politics）、《美国注定领导世界？——美国权力性质的变迁》（Bound to Lead: The Changing Nature of American Power）等。

一、不同国家软实力如何衡量比较

张梅：约瑟夫·奈教授您好！非常感谢您接受我的访谈。作为国际关系领域新自由主义学派的代表人物，您最早提出了“软实力”（Soft Power）概念。据说，您提出这一概念是受英国现实主义学者爱德华·卡尔（Edward Hallett Carr）的“话语权”（Discourse Power）和英国国际关系学者苏珊·斯特兰奇（Susan Strange）的“结构性权力”（Structural Power）启发。请问，您所提出的“软实力”与卡尔所说的“话语权”以及苏珊的“结构性权力”有何区别？

约瑟夫·奈：在我看来，软实力是指通过吸引而非依靠强迫或者利诱而对他人产生影响，获得自己期望结果的能力。正如你所言，我提出这一定义是受到了英国学者卡尔和苏珊的影响，但是我的软实力概念与卡尔的话语权和苏珊的结构性权力又有所区别。苏珊写作结构性权力时，她指的是各个国家在全球政治中拟定议程的方式，但那只是软实力的一部分。在我看来，软实力，不仅仅体现在有能力去制定议程，还包括说服和吸引其他国家的能力，这在苏珊的结构性权力中并没有被提及。卡尔把国际权力划分为三种类型：军事权、经济权和话语权（舆论控制权），他所讲的话语权（舆论控制权）与软实力概念相类似。但是，我所说的软实力，除了卡尔提到的（在全球政治中）质疑某个想法的话语权，还包括制定议程。总之，我对软实力的定义，与卡尔和苏珊确有相似之处的，但又是有所区别的。事实上，我在《权力大未来》一书的第四章就详细解释了这些相似和区别之处。

张梅：当谈及硬实力（Hard Power），很容易在不同国家之间进行衡量和比较，我们通过计算各个国家的经济实力及其军事方面拥有的飞机和舰艇数量就可以做出判断，但是要比较不同国家之间的软实力却很困难。事实上，不同价值观的人群对于同一国家的评价，其结果相去甚远，更何况不同价值观的人群对不同国家的评价呢！您认为能否建立一种世界标准用以衡量不同国家的软实力？

约瑟夫·奈：软实力确实不容易量化，但却并非不能衡量和比较。不同国家间的软实力，可以通过民意调查去询问人们的看法和评价来比较、衡量。尽管可能因为某一特定政策或事件的影响，民意一时升高或降低，但是我们可以计算出长期调查的平均数，看其是否相差很大，然后确定民意是否发生了变化。但是，软实力是吸引他人的能力，因而其最终的衡量标准是他人是否被吸引以及他们行为的相应改变。衡量一国软实力的大小，在某种特定情况下，可以通过考量一个国家要求另一个国家去做某件事情，被要求的国家是否真的去做，是因为被吸引自愿去做还是因为被强迫或威胁利诱去做来判断。此外，还有就是比较研究，即在对不同国家进行相关案例研究的基础上，通过比较的方法看出哪些国家比另外一些国家更具有吸引力。我觉得你刚才说的有道理，可是即使不同国家和民族的人群具有不同的价值观，但是在对其他国家的判断上，通常不难形成一致的判断，主要原因在于软实力强调的是吸引力，包括对不同价值观群体的吸引力。

事实上，当我们试图去衡量实力的时候，无论对于硬实力还是软实力，我们都需要注意两个方面，即影响行为的权力资源和行为结果本身。我们可以计算出一国军事方面所拥有的飞机和舰艇数量，可是它们能否产生权力结果并赢得战争，有赖于多种因素。即便是讲到硬实力，我们也需要意识到，估量（一个国家的）权力资源要比其权力结果更简单。在我的书中，我用到一个例子：我们可以比较不同国家的军事资源，例如，可以计算一国拥有的作战飞机、军舰、坦克数量，但是这些军事资源却无法告诉你（如果这个国家陷入）战争的结果，因为这跟环境是有很大关系的。所以，尽管美国拥有的坦克数量要比越南多得多，但是在越战中依然失败了。所以，通过估量权力资源，我们可以了解相应权力结果的可能性，但这并不是确定性。

软实力亦然，我们可以观察各国的软实力资源，但无法判断其结果。最近，英国一家国际咨询公司波特兰（Portland）发布了一份《全球软实力前 30 强国家》的报告，就是一个很好的例子。该公司估量了很多国家的软实力资源，例如留学生数量、娱乐业等，但是这些软实力资源并不能告诉我们具体情况下的权力结果将会如何。在我看来，相比之下，民意测评更能准确判断结果。

二、中国当前的软实力状况

张梅：迄今为止，软实力这一概念已经提出 25 个年头了。在过去二十多年里，中国出版、发表了许多有关软实力的著作和学术论文，“软实力”一词也已经进入中国官方话语体系。领导人的讲话中也指出，提高国家文化软实力，关系“两个一百年”奋斗目标和中华民族伟大复兴中国梦的实现。请您谈谈软实力对于中国的重要性以及当前中国的软实力状况。

约瑟夫·奈：我认为，中国强调（重视）软实力的发展是很明智的战略。当一个国家处于快速上升阶段，往往会引起邻国恐慌，并可能导致其他国家联合起来扼制其发展。如果一个国家的硬实力增长过快，正如中国在经济和军事实力方面的显著增长，这会给邻国带来威胁（感），并借此制造争端来强调自己的独立。但是，如果中国在经济发展的同时，注重提升软实力，增强自身的吸引力，这对邻国的威胁感就会降低，国与国之间的争端也会减少。从这个角度来讲，我认为中国领导人强调提高国家文化软实力的策略是非常明智之举。

张梅：您刚才提到总部设在伦敦的英国国际咨询公司波特兰近日发布的一项关于国家软实力30强的报告，事实上，在这份报告中中国仅位列第30名，排名在日本、韩国和新加坡之后，对此，您怎么看？

约瑟夫·奈：至于为什么在这份报告中中国排名第30位，我认为主要是由于以下两点：一方面，很多国家的软实力是由社会团体创造的，而在中国，软实力的发展大都不是靠社会团体创造的，这就意味着中国的社会团体在文化发展中的自由度会低于排行榜首位的英国，同时也低于德国、美国、法国、加拿大、波兰等国家。事实上，在我看来，美国的国家软实力很大程度上不是来源于政府，而是来源于大学、基金会以及娱乐产业等，所以社会团体的自由度及其积极性是软实力发展的关键。另一方面，就是中国与相邻国家因领土主权引起的问题。正如你所说，在这份报告中，日本、韩国、新加坡的软实力排名都高于中国，是因为领土方面的争端使得别的国家误解中国，从而造成了中国软实力排名和国际吸引力的下降。

张梅：实际上，自实施改革开放政策以来，中国的政治、经济、社会和文化等各方面发展都很迅速，不论是硬实力还是软实力都大大增强。有人预言21世纪将会属于中国。您怎么看待中美两国之间的软实力对比？

约瑟夫·奈：我认为，中国相当成功地通过其经济的迅猛发展提升了中国的软实力。中国解决了成千上万人的贫困问题，这是非常令人敬佩的！同时，也让世界各个国家的人们感到好奇，吸引人们到中国来，这是中国软实力增长的原因之一。中国一直以来以拥有悠久的传统文化而著称，这也是相当具有吸引力的，这也是中国软实力的资源之一。中国在世界各地建立了几百所孔子学院，教授中文和中国文化。中国的外交政策一直朝正面的方向发展，专注于多边合作。此外，中国对非洲和拉丁美洲的援助项目也增强了她的吸引力。所以，从中国经济发展和传统文化等所具有的吸引力的角度而言，我认为中国确实是拥有软实力的。

但是，我个人认为，21世纪不会是属于中国的世纪。因为说到中美之间的软实力对比，我今年出版了一本专著《美国世纪结束了吗？》，在这本书中，我通过事实和数据表明上述想法太天真了。中国自实施改革开放政策以来，每年8%—10%的高增长率使得中国的GDP在20世纪的最后20年翻了三番。尽管中国的GDP总量已经接近美国，但是中国仍然有大面积不发达的农村地区，中国仍然面临许多挑战，包括快速城市化问题、地区发展不平衡、人口老龄化以及环境污染等问题。虽然在2009年中国已经超过德国成为世界上最大的货物贸易出口国，但是中国出口商品的附加值低，而美国拥有全球25个顶级品牌中的19个品牌、全球500强跨国公司中的46%。中国尝试鼓励人们在贸易金融中使用人民币结算，但是美元结算仍然占到81%。此外，科技创新也是中国的短板。

一个国家的软实力主要来源于三个方面：文化、价值观和对外政策。就软实力对比而言，我认为，近来的民意测验显示美国的软实力在世界各地的影响力大于中国（不过中东地区除外，在中东地区，美国的对外政策没有什么影响力）。就软实力和硬实力整体比较而言，我认为，21世纪中叶，美国仍然会强于中国，但是，我预测中国的软实力到那时会逐渐显露出来。

张梅：最近，国际社会对于中国的政治、经济以及外交政策都有非常正面的反应。您觉得中国的新政策对于提升中国软实力起到了怎样的作用？依您之见，中国在提升软实力方面所面临的最大机遇和挑战分别是什么？

约瑟夫·奈：就像我先前说过的，中国的新一届领导班子确实在提升中国的软实力方面做了不少切切实实的工作，其中尤为重要的是，中国在经济方面的成功、中国对非洲和拉丁美洲的援助项目、中国通过孔子学院传播文化的行为，再比如说像上海世博会这类活动，这些对增加中国的软实力都非常有帮助。但是，也正如我先前所说，我觉得中国软实力的不足之处在于中国社会的自由度及其积极性还不是很高。另外，因领土问题引起的争端还没有通过谈判得到有效解决，这些都对中国发展其软实力不利。

但是，对中国有利的因素是中国经济的成功发展对世界许多地方的援助、对国际重大问题的解决（比如世界气候问题、伊朗核问题、抑制国际流行病毒的传播）等发挥重大作用，以及中国传统文化的传播。

三、中国如何运用巧实力以及如何发挥海外侨胞的力量

张梅：据我所知，您在软实力概念的基础上又提出了巧实力（Smart Power）的概念。巧实力是一种将硬实力和软实力有机结合起来的策略。为什么美国想要推广巧实力？在中国对国际事务的影响中，巧实力发挥了怎样的作用？您觉得中国要怎样运用巧实力去处理国际事务？

约瑟夫·奈：所谓实力，就是通过影响他人来达到你期望的目标的能力，这就要求你将所有能用的资源都用上，包括政治资源、军事资源以及与软实力相关的资源。但是，在使用这些资源的过程中，你必须让这些资源相互之间形成支撑。有些时候，这些不同类型的资源相互之间容易造成不良影响。例如，2003 年美国对伊拉克的政策就没有充分考虑到人权的因素，在这场战争中，美国的硬实力无疑是很强的，但是，这种硬实力的成功却削弱了美国的软实力，所以说当年的决策就算不上是“巧实力”。我对于巧实力的认识是，在你运用硬实力之前，你得考虑一下这会对你的软实力造成怎样的影响，最佳的状况是硬实力和软实力可以互为支撑，这也就是我所说的巧实力。我之前提到的中国在 2007 年的做法就是一个巧实力的例子。在 2007 年，中国说要大力发展它的软实力，与此同时，中国的

硬实力也得到了提升。这是因为中国当时主要致力于提高本国在国际上的吸引力，通过这一途径，中国的软实力和硬实力得到了相互支撑。所以，我觉得中国要提高自己在国际事务上的影响力，运用巧实力是非常重要的途径。中国如果能将它在经济、军事方面日益增长的硬实力与软实力相结合，它就能增强自己的巧实力。这是因为软实力可以对硬实力产生积极的影响，从而从整体上增加中国的巧实力。

张梅：移民对于很多国家来说都是一个敏感话题，因为移民（特别是大量移民）会给移居国带来各种社会问题。但是对于美国来说，移民问题颇为例外。您对美国的外来移民持怎样的看法？

约瑟夫·奈：我认为美国从移民中受益颇多。美国就是一个由移民组成的国家，除了少部分土著居民外，大部分美国人都来自其他地方。事实上，当前人们担心外来移民会对美国国民价值观和身份认同感造成冲击并不是什么新鲜事，19 世纪的一无所知党（Know Nothing Party）便是建立在反对移民，特别是爱尔兰移民的基础之上的。20 世纪是非美国出生的美国人占比最高的世纪，1910 年，美国人口中外国出生的人口占比 14.7%，一个世纪后，美国人口中近 4000 万人口是非本国出生的居民，换句话说，将近 13% 的美国人是出生于海外。然而，尽管美国是一个移民国家，但是皮尤调查显示，36% 的美国人想要限制合法移民，因为移民快速增长可能导致社会问题，但从长远来看，移民可以增强美国的实力。未来，当大部分发达国家都将面临人口短缺问题时，美国却是少数可能避免人口下降，维持占世界人口比率的国家之一。美国目前是世界人口第三大国，50 年后，美国仍将可能排名在第三或第四位。在美国所有初创技术企业中，有四分之一是移民创立的，移民及其后辈创立了《财富》500 强公司中的近 40%。事实上，移民不仅关乎经济实力，而且关乎政策问题——当几乎所有发达国家都将面临老龄化以及照顾老一代的日益沉重负担时，移民有助于减轻美国的政策问题。移民也提升了美国的软实力。此外，移民及其家庭与祖国朋友之间的联系，也有助于传递关于美国的准确和正面信息。移民是增强而不是削弱了美国的硬实力和软实力。

中国跟美国完全不一样。中国是一个有着悠久历史和文化的国家，绝大部分是汉人文化，而美国文化却是有着多国来源的，我觉得也正是这种多元的文化来源增强了美国的生命力。李光耀是中美两国的睿智观察家，他曾经对我说过，美国之所以能持续创新，原因正在于其吸引了来自世界各国的最优秀、最聪明的人才，并将他们融入多元和有创造力的文化之中。而中国则不同，中国本身有大量的人口，人均土地面积和其他资源较少，接收较多的移民也不现实。另外，过分强调中国的传统文化（其中的守旧、封闭、奴性等因素）限制了这种创造性。

张梅：中国人移民美国的历史由来已久，美国现有旅美华侨华人数百万人，因其对美国社会、经济、文化和科技发展所作出的贡献，被称之为“模范族裔”。您对旅美华侨华人持怎样的态度？您觉得旅美华侨华人在提升中国的软实力方面能发挥怎样的作用？

约瑟夫·奈：在来到美国并为美国作出贡献的人群中，我觉得华侨华人是非常重要的一个群体。例如，你去看一看硅谷的企业，很多是由美籍印度人或者是美籍华人开设的。因此，我觉得旅美华侨华人是美国日益增长的软实力中的一个组成部分，并且只要这部分人与中国保持着联系和交流，那他们也就同样有益于中国软实力的增长。我觉得正因为这些旅居美国与中国仍然保持着联系的人，增强了中国的软实力。因为他们的存在，他们与美国人交上了朋友，这就使得越来越多的美国人通过他们变得更加了解中国和中国文化。旅美华侨华人与美国之间的这种联系，有助于传递有关中国社会的正面而准确的信息，同时，他们本身成为中国与美国沟通的桥梁，有助于开拓全球化时代中美两国人的视野和世界观。正是通过他们，中国的软实力得到了增强。

四、对中美未来关系的展望

张梅：您也知道，关于美国衰落的话题已经被大家谈论很长一段时间了，您今年出版了新著《美国世纪结束了吗？》，在这本书中，您将美国与欧盟、日本、俄罗斯、印度、巴西、中国和古罗马进行了比较。您真的觉得美国没有在走下坡路吗？在我看来，霸权主义是行不通的，只有合作才是可行的，也是必需的。您觉得未来的世界秩序会是怎样的？

约瑟夫·奈：我觉得你说的很对，霸权主义是行不通的，没有一个国家可以控制全世界。你刚才说的另外一个观点也没错，那就是中国和美国以及其他一些国家在某些问题上会有一些共同的利益，比如说环境变化的问题、经济稳定的问题、反恐的问题、防治流行病的问题，在这些领域，国与国之间的合作是必不可少的，没有一个国家可以独立处理这些问题。所以说，谈论霸权主义确实已经没有什么意义了。尽管在我的这本书里，我说到了美国的世纪还没有结束，但是我也指出了美国已经不能独立地解决以上所说的问题了，美国必须学会与其他国家密切合作，这其中当然也包括中国，因为中国已经成为日益重要的世界第二大经济体。说到未来的世界秩序，我觉得这取决于美国与包括中国在内的其他国家或者经济体能不能更好的合作，比如欧盟、印度、日本等。

张梅：今年是美国总统竞选年，奥巴马总统已入主白宫 8 年，选民们对他的表现是否满意？ 您有没有预测过明年的总统选举结果？

约瑟夫·奈：民意测验显示，奥巴马目前拥有将近一半的民众支持。民主党人认为他做得很好，共和党人则认为他做得不好。事实上，预测美国的总统选举是一件十分困难的事情，尽管做这种预测让许多人觉得十分有趣，但是最终的选举结果往往出乎人们的意料。以奥巴马为例，2007 年当时有许多人预测奥巴马会输，可是他却赢得了 2008 年的大选。

张梅：您怎样评价当前的中美关系？在中国国家主席习近平前段访美后，我们是否可以说中美双边关系到了一个极为重要的时刻？您对未来的中美关系有着怎样的展望？

约瑟夫·奈：我对中美关系的前景相对乐观。中国对美国不构成非常严重的威胁；同样的，美国也不对中国构成非常严重的威胁。当然，中美在一些领域确实持有不同的政见，并且其中的一些分歧还很关键，比如说，美国在中国南海地区巡航的问题就是目前最为严重的问题，在这一点上我们就有很大的分歧。但是我们也要看到，中美在非常多的领域里有着共同的利益，我们可以进行合作。经济发展是其中之一，还有我刚才提到的比如反恐方面的问题、环境方面的问题以及流行病方面的问题。总之，目前我们可以合作的领域其实是我们没有政治竞争的领域。所以，对于未来的中美关系来说，最为关键的要素是我们能不能发展出更为相互信任的关系，能让我们把合作放在首位，而不是把政治分歧放在首位。

五、中美贸易摩擦及解决办法

张梅：您如何看中美之间的贸易摩擦？

约瑟夫·奈：这个问题很尖锐。美中间的贸易摩擦有时也被称为贸易战，在我看来，关于美国和中国之间贸易战的起因，部分可以归因于美国共和党、民主党两党对中国贸易行为的共同担忧，对此我们应该通过协商找出解决办法。但另一部分原因是由特朗普总统的特殊做法引起的。他认为双边贸易逆差是一个国家做错事的信号，所以他才调查中国卖给美国的商品比美国卖给中国的商品多的问题。他还宣称找到了中国做错事情的证据（笑）。

大多数（美国）经济学家都认为，这不是思考美中贸易逆差的正确方式，所以，特朗普以双边贸易的顺差或逆差来作为对中国发动贸易战的借口是说不通的。但具有讽刺意味的是，美中（有些人）

认为可以相当容易地解决这个问题。如有的说，“中国将从美国购买更多的大豆和天然气，这将意味着中国与美国之间的贸易顺差将改变，这也让特朗普能宣称获得胜利”。其实，在我看来，这不会在多大程度上改变现状，而只是意味着，如果中国从美国购买更多的大豆，那么从越南就会买更少的大豆。事实上，这不是一个真正解决问题的方法，而是一个停留在问题表面的解决办法，只是有可能发生的结果的一部分。

张梅：那么，对于当前的中美贸易摩擦，您能否给出一些解决方案？

约瑟夫·奈：我觉得（要引起中国重视的）是那些让美国国会感到困扰的潜在议题。这些议题关于中国处理国际贸易的方式是否公正？此外，严肃的人，不包括特朗普总统在内，都普遍感觉到中国占了目前体系的便宜。如中国的国有企业和美国公司开展竞争，但中国公司可以从国有银行那里拿到低利率的贷款，因此，他们就认为中国公司暗中得到这些补贴，这就不公平了。再举一个例子，有的人认为，如果中国公司想要在美国进行投资，它们不需要交出它们的知识产权；而如果美国公司想要在中国进行投资，一定要选一个中国伙伴公司，同时必须要开放你的知识产权给那个中国公司。有的美国公司和美国议员就会说：“这是胁迫，是硬实力，这是偷取我们的知识产权。”美中在很多这样的议题上产生摩擦。在开始阶段，当美国人支持中国加入世界贸易组织时，美国民众认为中国一定会更加开放，变得市场化，并且乐于加入体系。现在有一些美国人则担心，中国没有公平地竞争，会向中国公司倾斜。这就产生了现在国会普遍关注的那些议题，这些议题和双边贸易本身无关——而且，在我看来是可以协商的。我怀疑，由于特朗普总统保护主义和重商主义的态度，将使协商非常棘手，且需要延长协商所需的时间。但从原则上来看，这些议题都是可以协商的。

【汉学家印象记】

约瑟夫·奈：我非常希望看到友好的中美关系！

一、初见：认真而严谨的美国政治学者

约瑟夫·奈教授是当今世界最著名的政治学家之一，他先后在普林斯顿大学、牛津大学和哈佛大学接受系统的政治学教育，后担任卡特政府助理国务卿、克林顿政府国家情报委员会主席和国防部助理国防部长、哈佛大学肯尼迪政府学院院长等职务，他提出、发展和完善的“软实力”概念，现已成为分析国际关系特别是国际政治的重要概念之一，受到国际社会和学术界的普遍关注，他本人也被誉为“软实力之父”。

因为对文化霸权和文化领导力相当关注，因此在中国社会科学院研究生院读博士期间，我就读完了约瑟夫·奈教授的《美国注定领导世界？——美国权力性质的变迁》和《软实力：权力，从硬实力到软实力》这两本著作。走上工作岗位后，又拜读了他的《权力大未来》。受国家留学基金委公派赴哈佛大学访学前，听说约瑟夫·奈教授出版了新作《美国世纪结束了吗？》，我当时特别想要找来一读，可是国内尚无，也只能作罢。到了哈佛大学后，看到约瑟夫·奈教授介绍他新书的讲座，我毫不犹豫给系里发了邮件报名，后来在

费正清中国研究中心的 S020 教室，我终于见到了我仰慕已久的约瑟夫·奈教授。

当时约瑟夫·奈教授已经 78 岁高龄了，可是他看起来一点都不显老——他站立时腰板笔直，坐下时因为个子很高，在矮矮的讲桌后不得不把腿伸展的很长。那天波士顿的天气异常寒冷，可是教室里仍然挤满热情的听众，人群甚至延伸到了教室门口，我穿着厚厚的大衣冒雨赶来，可是发现约瑟夫·奈教授只穿了一件风衣（里面是一身深色西装），完全不像他这个年纪的教授。他开讲后声音很低，即使是借助了现场的麦克风，我听到的也仍然非常有限，只记住了几个熟悉的概念：软实力、硬实力、美国政治、市民社会……

讲座结束当晚，我给约瑟夫·奈教授发了一封邮件，谈了我听他讲座的体会，并写作了访谈提纲向他约访。他隔了一个星期才回复我的邮件，在邮件中他向我表示问候和感谢，同时发给我他对照我的访谈提纲逐字逐句打下来的英文解答。我打开他发来的附件，被约瑟夫·奈教授的认真和严谨所感动，可是一想到他的回答如此简明扼要，远未达到编辑老师指定的发表要求，不免有些沮丧。

二、旁听：那些改变我思考的瞬间

听一同访学的肯尼迪政府学院的同学说：“约瑟夫·奈教授在哈佛开设有‘网络安全’课程。”于是回到住处，我立刻给约瑟夫·奈教授发了一封邮件，谈了我读了他几本著作的感受以及我认为他研究中可能存在的问题，并提出想要旁听他这学期刚刚开讲的课程，请他给予准许。他的回复极快，当晚，我就收到了他发给课程助理的邮件，在邮件中他将我称之为“he”，我猜想，他一定以为我是一位男生。

有了约瑟夫·奈教授的许可，那周我去了他的课堂。选他那门课的人很多，但是课堂上的学生90%以上都是美国人，而且一看都是属于精英阶层，甚至连给他上课的助教也都是颇为知名的教授。对于这门“网络安全”课程，约瑟夫·奈教授本人并不主讲，几乎每堂课都是由他的助教来主讲和引导同学们，约瑟夫·奈教授常常是坐在讲台的一角，听着主讲老师和同学们交流，但是到了每节课快要结束的时候，他会站起来，提醒大家这一节课要注意的重点和下一节课要完成的任务。给我的感觉是，即使约瑟夫·奈教授在现场一言不发，毫无疑问，他仍然是这门课的主宰和灵魂。

那时候“网络安全”还是比较新的研究领域，尽管世界上有许多学者在探讨这个课题，但是约瑟夫·奈教授能够以78岁高龄开始这个课题的研究，他对新事物的敏锐、执着和探究仍然使我这个小不点相当敬佩，而且因为他本人的知名度和影响力，使得他的课堂集中了如此多的网络安全领域的学者和精英，在他的这门课上，我接触到了来自这个领域的众多知名专家学者，每周的对谈都相当精彩，现在回忆起来仍有许多火花四溅的瞬间，以至于改变了我对这个问题的思考方向。

作为旁听生，我虽然可以参与每堂课的内容和练习，但是没有发问的权利。半个学期过去，这门课程快要结束时，约瑟夫·奈教授突然宣布这门课的提问环节也将对旁听生开放，每位到场的旁听生都可以准备一个问题向他发问。我听了相当高兴。第二次课程围绕他讲课的内容和我的亲身经历，我请他谈谈对网络暴力问题的看法。与我所想象的回答角度不一样，他的回答完全是从国际政治的角度出发的，几乎不掺杂任何私人的情感因素，这让我听了颇为钦佩。我想，他不愧是举世闻名的国际政治学者，对任何问题的思考都是从他的专业出发的。

三、访谈：你做了一份很好的家庭作业

半个学期的课程结束后，我和约瑟夫·奈教授再次见面，提出还要和他做一场访谈，他和蔼可亲地反问我："我不是已经回答了你的问题了吗？"我摇摇头，告诉他上次回答太过简明扼要，尚不能达到编辑老师的发表要求，他好脾气地问我："那你要我怎么做呢？"我笑着请他再给我一次访谈机会，他笑呵呵地答应了。

我将新的访谈提纲发给他，他立刻转给了他的秘书，可是秘书告诉我，约瑟夫·奈教授接下来一个月的时间都排满了，他半个月都将待在华盛顿，因为总统先生要听取一些专家学者的看法——约瑟夫·奈教授也是其中之一，如果我想要访谈，那么我只能等下个月。

我有些无奈，但是也只能接受，给秘书发了邮件表示理解。看看日历又过了半个月，我给约瑟夫·奈教授的秘书再次发邮件问询，秘书告诉我说约瑟夫·奈教授回来是回来了，可是他比较累，而且回来后工作安排的甚紧，所以不能立刻安排这次的访谈，她请我理解和谅解！于是我又等了一个星期，最后终于决定还是直接给约瑟夫·奈教授发邮件，这次秘书的回复很快，当天下午就给了我回复，说约瑟夫·奈教授突然决定开放自己的时间，如果我的时间许可，欢迎本周五下午两点去他的办公室座谈，我毫不犹豫地接受了这次的时间安排。

因为临近美国的感恩节，采访那天，我给约瑟夫·奈教授带去

了盛开的鲜花，花盆用金色的锡箔纸包裹，大红色的花瓣鲜艳夺目，很好地衬托着节日的氛围，约瑟夫·奈教授很客气地收下了，他的秘书、一位上了年纪的老太太则对约瑟夫·奈教授夸耀着我的好脾气：“这个小姑娘脾气可好啦！她为了这个访谈等了你将近一个月……”

约瑟夫·奈教授邀请我走进他的办公室。他的办公室在陶伯曼大厦（Taubman Building）的一角，相对于其他的哈佛教授，面积已经算是比较大的了。他请我在沙发上就座，自己则走到了窗户的一侧，指着窗外正在隆隆进行中的施工工程说，“他们说要修缮大楼，这个工程已经进行了一段时间，让我有些不适应。”我理解约瑟夫·奈教授其实是想告诉我窗外的机器轰鸣声影响了他正常的工作，让他感觉很不舒服，于是我也点点头表示赞同他的看法，但是随即转到我想要访谈的问题，他于是在沙发上坐下来，面带思考开始回答我的提问。

我们从约瑟夫·奈教授“软实力”概念的来源、衡量比较，一直聊到当前中国“软实力”的状况、海外华侨华人在提升中国“软实力”中的作用，特别是他的新书《美国世纪结束了吗？》中的某些观点，以及他对中美关系的未来展望。现在回想起来，其实针对中美贸易不平衡问题，他当时已经表达了他的观点：“世界经济在过去 10 年里存在着许多不平衡，既由于美国人开支过多，也由于中国人消费不足，未来，各国不得不通过合作来达到平衡。我认为中美贸易逆差不应该仅仅从一方去看问题，而应该探讨如何建立一个稳定的贸易框架，未来均衡的经济关系需要中美两国都做出适当的调整。”

给我的感觉，约瑟夫·奈教授虽然是美国极负盛名的政治学家，但是在回答我的提问时完全没有高高在上的政治学家的架子，他的口气一直很平和，解答我提出的每一个问题都非常有耐心，数据运用的也非常翔实，信手拈来，完全不需要加以思索。

我的提问结束后，约瑟夫·奈教授立刻抓住时机，开始向我发问，例如他问我现在每年中国有多少赴美留学生最终返回中国、中国国内的政治经济文化状况……听了我的回答，他还拿出一个小本子记下。末了，他才向我解释说："我年龄大了，没有办法再学一门新的语言了，我完全不懂中文，但是中国是我很关注的一个国家，所以我只能借助来哈佛的中国留学生了解更多我关注的中国的信息。我不期盼自己能够成为中国问题研究专家，但是我很关注这个国家的发展和未来，我希望中美关系一直在一个平稳的轨道上发展，因为我有一个来自中国的孙女，她来自广西壮族自治区的南宁市，是一个被遗弃的孤儿，在她不到一岁的时候我的儿子儿媳收养了她，她是一个非常乖巧的孩子，从我个人的角度来说，我非常希望看到友好的中美关系……"我看到约瑟夫·奈教授的桌子上摆着一张相框，照片中有两个小姑娘，其中一个小姑娘黑头发、黑眼睛，灿烂的笑容布满了整张脸庞。

我向约瑟夫·奈教授致谢，他则开始夸奖我："你做了一份非常好的家庭作业！我觉得你听完我的课程之后就某些问题发问，与我对谈和交流，对课程内容的理解会更深入一层……" 听约瑟夫·奈教授的言下之意，他觉得我应该是他教过的一个非常好学的学生，想到我竟然能得到约瑟夫·奈教授这么高的评价，一瞬间笑容在我的脸上荡漾开来，他还在不停地夸奖我，让我感觉他越来越像一个和蔼可亲的老爷爷。

他的助理走进来，为我和约瑟夫·奈教授合影留念，一边拍照一边告诉我说，约瑟夫·奈教授最爱在他身后的这面墙前与来宾合影，因为这面墙上挂着的许多照片都是他和各国政要的合影，这是约瑟夫·奈教授颇为自豪的地方。我点头表示我也很钦佩，老太太很高兴，又为我和约瑟夫·奈教授拍了几张照片。我送给约瑟夫·奈教授从中国带来的书法作品，他则送给我他的著作并签名留念。想到本来约好的半个小时，结果我的访谈占用了约瑟夫·奈教授将近一个半小时，他不仅没有表现出不耐烦，反而在整个访谈过程中他一直笑容满面的，这让我从他的办公室跨出去时，莫名地有些感动。

中国的大国担当与外交挑战*

——访哈佛大学肯尼迪政府学院文安立教授

▶ 文安立

* 原题为《成全球性大国，中国需慎之又慎》，原载于《环球时报》2016 年 10 月 26 日。

文安立（Odd Arne Westad）：著名中国历史研究专家，哈佛大学肯尼迪政府学院教授。原籍挪威（Norway），于1989年在美国北卡罗莱纳大学（North Carolina State University）获博士学位，曾任挪威诺贝尔研究所（The Norwegian Nobel Institute）研究部主任，后调任英国伦敦政治经济学院（The London School of Economics and Political Science，简称LSE）担任国际关系史教授、冷战研究中心主任、《冷战史》（The Cold War：A World History）主编以及多卷本《剑桥冷战史》（Cambridge Cold War History）主编之一，2015年执教于哈佛大学。他曾作为访问学者在北京大学、香港大学、剑桥大学与纽约大学等校讲学。他是近年来在国际学术界冷战史研究中涌现出的最负盛名的学者之一。主要著作有：《躁动的帝国：从乾隆到邓小平的中国与世界》（Restless Empire：China and the World Since 1750）、《全球冷战：美苏对第三世界的干涉与当代世界的形成》（The Global Cold War：Third World Interventions and the Making of Our Times）、《冷战与革命：美苏冲突与中国内战的起源》（Cold War and Revolution：Soviet-American Rivalry and the Origins of the Chinese Civil War，1944—1946）等。

一、研究中国的经过和体会

张梅：尊敬的文安立教授，非常感谢您在百忙之中接受访谈。这么多年来您一直关注中国，运用多国、多语种档案研究中国历史，特别是中国对外关系史，出版了有重要影响的研究专著，在国际学术界产生了广泛的影响。能否请您简要谈一谈，您是怎么开始对中国问题感兴趣的？

文安立：1979 年我第一次到中国来，在北京大学留学。那时候“文化大革命”刚刚结束，我看到中国发生了许多变化。能够亲眼见证中国从一个广大而贫穷的国家发展成为如今这样一个世界大国，我认为这是很棒的事情；看到中国发生的这么多变化以及今天的发展，我感到十分幸运。

张梅：据我所知，您曾于 2004 年与迈克·考科斯（Michael Cox）携手创立了极负盛名的冷战研究中心（Cold War Studies Centre），致力于研究冷战如何塑造了当今世界政治。2008 年，你们又再度携手成立了一个国际事务、外交和战略研究中心（IDEAS），围绕着国际事务和公共政策展开研究。到哈佛大学任教后，您有没有考虑再创办一个类似的研究中心？

文安立：我觉得不会（再创办类似的研究中心了），因为我在同考科斯教授一起建立这个中心时，花费了大量的时间。运行一个中心，特别是像 IDEAS 这样一个很大的中心，需要花费大量的时间，这会占用我的精力——如果一个学者要经营一个这样大的研究中心，做研究或者是写书那对他来说是很困难的事情。哈佛大学很出色的一点，就是在这里已经有了许许多多正在运行的中心和研究所，因此我不会再去创办一个中心，最起码短期内不会。我相信你在哈佛遇到了很多中国学者，你一定也知道很多学者在费正清中国研究中心工作，以及在其他的国际事务中心工作和肯尼迪政府学院任教。你知道我现在就在肯尼迪政府学院工作，主要研究国际事务，特别是东亚地区的问题，在这儿我将来更多的是作为参与者。

张梅：您将会在中国研究方面做哪些开拓？您有没有考虑与中国的某些机构或个人开展合作？

文安立：在研究不同时期的中国时，中外学者共同合作是非常重要的。我和中国朋友们之间关系很好。首先可能是因为我在北京大学留学两三年的经历，在那里我遇到了我的老师和同学们，我们一同工作和学习。我也和中国社会科学院的学者们一同做了很多工作。我知道你有中国社会科学院的学习背景，这是很棒的！在上海，我与华东师范大学和复旦大学的人员进行更密切的合作。当我在伦敦政治经济学院的冷战研究中心时，我与中国外交部的人员一起做了很多工作，因为我们有一个针对中国外交官的六至九个月的培训项目，所以我的很多朋友或者熟人都来自中国外交部。

张梅：拜读您的著作《躁动的帝国》，让我印象深刻的是您对“中国与外部世界的交往”这一课题从崭新的视角切入，作了深层次的历史文化因素探讨，对理解和认识中国的外交战略具有重要价值。说到中国历史，传统上人们将中国描绘成一条熟睡的巨龙，只是在西方人到达之后才慢慢苏醒。请问，您怎么看中国清朝后期和新中国成立前这一段屈辱的历史？您认为这段历史对现在的中国民众和政治产生了什么影响？

文安立：我认为，从 19 世纪晚期到 1949 年新中国成立前的这一段时期，对于今天的中国非常重要。因为（从历史的视角来看）它有双重意义：一方面是这个时期中国和中国人民勇敢面对许多困难和挑战，首先是晚清帝国的衰落，之后是中华民国的建立，再之后是 20 世纪 20 年代日本对中国的侵略，以及 1945 年后的国共战争——这是非常困难的时期，中国人民历经这么多事情走过来真是非常不容易。另一方面是许多人能够经商、教育、旅游，因此，（这个时期）对他们来说也是一个发展时期，因为在此之前，他们无法做到这些。尽管许多中国人当时非常贫穷，但是他们仍然富有进取精神，他们知道如何利用这些新的机会，所以我的学生经常引用这个例子——她说，你知道西方科学是在 19 世纪 60—70 年代被引入到中国的吗？之后慢慢是天文学、物理学和化学，在这一代人之后，中国科学家与任何其他人一样，可以自己发展到一个显著的水平。中国历史课本将这个历史时期定义为完全糟糕的，我认为这点不正确。因为这段历史被描写得太过黑暗和充满问题，就会让人无法理解中国人在这样一个充满挑战的环境中如何依靠自身而发展起来。

二、中国的大国担当与外交挑战

张梅：事实上，中国经过改革开放三十多年来的飞速发展，已经成为世界第二大经济体。进入 21 世纪，中国崛起成为世界各国学界热议的话题。请问，您如何看待中国的和平崛起？在您看来，中国在成长为一个具有重大影响力的全球性大国方面还需要做哪些准备？

文安立：我认为，中国成为一个全球性大国有难度，我的意思是说，我不确定中国是否应该成为一个全球性的大国。因为这相当困难并且代价昂贵，需要花费大量的物质资源、战略力量、人力资源。我认为，中国需要很长的时间才能储备起这些资源。但是，正如你所说的中国已经拥有了这些资源，已经从一个贫穷的国家走向一个国际大国，成为世界第二大经济体。我想，很快中国就会成为最大的经济体。这是我们时代全球范围内最重要的变革，这其中必然需要非常多的努力，但是，这并不意味着中国会立刻变得非常有吸引力，像你所理解的世界大国那样。我认为，中国在很长的一段时间内需要与六七个地区、与邻国以及国外大部分国家进一步发展经济关系——如果中国领导人意识到这些，这将是他们应该走的道路。因为即使中国成为世界上最大的经济体，但是由于人口规模（庞大），中国仍将是一个非常贫穷的国家。如果你像我一样在中国许多地方旅行过，你会看到中国不同地区之间的巨大差异。另外，还有一个新现象，就是中国共产党 30 多年的改革开放，创造了巨大的成绩。事实上，中国在 20 世纪初有一些产业已经同欧洲一样发达，可是之后由于历史原因退步甚多，因此，中国在成为全球性大国的道路上必须非常谨慎。

张梅：事实上，自“二战”以来，中国一直是国际治理中的积极力量。现在，随着中国经济的日渐强大，中国在全球政治、经济和文化领域发挥越来越强大的国际影响力。在刚刚结束的杭州 G20 峰会上，习近平主席强调要同舟共济、合作共赢。事实上，中国在成为负责任的大国方面已经做了很多具体的工作，例如“一带一路”倡议、亚投行建设、中国在联合国的维和贡献以及为难民投入数亿美元的援助等都是中国担负更多地区大国责任的表现。请问，您怎么评价中国的这些贡献和倡议？

文安立：我认为，中国承担国际责任对中国和世界都是非常重要的，我希望看到中国更好地沿着你所提到的路线继续发展。作为国际力量，中国在发展、疾病治疗、维持和平以及国际经济事务等方面发挥了积极作用，这些都是积极的方面。你知道，在美国和世界其他地方，有一些人担心中国崛起。他们认为中国崛起速度太快或许将主导国际事务。可是就我眼中的中国来说，我觉得不太可能，我非常确定中国现在正致力于发展。中国的景象，就像是过去的美国一样。我认为，中国的实力是它的经济快速发展，这使得中国成为一个全球经济力量。你知道，中国投资位居顶端，在技术方面；我认为中国有成千上万的机会发展技术，那就是中国未来的样子。

张梅：如您所言，中国确实面临很多外交挑战，也面临国内民众的压力（比如前两年有人给外交部邮寄钙片，要求补钙），硬了、软了好像国外国内都不满意。如果您是中国外交决策者，您怎么办？或者说，您能给中国外交决策者哪些建议？

文安立：中国的外交真的很难掌控，因为中国在处理国际事务方面需要快速的学习。正如我经常在北京和其他地方所说的那样，在我看来，中国和中国的下一代最重要的事情是要与更多的苏联邻国搞好关系。因为如果中国不能这样做，我认为中国迟早会被孤立。我认为非常重要的一点是，中国不必喜欢所有的国家，也不必须与所有国家交朋友，但是它需要改善与一些国家及地区的关系，例如与日本、韩国的关系。我这么说并不意味着很容易处理这些争议，例如朝鲜半岛问题，可是中国需要一个更具创造性的外交政策。中国政府和外交部在发展与韩国及其他国家和地区的灵活关系时需要谨慎，因为中国需要更多的朋友。如果你像我一样看待历史，你就会知道邓小平最大的成就之一是打破了中国与东南亚国家两代人之间的糟糕关系，并倡导一种新型合作形式。我认为，中国在这一点上需要进一步发展。有时思考东南亚局势我会想，如果中国能够与柬埔寨、缅甸或者他国合作，将能够解决中国的南海争端，那将会是中国的一个胜利。我之所以称之为胜利，是因为这些国家都是小国和不那么重要的国家。事实上，中国需要拥有大国支持和重要的朋友，例如印度尼西亚、越南、韩国和日本这些国家，我认为（与这些国家处理好关系）是中国需要克服的大挑战。

张梅：在我看来，中国近代饱受列强凌辱与巧取豪夺，中国政府要求恢复对沿海诸岛屿的控制是非常合理的要求。说到中外关系，我注意到你的一个观点是中国应该有大国担当。以中日关系为例，您认为在日本政府否认侵华历史的情况下，中日关系将怎么发展，只维持经济关系就可以吗？

文安立：我认为（仅仅维持经济关系）是不够的，无论是在历史问题还是钓鱼岛争端问题上，当前的挑战是要发展中日双方全面关系。仅仅在经济事务上有联系，我认为这对中国来说可能非常极端，我希望能避免。这个问题如果回到邓小平时代，我的意思是说，邓小平曾经说过："中国的发展离不开世界！"（这话也包括日本）我认为这是正确的。尽管中日两国之间拥有糟糕的历史，但是中日两国仍相互依赖。你提到日本不承认他们在中国犯下的罪行，是的，我赞同你的观点。但是多年以来，中日双方合作，中国也从中受益匪浅，所以我认为两个国家必须要找到和解的方法。中国想成为一个大国，对于中国领导人来说，大国有权利和义务，中国必须更具创造力，正如你提到的胡萝卜和大棒，我认为需要更多的胡萝卜。当然日本也必须改变其政策，使两国成为朋友。

三、冷战和世界发展

张梅：您是冷战问题专家，写过《剑桥冷战史》等家喻户晓的著作，您怎么看现在的美俄关系，是不是依旧处于"冷战"状态？西方国家，能不能像德国、俄罗斯那样处理彼此的历史和现实关系（至少施罗德那样）？

文安立：我不认为这是一场冷战，因为经济形势已经改变。我认为，如今的俄罗斯不是苏联，因为它过去需要在全球范围与全球资本主义制度体系竞争，今天的俄罗斯不用这样，今天的中国也不是这样，它们将有能力在大国之间崛起，就如同俄罗斯和美国之间的状况。但是冷战不同，它更危险，因为它是更大范围的斗争。我看到了你写的哲学论文，正如你的文章所说，冷战是两个体系之间的重大斗争。今天不是这样。俄罗斯更多是关注自身，特别是地区利益，就像中国过去那样。美国不是唯一的超级大国，它捍卫自己的利益，所以现在这是政府间的妥协，与冷战完全不同。

张梅：美国和欧洲目前面临哪些困境和挑战？此时，中国能做什么？不能做什么？

文安立：我认为，中国有良好的机会与美国和欧洲保持稳定的关系。美国与欧洲不同。对于美国来说，我认为关键点是在东亚地区。因此，如果中国能够与其大多数邻国，如日本、韩国、东南亚国家保持和平关系，我认为中美之间的关系可以相当稳定，事实上，他们保持稳定关系已经有相当一段时间了。可是，如果中国与美国领导下的邻国发生冲突，那么关系可能会变得相当困难，特别是与美国的关系。我不认为他们会接受中国海洋争端。欧盟不同（于美国），我认为中国可以拥有的最好盟友就是在欧洲。无论是技术还是教育合作，我认为都可以达成。所以我对这种关系持非常积极的态度。你知道东亚地区必须保持和平，所以这对中国来说在经济和技术方面与欧盟加强合作是一个很好的机会。

四、如何看待海外华侨华人

张梅：与很多研究者不同，您对中外关系史的研究，不仅注意到高层政治人物所发挥的作用，而且关注普通参与者所扮演的角色，例如中国外交官、传教士、商人、移民、海外华人、中国政府派到国外的劳工等。“国之交在于民相亲”！事实上，华侨华人是联结中外关系的很重要的一个群体，海外现有华侨华人6000余万人，遍布198个国家和地区；全球华商总资产现已超过4万亿美元，成为世界经济的一支重要力量。请问您如何看待海外华侨华人群体？

文安立：我认为，海外华侨华人对于中国发展发挥了巨大作用。过去所有海外侨胞都想为祖国的经济和教育发展作贡献，可是我发现，中国在经济和教育发展上吸引海外侨胞方面做得还不够。海外侨胞中最大量的是华人，这可能是当前海外华侨华人的一个重大变化，他们已成为该地区的领导力量。我认为，与他们的关系是中国需要进一步发展的地方。我想要指出的是，中国在某些地区的政策还是有问题的，例如东南亚地区，这些国家的华侨华人将是中国与该地区未来发展的积极力量，正如邓小平的政策，他们更容易联通中国与世界，因为他们了解这些国家的文化、背景和经济状况。

【书评】

《躁动的帝国》中的华侨华人群像 *

文安立是哈佛大学肯尼迪政府学院的教授，他原籍挪威，1989年在美国北卡罗莱纳大学获博士学位，曾任挪威诺贝尔研究所研究部主任，后调任英国伦敦政治经济学院任国际关系史教授和冷战研究中心主任，主编《冷战史》以及多卷本《剑桥冷战史》（Cambridge Cold War History）等，2015年他执教于哈佛大学。作为蜚声国际史坛的冷战史和现代东亚史研究专家，文安立出版和编著冷战史和中国外交史专著15部，在国际学术界产生了很大的影响。特别是他2012年出版的《躁动的帝国：1750年以来的中国与世界》（Restless Empire: China and the World Since 1750）一书，引起了国际学术界和舆论界的广泛关注，该书荣获2013年伯纳德·施瓦茨优秀图书奖（Bernard Schwartz Book Award）。2016年笔者在哈佛大学访学期间聆听了文安立教授的讲座，后又对他进行了访谈，在交流中笔者发现他在华侨华人研究方面也有很深的造诣。本文简要介绍《躁动的帝国》① 一书第六章中文教授将华侨华人作为中国历史和中外关系史的一部分，对中国移民与欧洲移民展开的比较研究，以及他对主要聚居地华侨华人特点和华侨华人对中国影响的叙述。希望

* 原载于《华侨华人历史研究》2017年第2期。

①［挪］文安立：《躁动的帝国：1750年以来的中国与世界》，林添贵译，八旗文化出版社2013年版。在本文注释中，以下简称“该书”。

通过本书的阅读，帮助国内学者全面理解文安立如何透过全球视野来解读华侨华人。

一、中国移民与欧洲移民的异同

（一）中国移民与欧洲移民的相同点

在文安立看来，中国移民在移民动因、从事行业以及侨居地的融合与适应方面与欧洲移民并没有什么本质的不同。中国移民的移民动因也分为推拉两种类型。向外推动的因素主要有贫穷、战争和天灾等，拉动因素则有商业机会、教育和土地等，大部分华侨是自愿移民，但是也有招募劳工的中介人行骗或者绑架劳工。海外华侨从事的行业与欧洲移民也没有两样，有到农场、工厂或矿山去做工的劳工，他们种植棉花、制糖、挖矿、掘坑道、制作弹药和食品等；有的则成为裁缝、厨师或者洗衣工。中国第一、二代移民与欧洲移民一样也面临侨居地的融合与适应问题，他们融合的程度以及是否被允许居留因各国政府的政策而异，为了尽快融入侨居地社会，他们通常会加入各种兄弟会组织，最早成立的移民组织是“公所”，后来有“会馆”或“同乡会”组织。

（二）中国移民与欧洲移民的不同之处

文安立指出，中国移民与欧洲移民不同之处主要有三个方面：

一是移民方式不同。中国移民无论是因为从事贸易、躲避天灾人祸，还是作为劳工或者出洋留学，均属和平移民，华侨华人到了国外，都是凭着自己的勤劳智慧去谋生，并没有将中国的社会经济制度以及宗教、文化习俗等强加于人，而欧洲移民以武力占领、垦殖三大洲，并在此过程中歼灭原住民，因此，中国移民与欧洲移民有着根本的区别。

二是中国移民的主体是劳动人民。从中国移民的构成来看，虽然中国人出国侨居者有商人、政治流亡者、知识分子等多个群体，但是以普通劳动人民特别是农民、手工业者、小商贩、劳工为主体，能够成为企业主、中间商乃至大批发商的相对较少。就定居海外的人数而言，中国移民也远不及欧洲移民，“今天有超过 3.5 亿的欧洲人后裔住在欧洲之外，而中国子裔住外人数仅有四千万人。”[①] 比起欧洲移民的留居当地，有相当高比例的华侨最后选择落叶归根。

三是谋求生存和发展是中国移民出国的主要动因。中国人移民海外虽然受各种因素影响，但是经济因素和谋求生活事业的发展是最主要的动因，“华人海外拓垦史大体上等于是南中国海沿线及跨太平洋欧洲海上贸易路线的故事”[②]，绝大多数中国移民沿着欧洲人开辟的贸易路线发展。不仅如此，中国移民在外移的过程中大多由华侨自己安排，而非由外国代理人经手，华侨华人建立起自己的华商网络。

二、不同地区华侨华人的处境与适应

文安立广泛利用中、俄、美、英等多国和多语种档案，以及通过对当事人访谈，熟悉并掌握了解世界主要地区华侨华人的状况，他从历史学的角度叙述了东南亚、美洲地区、大洋洲地区以及欧洲地区华侨华人的特点。

（一）东南亚地区华侨华人的特点

文安立认为商业机会带动互动，故此，18 世纪东南亚地区成为

---

① 见该书第 195 页。

② 见该书第 195 页。

中国人口外移的主要目的地，此后一直地位不坠。在文安立看来，东南亚地区的华侨华人主要有这样几个特点：

一是华侨华人众多，占当地总人口比例大。根据文安立收集的资料，马来西亚华侨华人现已达750万人，占马来西亚总人口比例约30%；印尼华侨华人已达600万人，占印尼总人口比例的3%；泰国有华侨华人650万人，占比10%；菲律宾有华侨华人200万人，占比2%；文莱总人口40万人，其中25%为华人后裔。

二是华侨华人融入主流社会的程度较深。在文安立看来，东南亚有些国家华人融合的比较好，例如菲律宾、泰国和新加坡。菲律宾有中文学校、中文报纸；泰国主要银行和工业由华裔经营，泰国王室和总理有华人血统，“在泰国，华人已交织进入国家的肌里，任何种类的民族主义都无法铲除它。”[①] 而新加坡更是中国之外全世界唯一一个华人占多数族群且主宰其政治与商业的国家，华人拥有橡胶园、鸦片田、银行、贸易行、航线和机械工厂，特别是李光耀领导的人民行动党成为执政党后，华人成为新加坡社会的主流。

三是华侨华人对东南亚的现代化转型有相当重大的贡献。以泰国正大集团为例，正大集团“是由广东汕头澄海人士谢易初兄弟创办于1921年，从曼谷唐人街的菜籽店起家。他们从中国进口种子和蔬菜，也出口猪肉和鸡蛋到香港……”[②] 发端于泰国的正大集团虽然创始人以及现在的经营管理者均为潮汕籍的海外华人，但已融入住在国的社会、经济与文化之中，成为一家大型的跨国企业集团，带动了泰国的经济发展和转型。

四是华侨华人是敏感问题。由于地缘政治、意识形态、经济、民族和宗教等许多错综复杂的原因，东南亚许多国家历史上都发生

① 见该书第200页。

② 见该书第198—199页。

过排华事件，如印尼18世纪的红溪惨案、1998年五月风暴，柬埔寨、越南也曾爆发针对华侨华人的骚乱，“有点像20世纪上半叶的欧洲犹太人，华人被批评太富有——事实上只有少数人富有。他们被指控是共产党特务——事实上，那更是少之又少。”[①] 许多华侨华人惨遭杀害，被迫出逃。

（二）北美洲地区华侨华人的特点

一是人口增长幅度大。北美洲地区华侨华人增多源于1848年加州的淘金热，到1880年，美国已有超过十万华人，从事采矿、修铁路、车衣、制罐头、耕田、洗衣、做饭等各种工作。美国政府1882年通过排华法案，禁止中国移民入境。排华法案限制华人人口增长，但是并未成功降低在美华人总人数，中国改革开放后北美地区成为华侨华人人口增加最快的地区。

二是受教育程度高，专业人才众多。文安立调查指出，半数以上超过25岁的华人获得大学学位（全美人口此一比例仅为1/4），平均家庭收入也比较高，许多华侨华人创业有成或在科技上出类拔萃，时至今日，华侨华人已经成为移民美国、加拿大最成功的族群之一。

三是新华侨华人仍然面临融入问题。文安立一针见血地指出：“新世代美国出生的华人固然在20世纪出人头地，但和排华法案所针对的祖国切断关系后，却为他们造成经济与文化的问题，他们必须更努力去克服这些问题。”[②] 此外，20世纪80年代后抵美的新华侨华人，他们也面临高阶低用的问题，未能实现他们想象的光明前途。

（三）南美洲地区华侨华人的特点

一是以华裔为主体，社会政治地位高。南美洲华侨华人最多的国家是秘鲁和古巴。秘鲁华人大多是1850年后以契约华工身份入境

① 见该书第199页。

② 见该书第204页。

的，20 世纪华裔秘鲁人经济地位上升，许多华人娶了秘鲁女子为妻，时至今日，具有华人血统的秘鲁人占全国总人口比例达 15%，他们的文化程度、社会地位、职业层次等均普遍高于当地民众的平均水平，是较受尊重的一族，在政界也比较活跃。

二是华侨华人为拉美地区争取自由的斗争做出了重大贡献。古巴在 1847 年至 1874 年间有 12.5 万华人劳工入境，大多在甘蔗田和农场工作。在第一次独立战争期间很多古巴华人参军，为古巴的自由做出了重大贡献，哈瓦那为此建立了华人烈士纪念碑。

（四）欧洲地区华侨华人的特点

一是华侨华人历史悠久。中国移民到达欧洲已有数百年之久，英国的港口，例如利物浦、布里斯托和伦敦 18 世纪就有华人定居，巴黎、莫斯科、圣彼得堡也出现了华人踪迹。到了 19 世纪末，欧洲主要城市开始出现小规模的唐人街。

二是早期中国移民以留学生为主体。第一波华人移民欧洲大浪潮，并不是工人，而是学生。19 世纪 90 年代每年都有数百名学生进入欧洲，中国留学生到德国深造的最多，其次是法国和英国，他们大多研习理工学科，有些人毕业后留下来，形成第一代华人留欧知识分子。

三是绝大多数华侨华人在欧洲从事较底层的工作。高达 1/3 的欧洲中国移民是契约劳工，他们大多比较贫穷。90% 的中国移民在欧洲从事简单低贱的工作，他们清理森林、挖矿、铺轨道，也有些人在农场中种植甘蔗、棉花或鸦片，在居住国遭压榨也是很常见的现象。

（五）大洋洲地区华侨华人的特点

一是以劳工为主体。大洋洲地区第一批乘船来到的华人是水手、厨师和木匠，斐济、萨摩亚、巴布亚新几内亚、澳大利亚和新西兰都有广东来的工人在农场或制造厂工作。

二是华裔在商界政界的影响逐渐增强。大洋洲现有 20 余万华裔，他们在政、商界都有很大的影响。斐济的大部分旅馆由华人拥有，陈仲民两度出任巴布亚新几内亚总理，汤安诺是基里巴斯现任总统。

三、华侨华人对中国的影响

（一）华侨华人对中国改革开放后的经济发展作出重大贡献

在文安立看来，华侨的重要性不在于其人数的多寡，而在于他们对定居国的影响，特别是他们对于祖籍国中国的影响。他指出，华侨华人不仅将新思想、新技术引入中国，而且帮助中国走向世界，特别是一批华侨华人在经济领域崛起，带动了改革开放后的中国经济发展，他说："若无这些（华侨华人）家庭提供的框架，无从解释中国为何能在 1980 年代之后重新崛起为经济大国。"[①]

（二）华侨华人对 20 世纪中国的政治命运产生决定性影响

非但如此，在文安立看来，华侨华人对 20 世纪中国的政治命运也产生了极大的影响。他说："尽管一再有老生常谈，说什么中国所有的改革全由内部发动，我却想不到还有哪个大国，它的侨民和流亡人士会扮演如此重大角色，重新建构国家的未来。"[②] 在他看来，辛亥革命以及国民党北伐若无东南亚华侨鼎力支持很难成功。东南亚华侨源源不断的捐助使得孙中山在野时期仍能奔走，后来更是襄助国民党于 1928 年掌握政权，文安立认为孙中山因此称华侨乃"革

① 见该书第 197 页。
② 见该书第 218 页。

命之母”。

华侨华人对新中国建立也起到了很大作用。他认为，许多回国后在中国革命中扮演重要角色的人，最先是在欧洲学到组织华人劳工的经验，例如朱德元帅。“朱德在中国已是军人，于 1922 年抵达柏林，还未加入共产党，已在当地组织华工。1928 年，朱德回国后，协助创建中共的人民解放军。”[①] 当然除了朱德以来，中共的高层领导人中，蔡和森、周恩来、李立三和邓小平等都曾以勤工俭学的名义赴法国留学，他们对中国的政治命运产生了决定性影响。

（三）华侨华人对中国的对外关系产生重要影响

在文安立看来，华侨华人不仅对中国革命和建设产生极大影响，而且在中国对外关系中也产生积极影响，华侨华人在两次世界大战中也扮演了重要角色。第一次世界大战期间，约有 15 万中国人受雇到欧洲西线战场做劳工，有 5 万人在俄罗斯的东线战场工作。中国劳工在法国、俄国、英国和美国军中服务，他们挖壕沟、盖机场，在弹药厂、钢铁厂和矿场工作，也帮忙救治伤员、埋葬死者等。到“一战”结束，至少有 3000 名中国劳工在西线阵亡。“二战”期间，中国工人和华裔子弟参与了几乎所有战场的工作。因为中国劳工的贡献，许多中国人感觉自己被世界平等对待。因此，文安立评价说：“他们（华侨华人）过去是、今天仍然是，把中国与外在世界关系联结起来的黏胶。”[②]

与西方很多研究者不同，在《躁动的帝国》一书中，文安立将华侨史纳入中国对外交往史中，在广泛利用多国和多语种档案以及对当事人访谈的基础上，详述了海外华人在 1750 年以来中国与世界各国交往的历史中所扮演的角色及其所能发挥的重要作用，他在书

① 见该书第 212 页。
② 见该书第 197 页。

写政治史的时候，将华侨华人历史穿插其中，给人以耳目一新之感，这是对华侨华人历史研究的重要贡献，对了解和认识全球范围内的华侨华人具有重要价值。然而，该书毕竟是一部西方学者研究中国对外关系的作品，其明确的西方学术取向和某些源于意识形态的偏颇观点，诸如他对 1989 年政治风波和“文化大革命”的评价，仍然需要我们加以批判的理解。

美对华政策演变及中美关系前瞻*

——访丹佛大学美中合作中心主任赵穗生教授

▶ 赵穗生

* 原载于《中国社会科学报》2018 年 1 月 11 日。

赵穗生：美国丹佛大学（University of Denver）约瑟夫·科贝尔国际关系学院（Josef Korbel School of International Studies）终身教授、美中合作中心主任，兼任哈佛大学费正清中国研究中心研究员、美中关系全国委员会（National Committee on United States–China Relations）委员等职。他于1978年考上当时由北京大学和中国社会科学院合办的南亚研究所硕士研究生，师从孙培钧先生，1981年获硕士学位，之后任职于国务院经济研究中心、财政部外事财务司、北京大学南亚研究所等单位，1985年赴美留学，获密苏里大学（University of Missouri）社会学硕士、加州大学（University of California）政治学博士学位。

作为《当代中国》期刊创始人和主编，赵穗生现已成为美国外交思想库具有重要影响的学者，著有《权力的设计》（Power by Design：Constitution-Making in Nationalist China）、《东亚权争》（Power Competition in East Asia：From the Old Chinese World Order to the Post-Cold War Regional Multipolarity）、《中国外交政策》（Chinese Foreign Policy：Pragmatism and Strategic Behavior）、《中美在东北亚的竞争与合作》（China and the United States：Cooperation and Competition in Northeast Asia）等10余部英文著作，发表论文50余篇。

一、中美战略利益的冲突与重合

张梅：赵教授您好！非常感谢您接受我的采访。作为世界知名的国际问题和中美关系研究专家，能否请您通过有代表性的实例，从新中国成立以来美国对华政策演变的角度，谈一谈中美关系的变迁。

赵穗生：新中国建立以来，中美关系经历了从对抗到逐渐接触，然后建立起战略上的互动，在合作和竞争中不断发展这样一个过程。1949 年后，美国的对华政策主要是受冷战结构和冷战思维的影响，尤其是意识形态的影响，因为在内战之后中国共产党夺取了政权，而美国把共产主义看作洪水猛兽，认为共产主义——尤其是以苏联为首的社会主义阵营，是美国的敌人，所以美国制定了一个所谓“遏制和孤立中国”的政策。在这种政策指引下，中美 20 年间没有外交关系，处于两个对立的阵营中相互敌视。这个局面发生变化是在冷战后期，也就是说，是在 20 世纪 70 年代，当时美国认为苏联的威胁比中国更大。另外一个因素是因为美国当时在越战中陷得很深，而与中国恢复关系可以帮助美国从越战中抽身；中国当时也需要走出孤立状态进入国际社会。在这种背景之下，中美之间开始恢复接触，最终在 1972 年尼克松历史性访华之后，中美开始了艰难的建交谈判进程。这期间主要是国际因素，当然还有台湾因素起了很重要的作用。中国提出中美建交三原则，即美对台断交、废约、撤军，美国承认一个中国。两国领导人在谈判过程中表现出了相当高的智慧和灵活性，最终克服了障碍，相互承认了对方的外交地位。

中美关系从一开始就是建立在战略互利、相互需求基础上的——当时中国要走出孤立的状态进入国际社会，美国也需要中国，所以两国互相之间都有战略利益上的重合，同时两国领导人又发挥了他们的外交和政治智慧，由此完成了艰难的建交谈判，中美相互承认了对方的外交地位。

中美建交之后，两国关系的发展并不是一帆风顺的，而始终是上下波动，或者说是有上下波动周期，这种周期的影响因素有美国国内政治的影响，比如说，美国每四年或者八年就要换一个总统，经常是不同政党的轮换，这在很大程度上影响了中美关系的发展。尤其是在 80 年代初里根上台到冷战结束后，从里根到老布什，从老布什到克林顿，从克林顿到小布什，从小布什到奥巴马，从奥巴马到特朗普，都是不同政党政治之间的轮换。还有一个因素是国际格局的影响。冷战结束对中美关系是一个很大的坎儿。冷战结束时，一些美国人认为他们在冷战中胜利了，击败了苏联，于是在美国国内出现了要把中国作为敌手的声音。中美之间过去有一个大三角关系——所谓大三角关系，就是在冷战格局中，中美之间有战略利益上的重合。现在一些人认为这种重合消失了，所以，一些过去的共识，比如说台湾问题可以推后解决、美国在亚太地区的同盟关系（例如美日同盟）以及贸易赤字这样一些问题，在此之前由于两国战略利益上的重合和相互利益上的需求没有引起重视，但是在冷战结束之后，其重要性就凸显出来了。尤其是在 90 年代，台湾岛内的政治变化使得台湾问题在中美关系中占据了一个很重要的地位，还有所谓“人权”问题，中国的贸易地位问题，在进入 WTO 之前中国的最惠国待遇等一系列问题，当然还有双边问题（这是最主要的）成为中美之间相互博弈、中美关系上下波动的一个很重要的因素。

张梅：改革开放以来，中国的和平崛起从根本上改变了21世纪的中美关系，请您通过一些实例谈谈这一改变的过程及其对双边和多边国际关系产生的影响。

赵穗生：21世纪以来，美国国力相对下降，中国开始上升。这样一来，就产生了一种崛起国家与相对衰落或者说守成大国之间会不会产生结构性的冲突而导致战争的问题，很多双边性的问题变成在一个大的结构背景之下大家共同关注的问题。尤其是在美国，自尼克松访华以来美国奉行对华接触政策，现在有些美国人就开始“反思”：与中国接触是不是培养了一个竞争对手？因为当时美国推行对华接触政策也是出于自身的两个目的：一是通过帮助中国实现现代化，对中国进行贸易投资，使中国产生出一个中产阶级，然后中国就会出现现代化理论中所说的自由化和民主化，这样中美之间就会有一种共同的价值基础，就不会产生进一步的冲突。二是想把中国拉入美国所主导的国际体系中去，这样一来，中国按照美国人制定的游戏规则崛起，就不会成为这种体系的挑战者，也不会挑战美国在这个体系上的领导地位。但是，这两个假设在以美国为首的西方国家出现经济危机以来（并且中国崛起也显示出她的实力），受到一些美国学者（包括主流学者）的质疑，认为这两个目的都没有达到。事实上，中国并没有按照美国的这一意愿，出现他们想看到的自由化、西方化或者民主化，中国走的是另一条不同的路，甚至还出现了“中国模式”向西方模式挑战的局面。与此同时，美国认为，中国在国际体系中日益强势，甚至于挑战美国在亚太地区的利益和存在，挑战美国在全球的领导地位；而且认为，中国的市场自由化也没有达到美国所希望的程度。在这样一种背景之下，中美之间在很多全球和地区问题上的矛盾和冲突日益尖锐，这种尖锐的矛盾冲突在奥巴马的第二届任期中已经是日益明显，例如在贸易赤字、南海、东海、“人权”等问题上。另外，在游戏规则的制定上，美国要搞 TPP（跨太平洋伙伴关系协定，特朗普上台后即宣布退出），中国要搞区域经济一体化等，中美之间的矛盾和冲突日益加剧，这也是特朗普在竞选总统时大家所关注的一个问题。

二、特朗普治下的美国对华政策

张梅：您认为特朗普执政后美国的对华政策发生了怎样的变化？

赵穗生：特朗普的当选当然有很多其他因素，但是他对中国的这种强势也为他争取了不少选民。其实，美国人认为他们所奉行的对华接触政策只是中国得利，这种想法是片面的，中美之间完全是互利的。虽然中国在崛起过程中的现代化得益于美国，但是美国这些年也得到了非常多的战略利益和经济利益，两个国家之间是一种相互依存、互利互惠的关系，是双赢的关系。因而美国人的这种所谓“反思”在很大程度上是走进了一个误区，那就是只从美国这一方来考虑和中国的关系，过于强调他们对中国现代化的帮助，而忽略了中国现代化过程中美国的得益。这一点在特朗普当政以后很快得到了证明。

虽然特朗普在竞选过程中对中国说了狠话，但是他一旦入主白宫，美国的国家利益很快就支配了他在对华问题上的想法。他很快就发觉，他对对华贸易的很多指责实际上是片面的，所谓中国操纵货币、中国的不公平贸易竞争、中国的关税导致了美国的衰落、他要对中国进行惩罚性关税等诸如此类的想法，实际上是把双刃剑，它既会伤害中国利益又会伤害美国利益。因此，特朗普在他上台以后以其商人的一种本能，很快意识到他在与中国的交往中不能够兑现他的竞选承诺，他反而需要与中国进行合作，尤其是在亚太问题上。他的外交政策在亚太地区实际上只有两个，即贸易问题和朝鲜问题。这两个问题都需要与中国加以合作和谈判才能够解决，因而上台以后他出现了一百八十度的大转弯，从强调与中国对抗、惩罚中国，转向了与中国的合作与谈判，所以 2017 年 4 月习主席与特朗普的海湖庄园会晤，我觉得是很有战略定力和战略眼光的决定，双方领导人建立起很好的个人关系。

张梅：您如何看待习近平主席提出的构建“中美新型大国关系”主张的意义和价值?

赵穗生：我觉得这是一个非常有战略眼光的概念，它的核心是不冲突、不对抗，崛起大国和守成大国之间能够和平相处，避免战争和冲突。这种概念我觉得两国领导人都可以接受，也都欢迎。

在奥巴马执政期间所谈到的新型大国关系的内涵是“不冲突，不对抗，相互尊重，合作共赢”——其实在奥巴马执政后期，美国觉得这是中国要把美国拉入其圈套中来尊重中国的核心利益，因为包括台湾、南海、东海等问题，美国人都既不能与中国谈判又不能够挑战中国，它就是国家生存的底线问题，是不可谈判、不可妥协的问题。但是，这种观点在特朗普执政时期已经发生了变化，因为特朗普的关注点只是贸易问题。中美之间他当然希望中国来帮助美国解决和朝鲜的核武器问题，所以他对于新型大国关系中一些所谓中国的核心利益问题实际上是不太去挑战的，也没有怎么关注，包括南海问题、台湾问题等。在这种背景之下，再加上美国国内的孤立主义情绪非常严重——正是当年这种孤立情绪在很大程度上把特朗普推上总统宝座的——特朗普喊出了“美国第一”的口号，因而他不想再让美国扮演世界警察的角色，去关注所谓“人权”问题或者其他地区的热点问题，在他看来，这些问题与美国没有直接相关。所以特朗普很容易就接受了“中美新型大国关系”的主张。

他的国务卿在 2017 年 3 月访华之后重申了中美新型大国关系的三个概念，所以中美关系在特朗普上台之后不仅没有进一步走下坡路，反而很快稳定下来。2017 年 11 月 8 日至 10 日特朗普访华，在很大程度上进一步稳定了中美之间的战略合作关系。

张梅：对于美国对华政策的变化，中方做出了怎样的调整和回应？可否请您举几个实例来谈一谈？

赵穗生：在这个过程中，其实中方坚持的就是捍卫自己的国家利益。但是中国对美政策在不同时期会根据中国国力的不同而有所调整，比如说在 20 世纪 80 年代末冷战结束之后，中国的重心主要放在国内的经济建设上，所以中国不仅对外实行韬光养晦的政策，而且在对美政策中明确了不冲突、不对抗、加强合作，也就是当时江泽民所说的“增加信任，减少麻烦，发展合作，不搞对抗”的十六字方针。其实现在也是这么做的，就是中国利用自己巨大的市场吸引美国的投资，变成了企业界对美不仅不对抗，而且在很大程度上对美国开放。由于中国领导人的这种智慧，即使在 90 年代那么困难的条件下，也能够稳定中美之间的关系。

进入 21 世纪以来，中国国力逐渐增强，中国领导人原来是利用外交手段为现代化经济发展服务，现在除此之外，还同时进行“大国外交”，建立“新型大国关系”，也就是说，中国以其强大的国内经济、政治、军事资源来更加坚定地维护国家利益，包括战略利益、领土利益和经济利益。这种战略的转变是与中国的国力相适应的，所以中美之间日益在更加平等的架构中进行权力的平衡和经济利益的博弈。特朗普访华在很大程度上就反映了中国领导人以一个大国的姿态和另一个大国平等相处、互利共赢的关系。

三、中美关系未来走向：用合作规范冲突

张梅：您怎样看待中美关系的未来走向？

赵穗生：特朗普执政这几年，中美关系的基本走向应该会比较平稳，不会出现太大的战略利益上的冲突，贸易问题上的很多矛盾也可以通过谈判来加以解决。其实中美之间的贸易问题，不仅仅是一个美国对华贸易的赤字问题，商品贸易上有赤字，但是在劳务上面实际上美国是有顺差的。我在美国大学教书感觉很强烈，这么多中国学生到美国大学留学并交学费，在很大程度上是对美国经济的支持。因而美国和中国谈判这些问题时，我觉得可以相对理性。

如果按照目前这样一种趋势发展下去的话，中美关系的前景应该是合作。其实中美关系一直是合作的——用合作来规范冲突。但是，这种趋势在很大程度上也取决于中国将来的和平发展、和平崛起是不是平稳顺利；此外，美国国内的政治因素也很重要。特朗普现在虽然是总统，但是他面临着非常尖锐的国内矛盾，他的外交政

策，即使在美国国内有一定的认可度，但是也要打相当大的折扣。比如他访华回来（包括整个亚洲之行），美国媒体上还是有批评的报道，这在很大程度上反映出美国国内对特朗普外交政策的不认同，在美国国内这种国际主义和孤立主义之间的辩论是一个持续的问题。虽然特朗普上台后在一定程度上加强了孤立主义情绪，但是美国国内的国际主义，包括对外干涉的国际派的力量仍然非常强大，甚至在共和党内部对于特朗普的外交政策也有人并不认同。所以，如果特朗普只是作为一届总统——我的看法是这样一种可能性是非常大的，因为他现在国内面临着政治上的许多问题——在这四年中很难有作为。而且当年投他票的一些人现在对他的这些做法也不满，当年那些既没有投他的票又没有投希拉里票的很多人在下一次选举当中一定会出来投票，他们可以投给任何人，但不会是特朗普。2018年下半年的美国中期选举其实现在就可以看出端倪，前不久的新泽西州（New Jersey）和弗吉尼亚州（Virginia）的州长选举在很大程度上已经有了这种苗头，所以，如果美国国内政治因素发生变化，中美之间的关系也会受影响。但是合作这个大的格局，我觉得是不会改变的，因为中美之间相互依存、互惠互利的因素是非常大的，虽然美国作为世界第一大经济体、中国作为世界第二大经济体（并且这个世界第二大经济体还在不断扩大），相互之间有利益冲突的一面，但是相互之间共同利益会越来越多，包括区域的和平稳定、全球治理的稳定，我觉得两国领导人都可以有更多的贡献。

实际上，我感觉中国并没有要替代美国或者要挑战美国在国际秩序中的地位。现在中国还是美国领导建立的“二战”以后的国际秩序的受益者，所以中国仍然是这个现存国际秩序的参与者、贡献者，甚至是一个重要的捍卫者。中国在国际秩序中反对的并不是现存的这样一些规则，因为在全球化过程中，中国不仅得益了，而且现在还成为全球化的引领者；因而中国所要求的并不是改变或者推翻现存国际秩序，而是要改变中国在国际上的地位，有发言权、代表权，有更多的中国声音，提出中国方案，贡献中国智慧。这实际上与美国的需要也是相重合的。我在美国生活这么多年，我强烈感觉到，美国很愿意看到中国在现存的国际体系中扮演一个更加重要的角色，因为很多年来美国抱怨中国的其实是什么呢？美国人认为中国是一个“搭便车者”（Free-Rider），中国在国际社会中利用现成的国际自由贸易、利用中国劳动力的相对低廉和市场的相对广阔得到了很多利益，认为中国对于国际公共产品的贡献相对小，承担的责任和义务相对少。现在中国主动承担国际义务和国际责任，担当全球化过程中的引领者，我认为这对美国是一个帮助。其实很多美国人也意识到这一点，这里面的关键点是中美之间怎么样通过相互谈判，在博弈的过程中找到各自的地位。

张梅：但是美国白宫 2017 年 12 月 18 日公布的特朗普上任后的首份《国家安全战略报告》（National Security Strategy of the United States of America），对中国内外政策有多处批评，把中国等国称作是美国利益的竞争者。

赵穗生：我认为，美国必须放弃他多年的霸主心态，“容不得别人染指”这种心态要改变，而要建立起跟中国这样一个崛起的国家平等相处、共同承担责任的心态，其实这种心态的建立对于美国来讲是很有好处的，因为美国国内的孤立主义情绪实际上在很大的程度上也需要用这种方式来加以缓解。

中美之间有很多可以谈判的地方，通过谈判而不是通过冲突或者是通过遏制，来调整中美之间在国际秩序甚至是在双边关系中的地位问题是最佳选择。其实美国有很多国内问题，中国现在也有很多国内问题，十九大所提出的新时代要解决生活质量问题、解决新的矛盾问题，这些都需要中国领导人花费很大的精力。中国无意和美国对抗，所以有些美国人说“中国要想挑战美国替代美国”我觉得是不正确的。我觉得中美之间很重要的一点，就是通过谈判来构建一种两国都能够接受的游戏规则，然后各自找到和自己国力相当的位置，这样一来“中美新型大国关系”就可以建立起来了。

我经常引用习近平主席的话：“宽广的太平洋两岸有足够空间容纳中美两个大国。”这说得很对！太平洋应该成为中美两国合作的大舞台，而不是一个竞技场。尽管中美之间的合作不可能解决所有的问题，但是国际上很多问题没有中美的合作就什么都解决不了，所以这两个国家需要进行合作。目前，中美两国领导人已经在按照这一思路向前推进两国关系，虽然在一两年内有很多具体问题还需要谈判，但这个总的互利大局不会改变，不管美国是哪一届总统哪一个政党上台，都必须意识到这个问题。

四、中国大国风范与构建人类命运共同体

张梅：改革开放后中国经济持续快速发展的一个重要原因是拥有和平稳定的国际环境，同时中国的和平发展也为地区和国际环境的安全与稳定作出了贡献，请结合实例谈谈您对此的见解。另外，近几年来中国与周边国家和一些大国的关系比较紧张，您认为未来中国要想维持这样的战略机遇期，必须要处理好哪些挑战？您对中国的未来发展有什么样的预期？

赵穗生：说到改革开放后中国经济持续快速发展的一个重要原因是拥有和平稳定的国际环境和地区环境，我觉得这确实是非常重要的。中国多年来实行睦邻外交政策，与邻为善、以邻为伴，与周边国家强调共同利益，搁置很多争议，尤其是一些领土争议，找到一些共同开发点。这样一种政策对中国国内的经济发展起了很大作用，也对周边地区的稳定和发展作出了贡献，但是，现在中国国力日益强大，周边很多国家对中国产生恐惧。这种恐惧心态在我看来是很正常的！因为这些国家和中国在经济规模、领土规模、国家实力之间的不对称是一种客观的存在，相对弱小的国家有这么一个大邻居，他们的这种恐惧心态，我觉得是可以理解的。所以，中国领导人一定要在维护自己国家利益的同时，理解这些周边国家对于中国的担心，或者对于中国和平发展长久性的一种疑虑，中国在和周边国家相处的过程中一定要保持一种平和的心态、平常的心态，而且要有一种大国风范。这个大国风范不是一种以强凌弱的风范，而是有大国的心胸，正如现在习近平总书记所谈的大国外交。大国外交一方面是要用大国的资源、大国的能力来维护自己的国家利益，另一方面也要维护地区和周边的和平与稳定，对周边的国家在力所能及的范围内作出援助，帮助大家共同发展。中国领导人也说要让周边国家搭上中国改革发展、和平发展的快车，这是一种非常重要的心态，用和平崛起的大国风范与周边国家平等相处就能够维持周边的和平与稳定，维持对中国经济发展比较有利的周边环境。事实上，中国现在仍处在崛起的过程中，仍然需要有一个和平稳定的周边环境，也就是所谓的“战略机遇期”吧！这一战略机遇期既包括与大国合作、和平相处，又包括与周边国家和平合作、避免冲突的问题。

张梅：您如何看待十九大报告中习近平主席提出的“构建人类命运共同体”的主张？

赵穗生：我感觉“构建人类命运共同体”主张与“中国崛起”“大国外交”“新型大国关系”这些概念相关联。因为很多国家，包括中国的周边国家和一些大国，对于中国崛起后究竟会有何种要求，对于周边国家和大国关系会有怎样的构想等都有很多疑虑，所以提出“人类命运共同体”就是针对这样一些疑虑，表明中国愿意和周边国家与地区和平相处共享发展的成果，与大国之间不冲突、不对抗，建立共同的未来，所以这一概念的提出与中国的和平崛起和发展联系在一起。但是，在西方对这一概念实际上还是有一些疑虑。因为人类命运共同体的英文翻译是 Community of Shared Destiny，这与美国当年的扩张和发展，尤其是在西半球的发展联系在一起，包括划分势力范围——美国把拉丁美洲作为自己的后院。所以，命运共同体的提出既是回答这些问题但是又提出了一些新的问题。我觉得“人类命运共同体”的概念强调的是共同利益，强调的是大家共同的未来、共同关注的一些问题、共同来解决这些问题，有积极意义，但是也要认识到它可能的一些含义，因为国际社会是一个无政府状态，在一定程度上大国和小国、大国和大国之间的利益是有冲突的。在国际关系理论中一直存在着现实主义与理想主义这样一种论争，我觉得这是用理想主义的方式来回答国际社会中的关系问题，这是很理想的，也是很美好的，但是要实现又是有困难的。

五、搭建中美学术交流的桥梁

张梅：中国人移民美国的历史由来已久，中美关系正常化以来美国华侨华人社会又发生了怎样的变迁？请通过包括您在内的一些有代表性的实例谈谈您的见解。

赵穗生：我刚到美国来的时候，周围基本上都是老一代的移民，从广东、福建那样一些沿海城市来的，大部分是中下层的没有受过良好教育的移民，即使稍微成功一点的也只是做一些贸易或餐饮生意，很少有在高科技领域或者主流社会中特别成功的。另一部分华侨华人主要是从中国台湾、香港来的。我们 80 年代来的时候，他们当时正值高峰时期，在美国高校里面基本上都是这些人在当教授，在美国公司里面也是这样一些中国港台来的人，我们这种中国大陆来的移民当时很少。但是随着中国改革开放的发展，中美关系的进一步深化，大陆来的移民越来越多。实际上，我们现在大陆来的移民不仅层次越来越高，通过留学移民、技术移民以及家庭团聚移民来的人越来越多，而且进入了主流社会，逐渐取代了过去低层次的劳工移民。现在美国大学里的教授们几乎都是大陆来的，中国台湾和香港来的凤毛麟角。大陆的新移民逐渐成为美国华侨华人移民中的中坚力量，而且日益成为融入美国主流社会的力量。每个大学里面都有很多华人教授，各个学科领域里都有，不仅仅是在自然科学、工程科学，在人文社会科学中也越来越多，在公司里面的当然就更不用说了，非常多！但是我觉得华人移民与印度移民相比，我们还是不如他们成功，主要是因为文化背景、教育背景不太一样，但是第二代我觉得越来越成功，他们不仅注重融入主流社会，而且受过很好的教育，所以新的一代移民（就是我们这一代移民的第二代、第三代）在美国主流社会中会发挥越来越重要的作用。

张梅：美国现有旅美华侨华人数百万人，因其对美国社会、经济、文化和科技发展所作出的贡献，被称为“模范族裔”。您觉得旅美华侨华人对中美关系的发展起到了怎样的作用？

赵穗生：我从 1985 年来到美国，已经 33 年了，所以对于海外华人对美国的贡献，特别是对于中美关系发展的贡献十分了解。我刚来的时候，有大陆背景、像我这样的留学生还是比较少的，美国人对我们的了解也非常有限，甚至有一些戒备。随着越来越多的中国大陆留学生到美国留学、就业，一些人像我一样留下来成了海外华侨。我们这些人作为改革开放的受益者、中美关系发展的受益者，也对中美关系发展作出了一些贡献。我感觉到自己最大的使命就是要搭建中美之间相互理解、相互合作的桥梁。我在中国生活了 30 年，在美国生活了 30 多年，所以既了解中国又了解美国，更准确地说是既了解一个真实的中国，又了解一个真实的美国。所以，我希望可以把真实的中国介绍到美国来，又可以把真实的美国介绍到中国去。我希望两国人民更加了解、减少误判、减少误解，增进相互合作。

尽管美国是一个多元化、多种族、多族裔的社会，有一些种族歧视，但是我的总体感觉是，美国社会还是很尊重勤奋和有智慧的人，所以像我们这些人，尤其是像 20 世纪 80 年代到美国留学的人，当时在国内都是佼佼者，我们有一定的智慧，又非常刻苦，比起现在的一些年轻人，我觉得我们比他们刻苦，很多人有这种刻苦精神，所以在美国社会中逐渐找到了自己的位置，逐渐对美国主流社会作出了一些贡献。比如说，我在 90 年代创办了《当代中国》学刊，这种学刊当时很多人都可以创办，但是我是以一个华人的身份创办了这个学刊，而且当时我来美的时间不是很长。我秉持的理念是搭建社会科学和国别研究的桥梁，搭建政策研究和学术研究的桥梁，搭建西方人也是美国人研究中国问题和美国以外的学者研究中国问题，尤其是华人学者研究中国问题的桥梁，同时也搭建中美学术交流的桥梁。现在《当代中国》在SSCI研究国别问题和地区问题的刊物中排名稳居前三——欧洲一份研究中国的杂志、澳洲一份、北美就我这一家是最大的。所以只要努力、勤奋、找到自己的契机，我们这些华人还是会被美国主流社会认可的，也能够对美国的社会科学、经济发展、社会发展以及中美关系的发展作出我们应有的贡献。

【汉学家印象记】

改革开放40年：我在美国研究中国*

1978年，是中国命运转折的一年，也是我人生中转折的一年。从1978年考上北大研究生到后来出国深造，一直到现在，40年来我往返国内外，一天也没有离开高校。我见证了改革开放40年来翻天覆地的变化，以及对我自己人生所留下的深刻烙印。

一、再回北大

1973年，我在北京以“工农兵学员”的身份考上了北大经济系，那时候在班里我的年纪最小。毕业之后，我被分配到化工部下面的第三化工建设公司的一个化工学校教书。虽然教书的日子还算清闲，但我一直没有放弃过深造的念头。

1978年，当时我本科的系主任胡代光教授提前跟我透露，北大要重新恢复硕士研究生招生，叫我做好准备。听到这个期待已久的消息，我欣喜若狂，随之而来的就是一段难忘的恶补生涯。因为考研，需要考英文和专业课，而在这之前，我都没有系统性地学过。

幸运的是，结果是好的。1978年，国家正式恢复研究生考试，

---

* 原载于《新京报》2018年8月19日，系赵穗生教授所写的专栏文章，经赵穗生教授授权收入本书，酌情有修改。

我考上了社科院和北大合办的南亚研究所。

其实，刚开始我报考的是经济系的研究生，当时北大经济系招收三个研究生，我是三、四名。领导问我愿不愿意被调剂到北大和社科院合办的南亚所，因为他们没来得及去招生，所以就把报考录取分数线之内的人调剂过去。我欣然应允。

就这样，我就被调剂到南亚所，研究印度经济。当时南亚研究所是 1978 年北大与中国社科院联合创办的，一半北大编制，一半社科院编制，我是北大编制的。当时我们所十几个人，从政治、经济、宗教、文化、哲学等不同的方面研究印度，所长是季羡林、副所长是黄心川。我的导师叫孙培钧，当时是中联部调过来的，是世界经济尤其是印度经济研究领域非常顶尖的学者，后来做过中国南亚学会的会长。我师从孙先生，开始了印度经济的研究之旅。

1978 年对我来讲，是一个人生中很重要的转折点——我又回到北大了。

在我们这一批人毕业后，我就留在北大了。集中于我的研究领域，同时我还做了一些政府兼职工作。

我当时研究印度经济，印度是利用世界银行贷款最多的国家，而且很多都是非常优惠的低息或无息贷款。而且，我写的毕业论文就是《印度怎么利用世界银行贷款》。

由于当时中国还尚未加入世界银行（中国是 1980 年替代台湾进入世界银行和国际货币基金组织的），国内懂世界银行的还很少。当时，与世界银行、国际货币基金组织（IMF）打交道，是归在财政部下面的窗口。改革开放之初，各方面都很需要人才。所以，财政部的外事财务司在我还在上学的时候就把我借调过去。财政部当时有一个世行处，我在这里参与跟世行谈判的工作。

除了优惠贷款之外，世界银行有很多国别研究报告、发展报告，还有我们国家当时急需的一些国际发展经验，这些都可以通过世行了解到。当时我们的国家领导人非常重视这些，因为这是改革开放的中国开始了解外部世界的一个窗口。我有幸参与了这方面的工作。

除此之外，因为研究印度如何利用外资，我还被当时国务院经济研究中心下面的对外经贸组借调过去，参与研究怎么利用对外经贸。

1978 年的改革开放，给了我们很多年轻人参与改革开放决策过程的一些机会。

二、留学美国

1985 年，我有幸参加北大交换项目出国访学。当时没什么钱，只从北大借了 50 块钱，做了一身西服。

此前因为客观条件限制，我一直没机会接受完整的教育。来到美国之后，想上学的念头再次涌现。阴差阳错之下，我在密苏里大学的社会学系念了研究生，拿了社会学硕士学位。

从那儿开始考博士，然后我就去了加州大学的圣地亚哥分校的政治学系。我的导师 Susan Shirk，可能很多中国人都很熟识。她的中文名叫谢淑丽，之后做过克林顿政府的亚太事务副助理国务卿，是知名的中国问题专家，我是她的开门弟子。她这一生中招的研究生并不是很多，我是她的第一个研究生，也是第一个外国研究生。她对中国问题的研究非常严谨，我就跟着她在加州大学念了六年。

1988 年，我去了斯坦福大学的胡佛研究所做国家研究员，其实是博士后位置，在那儿做完以后，我就又请了一年假，去了马里兰州的华盛顿大学教书。从那儿我到了现在的丹佛大学科贝尔国际关系学院。当时，他们刚刚成立一个中美研究中心，面向全球招聘中心主任。我就很幸运地得到了这个位置。

1992年，在我的博士快毕业之前，我创办了一个刊物，叫《当代中国》。随着中国改革开放的深入和国际影响力的提高，知识界、学术界对中国问题的了解需求越来越多。当时，全世界研究中国的刊物，最有历史的在英国，叫《中国季刊》（China Quarterly）；其次是在澳大利亚，如今叫《中国研究》（China Journal），当时叫《澳大利亚中国事务》。美国很多人也想要创办，但都没有成功。所以，我就找了一个机会，创办了这个刊物，没想到竟然成功了。

其实，我当时创办这个期刊也是阴差阳错。因为《中国季刊》和《中国研究》都是比较传统的汉学研究，重视语言文化社会历史研究，对于当代政策问题关注比较少。我当时办刊想要架设三座桥：一是传统汉学研究与现代社会科学研究中国问题相结合的一个桥梁，二是把学术研究中国和政策研究中国的桥梁架设起来，第三就是把西方研究中国与非西方研究中国，尤其是中国人自己研究中国的桥梁架设起来。

现在，这个刊物成为全世界研究中国问题的英文刊物、学术期刊当中的前三名。在全世界国别问题和区域研究英文刊物当中，我们去年排名第五。

从这方面来说，中国的改革开放与我个人的发展、我的学术发展、我的事业发展，都是密不可分的。

三、改革开放永远在路上

这些年，我每个月或者几个月都要回国一趟，中国的变化可以用日新月异来形容。

当年我离开中国的时候，北京三环路还没建起来，刚建了一个三元立交，我骑着自行车上上下下。刚去美国的时候，发现美国到处都是高速公路，基础设施非常先进。没想到，如今中国在这些基础设施、现代化建设上面，不仅已经完全可以与美国媲美，而且有些方面还超过了美国。

基础设施，尤其是高铁、高楼大厦，尽管美国也在发展，但是设施都是“二战”以后建立起来的，所以，现在需要一个重新再现代化的过程。而中国现在有后发优势，虽然基础很低，但是起点很高，这些年中国的发展速度非常快，高速公路四通八达，高铁里程在全世界都是首屈一指的。

从我到海外去的这些年，这些变化让我觉得不可思议。

但是，即使中国与美国的经济差距在缩小，但与美国相比，还有很长的路要走。一些表象的东西中国的确与美国的差距在缩小，但是一些深层的东西，与发达国家相比，还是有很大差距。因此，中国必须要继续完善自身的政治经济制度，改革创新，继续和国际社会接轨。

中国改革开放不会停止，也不应该停止。尽管在当今的国际社会中，一些反全球化的声音此起彼伏，但是作为全球化的受益者，中国发展的这些年，和全球化的发展、国际社会的进步以及自身的改革开放是紧紧连在一起的。

中国作为国际社会负责任的一员，作为国际社会的参与者和贡献者这样一个发展方向不应该偏，也不该变。

这些年，中国给世界作出的贡献，一是在于中国参与国际社会，为继续推动全球化和全球治理的改革作出贡献，二是中国把自己的事情做好，这也是在为国际社会作贡献。现在很多人不讲这个，但是，中国国内很多深层次的矛盾还是要通过改革开放加以解决，如环境问题、社会分配不公问题等。

总之，改革开放让中国发生了翻天覆地的变化，从一个传统发展中国家进入到一个现代化的发展中国家。但是，中国不能停留在已经达到的成就上。中国改革开放这么多年之所以取得这么大的成就，是因为这代人努力上进、求知。就算中国发展起来了，这种精神不该丢，也不能丢。

改革开放以来中美关系及战略互动*

——访美国政治学家、哥伦比亚大学韦爱德教授

▶ 韦爱德

* 原载于《中国社会科学报》2018 年 8 月 30 日。

韦爱德（Edwin A. Winckler）：美国政治学家，著名的中国人口制度专家。韦爱德曾师从史华慈教授于哈佛大学获得本科、硕士和博士学位，后担任哥伦比亚大学魏德海东亚研究所（Weatherhead East Asian Institute）教授和研究员达40年之久。他先后在哥伦比亚大学和哈佛大学等校教授政治学、社会学、人类学、比较政治、比较政治社会学等，并依托上述学科理论研究中国问题，著有：《台湾的政治经济学》（Contending Approaches to the Political Economy of Taiwan）、《中国共产主义的转变》（Transition from Communism in China：Institutional and Comparative Analyses）、《管理中国人口》（Governing China's Population：From Leninist to Neoliberal Biopolitics）等学术专著，并有多篇学术论文发表。

一、对改革开放之初的中国印象

张梅：韦爱德教授您好！感谢您接受我的访谈。这么多年来您一直关注中国、研究中国，出版了重要的研究成果，在国际学术界产生了广泛的影响。我知道您和中国有着绵长而深厚的渊源，记得您第一次访问台湾是在1969年、第一次访问大陆是在1979年，这对当时的西方学者来说，是非常难得也是非常少见的。请问您当时为什么考虑来中国？您眼中的北京当时是什么样子？

韦爱德：我1969年第一次去台湾是为了学习汉语，当然后来也作了一些研究，当时因为“文革”的缘故，我未能去成中国大陆。后来终于如愿以偿：1979年底，我作为美中关系全国委员会代表团的临时成员，应北京城市规划部门的邀请，陪同美国城市规划部门的一个代表团访问了北京等城市。那时的北京与现在很不相同：当时主要的交通工具是自行车，不过那时自行车是被大街上的行人骑着，而不是现在这样在人行道上成堆地躺着！（笑）

东道主的接待工作做得非常到位，对我们这些国外来的客人非常友好。当时我惊讶地发现，尽管经历了十年“文革”，人们对公共议题和话题的兴趣却仍然很高，最近我在北京的调研（我2017年11月至12月又到了北京调研）也表明，这种情况依然如此。

张梅：您是美中关系全国委员会（National Committee on United States–China Relations）的委员吗？这个委员会是一个什么样的组织？

韦爱德：我不是美中关系委员会的成员，尽管我在20世纪70年代曾和他们一起工作过。美中关系全国委员会（以下简称“委员会”）是一个非盈利性组织，成立于1966年，是由研究中国问题的著名学者、公民、宗教和商业领袖组成的一个广泛的联盟。委员会的创始人认为，随着时间的推移，美国公众与中国公民的对话将增进彼此的相互了解，这是稳定和富有成效的中美关系的基石。成立初期，委员会的工作重点是广泛传播信息及公众教育。可自1972年促成了中国乒乓球队历史性的访美后，美中关系全国委员会开始成为两国之间开展公共政策交流最主要的组织。

委员会成员现由来自全国各地的800多名美国人以及80多家公司组成，作为一个免税组织，其资金来源主要来自美国国务院、私人基金会、企业、委员会成员和其他感兴趣的公民资助。20世纪80年代，委员会将其在公民事务、教育、表演艺术和体育等领域的交流扩展到了中美交流的几乎各个领域，促进了中美双方在社会治理、媒体、城市规划、国际关系、经济规划和管理方面等方面的持续交流。近年来，虽然委员会的很多办事程序已经顺应时势作了改变，但基本宗旨没有改变。

我认为，在全球化趋势日趋明显，在美国与中国以及周边国家利益摩擦日趋增多的今天，保持类似美中关系全国委员会这样的沟通渠道的畅通，无疑十分重要。

二、改革开放以来中国发生了巨大变化

张梅：今年是中国改革开放40周年，在您看来，改革开放为中国带来了哪些有代表性的进步？对世界有什么影响？请您用亲历或

见证的实例加以说明。

韦爱德：改革开放是一件好事情，也为我个人带来了机遇，我得以到中国大陆，见证并了解真实的中国。就我个人的例子而言，最重要的改变，是我作为一个外国人可以参与到你们生育计划的考察、了解和改革中来——我 2002 年曾应中国人口与计划生育委员会的邀请担任该委员会的顾问，参与了 1988 年、1993 年、1998—2000 年、2002 年和 2005 年的计划生育工作。

中国是一个生育大国，可是 20 世纪 90 年代早期人口出生率突然大幅度下降，这让国际社会很是吃惊，为此，联合国人口基金会于 1993 年专门派出一个研究团队来中国调查生育率大幅下降的原因，我作为研究专家加入到这个特派团中。经过我们的调查发现，部分原因是一些地区在 1991—1992 年强制执行计划生育，使得中国人口出生率大幅下降。但 1995 年中国在实现了“低而稳定”的生育率后，停止了此类大规模强制执行运动。1998—2000 年间，我参加了在美国新泽西州普林斯顿举行的一系列研讨会，当时中国政府陆续派人口政策代表团前来美国参加与人口管理有关的“高级领导力培训”项目，我的任务是向他们讲清楚中国的计划生育是如何成为美国政治中的重要问题的。2002 年，应当时中国人口与计划生育委员会的盛情邀请，我还研究了该委员会的改革方案，采访了中国一些中央和省部级官员，并访问了两个改革试点地区，其中一个是黑龙江省牡丹江市靠近俄罗斯边境的偏远县。

在我看来，中国生育率下降的速度是现代历史上最快的，婴儿的性别差距也是世界上最高的，这些变化导致中国人口迅速老龄化、社会保障危机迫在眉睫，引发国内外关注。中国人口变化背后的政治进程是什么，中国的人口政策对于政权稳定、中国人民的生活以及中国在世界上的地位有什么政治影响，基于这些思考，我与葛苏珊（Susan Greenhalgh）教授合作写作了《管理中国人口》一书，通过对中国人口政策的全面解读，记录了1949年后中国人口的逐步“政府化”（Governmentalization），政权、行业和个人管理能力的显著增强。21世纪以来，中国政府已经开始从“强硬的”的计划生育方式向“柔性的”管理方式转变，实现了国家的间接监管和公民的自我监管。我的书将政治学与人类学研究结合起来，发展了一种新的跨学科研究方法，不仅展现了政治学对政权能力（Regime Capacity）“从上到下”的分析视角，而且包含了人类学对“生命权力”（Biopower）“从下到上”的分析视角，更改进了过往研究对于制度形态和大众影响的认识不足，完成了“为制度分析注入情感”的任务，为有关中国社会的过渡、政权能力以及中国现代性形态的变化等广泛问题提供了新的答案。

我认为，中国的人口管理为我们理解中国社会和政治提供了一个非常有创新性的分析视角，我力图从政府和社会的角度，从收集到的内部文件、长期的实地调研以及对众多人士的采访——例如我采访了中国人口政策的制定者和执行者、宣传者和批评者、守望者和抵抗者等——来讲述这些转变和其中的故事。本研究还揭示了政府对个体生育的深度干预，以及这些干预对中国社会和政治的深远影响。对政府和社会而言，中国的人口政策创造出了能够在世界经济中取得成功的新型高素质人才，促进了中国的全球崛起。人口政策曾经是中国社会转型的一个落后领域，而现在正帮助中国走向更现代化和国际公认的治理形式，所以，中国的人口控制是积极的和富有成效的。在政治上，它加强了政权建设，创造了一个以生产和培养生命为核心的全新的生物政治领域。未来，中国将更依赖于市场化的变革、公共空间的扩展、广泛社会参与、法治社会与制度化变革，更加注重人口质量、人口政策与卫生等，解决经济快速发展所导致的社会、环境、治安等问题。

张梅：可是，据我所知，后来您的关注点发生了变化，无论是就美国的政治经济、意识形态、移民、气候变化和中美关系等您都发表了很多见解，您在财新网还开设了私人博客，访问量超 21 万，请问您后来关注点转变的原因是什么？

韦爱德：2010 年后，我转向了与中国学者的学术交流，主要是应他们的要求，试图向其报告美国学界关于美国政治和美中关系方面的最新见解。我曾在中国各机构发表演讲，演讲主题从时事政治到社会科学理论，这些机构中比较有影响力的是中央编译局、中央党校、北京大学、中国人民大学等。每次我到中国来，我都会更新我的 PPT。去年来中国演讲的主题是关于特朗普，因为很多中国学者都想了解他，但是我试图解释的是影响美国政治和美中关系的更多结构性因素。为了回应中国为发展马克思主义和强调其价值观所作出的努力，我还讲授了美国意识形态的本质和社会科学的价值取向——我特别喜欢与中国研究马克思主义的学者交流，因为这能帮助我理解中国学者的基本学术理念和研究方法。在我看来，美国意识形态之争主要是温和左派和极右派之间的博弈，也就是民主党进步派和共和党保守右翼之间的博弈，意识形态博弈主要体现在民主党的大政府主张与共和党的小政府主张之争，以及不同国家不同区域之间、种族之间有关政府、经济等问题的博弈。尽管美国的政治家在演讲中经常强调自由、民主、人权等基本价值观，但是由于不同党派之间很难达成一致，实际上很难说美国有统一的核心价值观。

此外，在 2015 年的巴黎气候大会召开前，我还就奥巴马政府在气候控制方面取得的进展发表过演讲和文章。2017 年秋季，我曾提交了一篇关于儒学学者如何帮助推动控制气候变化的文章。我认为，如果要看人类长期的将来，应该慎重应对气候变化的挑战，气候变化存在多种可能性，克服这一难题要分为三个阶段：首先是要了解应对气候变化的重要性，其次是采取措施限制气候变化幅度，最后是克服或适应气候变化。事实上，中国儒家思想中有很多关于“天人合一”等人与自然和谐相处的价值观和文化资源，应该深入挖掘、广泛宣传，推动儒家文化在气候治理方面发挥应有的作用，为控制气候变化作出贡献。

三、美国的全球大战略基于哪些原则

张梅：美国公众、企业和政府如何看待并回应中国的改革开放？

韦爱德：很明显，你问了我一个大问题，我不能一下子给你满意的回答。总的来说，当前美国国内对中国的批评意见颇多，因为美国人认为自己对中国的改革开放帮助很大。最初，美国想要利用中华人民共和国来对抗苏联，可是实施之后，美国人差不多忘记了这项政策。然而，中国并没有按照美国人最初预想的方向发展，研究或制定对华政策的美国人越来越看到了这一点，所以当前他们正在设法调整政策，以便更好地保护美国的利益，但是同时他们又不希望对两国关系造成太大伤害。

张梅：对比中国，美国在这40年走的是一条怎样的发展之路？美国采取了怎样的全球战略？

韦爱德：关于美中双方各自的发展战略，我将分享给你一篇我发表在《中国国际战略评论2015》的文章，这篇文章是根据我2014年在北京大学的演讲整理的，它描绘了美国和中国之间40年来的战略互动。

事实上，从19世纪20年代开始，美国就已经成为美洲地区独一无二的大国。从20世纪40年代开始，美国已经成为主要的全球性大国，有许多盟友，已经形成相当清晰的全球大战略，即美国主导美洲，同时防止其他大国主导欧洲或亚洲。20世纪90年代初苏联解体后不久，布什政府和随后的克林顿政府就已经开始构想后冷战时期的美国领导地位。其基本理念是：既然美国已不再受苏联钳制，那么应该将其领导地位从“自由世界”向全球扩展，美国不仅应在军事领域，而且应在经济领域和意识形态领域也掌握领导权。美国的全球战略主要是基于以下几条原则：

一是阻止竞争性大国（Rival Power）的崛起，诱使上升中的国家与美国合作，如果后者不配合则对其采取限制性措施。我不认同现在有些学者所谓的“修昔底德陷阱”，即守成大国与崛起大国之间必有一战的逻辑。这个概念源自古希腊，基本意思是——斯巴达是守成大国，雅典是正在崛起的国家，两国因安全问题引发战争。但事实是，那时占主导地位的波斯没有直接参与战争。再举个例子，欧洲大国在过去四五百年间并没有发生权力转移，崛起大国和守成大国间很少直接发生战争。事实上，守成大国为争取更多霸权，总是试图把崛起中的新兴国家整合进已有的国际体系内，而不是孤立或攻击它们。同时，崛起国家通常也想加入已有的大国阵营，而并非想着推翻它们。美国可以接纳新兴大国的崛起，前提是后者拥护和平繁荣的国际秩序，哪怕双方对这一秩序有不同的理解。但是，美国不会接纳一个挑战美国全球领导地位的新兴大国，也不会接受一个想要支配西欧或东亚的新兴力量。

二是识别并应对重大威胁。其中大规模杀伤性武器（例如核武器和化学武器）是重大威胁来源之一，现在网络空间和太空也被涵盖在内。而中国在后两个领域内发展迅速，因此重要性日益凸显。在防止大规模杀伤性武器扩散方面，美中两国如果能够在原则上达成共识，那么就可以在实践中解决分歧。

三是通过民主化，使得世界上其他国家逐渐向美国靠拢。这一点不仅便于美国行事，同时美国也认为可使其他国家受益。而人权则是这种民主化的附带原则（显然中国强烈抵制西方版本的“民主化”和“人权”概念），不过，现在美国已经不再积极推动中国的“民主化”进程。

四是通过市场化，以美国为蓝本逐渐重塑世界。美国认为这一原则同样也有益于其他国家，能够带来经济繁荣。从 20 世纪 70 年代开始，美国对华战略的基调一直是鼓励中国发展经济和外交，同时通过维持在西太平洋的强大军事存在“劝阻”中国军队进行军事“冒险”。从 20 世纪 80 年代开始，美国运用这一原则帮助中国发展经济，中国现已融入全球经济，并且欢迎进一步的国际市场化。可是，中国要求改革全球治理，并推动建立新的国际机构。

张梅：您认为中国采取了怎样的发展战略，中美双方又为此做了哪些“互动式调整”？您怎样看待中美双方的战略互动？

韦爱德：1949 年中华人民共和国成立后，中国先后采纳了一系列截然不同的战略，起初是一边倒联苏抗美，然后是独自抗衡美苏两方，接下来联美抗苏，最后重申其独立自主的主张。如果说美国长期以全球领导地位作为其战略主题，那么中国则是一直将和平发展作为其战略主题。众所周知，从 20 世纪 50 年代中期开始，中国就不断强调和平原则的重要性。20 世纪 80、90 年代，中国将和平视为其发展的先决条件。进入 21 世纪后，尽管国力不断强大，中国仍不断重申其发展是“和平崛起”。

近来，中国调整了国家战略，将注意力从大国转向周边国家（尤其是东盟国家）和战略盟友（尤其是金砖国家）。因此在 21 世纪的第二个十年间，中国积极倡议在交通、物流与外交方面对亚欧大陆进行整合，明确中国在亚欧大陆的定位，这可以被看作是通过进取战略维护中国长远利益的举措。然而，量变（少做变为多做）会带来质变（从双边向地区，从西进向东进，以及从海洋向大陆转移），而质变会为中国此前宣布的战略目标与原则增加新的内涵。

总而言之，自 1950 年以来，中华人民共和国的国家战略主要聚焦于地区层面，关注国家自身以及近邻，维持国家政权稳定，保护中国主权，同时发展经济。在公开场合，中国最为强调对外主权，而其中台湾、西藏和新疆又是重中之重。很明显这意味着，尽管常强调和平解决争端，但是中国保留在上述核心利益受到严重威胁时使用武力的权利。显而易见的是，不论中国是否将其列为核心利益，在政权安全和经济发展方面都不会作出让步。美国也力图使中国在上述核心利益领域感到安心，实际上，上届奥巴马政府并未试图推动中国的“民主化”或者挑战中国共产党政权的合法性。奥巴马一再强调，美国将持续支持中国的经济发展。在主权问题上，奥巴马公开重申其 2014 年 11 月与习近平在北京进行的谈话，美国承认台湾是“一个中国”的组成部分，西藏（更不用说新疆）是中华人民共和国的一部分。

特朗普上任后，美国的问题特别体现在执行层面，特朗普政府至今没有任命新的外交团队，外交部依然还是个空盒子。共和党的战略家科恩（Eliot Cohen）认为，特朗普已经破坏了美国与大多数国家及地区的关系。外国领导人们正在调整他们与美国的关系，不管是区域和全球，还是政治与经济。即便下届美国总统有新人选，问题也不可能完全得到解决，因为民粹主义选民对美国的对外参与不满意。美国的知识分子和外交政策精英原本有共同的方向，但现在越来越分裂，尤其是在共和党内。

随着权力的转移，中美两国现在都在调整他们的战略，美国做得少、中国做得多，美国的权力现在已经不像以前那样占主导地位，它在经济、军事上的优势正出现问题，同盟关系也在减弱，而中国的支持者在增加。中国有繁荣的经济、强有力的领导者和精明的战略，如果把美中各自的情形作对比，中国占优势。但仍有不少国家怀疑不断强大的中国将来会怎么做，这一点中国也需注意。

四、特朗普的粗暴方式不能解决问题

张梅：中共十九大提出“中国进入新时代”，请谈谈您对此的理解，以及您对中美关系的展望。

韦爱德：这是一个非常大的问题！我去年秋季从9月中旬到11月中旬都在中国，通过CCTV-13确实听到了很多关于十九大的介绍和评论。10月中旬，我在成都停留了几个星期，看到习近平主席发表他的演讲，报告用时三个半小时，给我留下了深刻的印象。我认为十九大为中国在未来 30 年的发展制定了许多切合实际的计划，对中国的影响是非常好的。

说到美中关系，不管是谁当选美国总统，区别可能不是很大。因为最近几年研究中美关系的学者和分析家都认为，美国应该调整关于中国的政策。1978 年以后，美国为了培植对付苏联的盟友，帮助中国发展经济。但是没有谁能猜到，中国改革开放 40 年后，会在经济、文化等方面如此强大。关于美中贸易摩擦，我对当前两国之间的对峙感到遗憾。当然，正如两国所理解和希望的那样，双方都需要进行一些调整，但是在我看来，特朗普的这种无知和粗暴的方式并不是解决问题的办法。作为一名研究中国问题的学者，我非常希望美中关系在一个良性的轨道上发展，不然我以后来中国开展交流和调研都不方便（笑）。

可是说到对美中关系的未来展望，我持非常审慎的态度，我认为在讨论美中关系时，人们往往会强调两国相对权力的变化以及彼此带给对方的威胁，这是可以理解的。但是有必要指出的是，从根本上说，中美关系不是这么困难！两国领土相距甚远，很难给对方的生存带来致命威胁；美中经济在很大程度上是互补的，且经济上的竞争也是保持在正常范围内。尽管双方在意识形态上存在差异，但是两国人民对对方国家的社会和文化均存有好感。当前，两国的利益分歧在不断增加，某些涉及非传统性威胁的问题，例如核、太空、网络等问题也确实不易处理，但是两国的共同利益在增加，诸如维持全球经济增长、应对全球气候变化、甚至为海洋安全制定相应的政策等。美中两国在什么情形下可能发生战争？在我看来，军舰意外碰撞、台海冲突、第三方找了麻烦、朝核问题以及经济冲突等，这些都是非常现实的问题，需要注意。但是这些都和“修昔底德陷阱”没有太大关系。美中两国关系的进一步发展很可能是通过某些特殊问题的具体合作来实现，尤其是当重要的全球问题只有美中两国协作才能解决的时候。

根据我对改革开放以来美中两国 40 年的战略互动的研究，可以判断，未来几十年的美中关系将变得更加困难，重大机遇与重大挑战并存。美中两国间可能会发生危机（例如正在升级的贸易战），但是鉴于双方都在测试并且了解对方的极限，危机还是有望可控的。两国爆发全面战争的可能性很低，因为这对双方来说都将是一场重大灾难。然而，也不能简单地认为双方绝不可能兵戎相见。这种可能性要求美中两国严肃地关注这个问题，以便努力避免战争。

【汉学家印象记】

韦爱德：中国的“一带一路”倡议非常有远见！

一、名师史华慈门下的高徒

韦爱德教授是美国政治学家，著名的中国人口制度专家，他曾经担任联合国人口基金会顾问、美国国务院政策咨询专家、中国计划生育委员会顾问等。韦教授对于中国人口制度的分析精准深刻，他成功预测了中国政府在未来人口政策上的某些转变。

韦教授于哈佛大学获得本科、硕士和博士学位，师从史华慈教授。史华慈是哈佛大学深具影响的中国学家，他精通英语、希伯来语、法语、德语、意大利语、西班牙语、葡萄牙语、日语、俄语、拉丁语、汉语及意第绪语（Yiddish）12种语言，这对他在东亚尤其是中国问题的研究上帮助巨大，他一直是哈佛大学东亚和中国问题研究方向的学术负责人，其影响直逼“中国学之父”费正清。史华慈的研究横跨近现代中国史、中国思想史、人类文明比较研究三大领域。他是美国最早开展对中共党史和毛泽东思想研究的专家，主要著作有《中国共产主义运动与毛泽东的崛起》（Chinese Communism and the Rise of Mao）、《中国共产主义历史文献》（A Documentary History of Chinese Communism）、《共产主义和中国：

变动中的思想意识》(Communism and China: Ideology in Flux)、《中国及其他问题》(China and Other Matters)等。史华慈中国思想史研究的代表作《寻求富强：严复和西方》(In Search of Wealth and Power: Yen Fu and the West)被誉为“跨文化思想史的开山之作”,《古代中国的思想世界》(The World of Thought in Ancient China)则是他中国思想史研究的顶点，他力图说明中国古代思想与当代跨学科问题的关联、中国文化内部的多样性和张力。此书获多项学术大奖。1998 年 1 月，史华慈荣获美国历史学会“学者荣誉奖”，这是美国历史学会给予资深历史学家的最高荣誉。

史华慈毕生从事中国学教育事业，培养了多名有国际影响的中国问题研究专家，韦教授也是其中非常有影响的一位。第一次听闻韦教授，是在哈佛学友会的群里。从哈佛访学归来的学长、中国人民大学的路克利教授有一天在群里发问：“哈佛和哥伦比亚大学的韦爱德教授现在中国调研，有高校或研究机构想要请韦教授讲学，可以和我联系。”韦爱德教授是谁？带着求解的好奇心，我检索了维基百科和相关中英文的网页，很快弄明白了韦教授的研究领域和主要观点。我兴致勃勃地给路教授发消息，提出由哈佛中国学友会邀请韦教授来作报告，同时我还询问了韦教授讲座的费用问题，路教授告诉我：“韦教授不要讲课费！”这让我听了有些惊讶，同时更增添了我对韦教授的好奇心。因为兼任中国与全球化智库（CCG）华侨华人研究所的副所长，所以我提出这期活动由我们哈佛学友会与 CCG 共同举办，地点放在 CCG，作为“哈佛校友中国公共政策论坛系列讲座”暨“哈佛学友沙龙”的第三期活动，讲座信息在双方的微信公众号和网页同时发布。

那天的讲座现场除了很多哈佛学友、媒体记者外，中国与全球化智库邀请的嘉宾也悉数到场，韦爱德教授全程以中文演讲，博得了现场听众热烈的掌声。后来的提问环节，更是精彩纷呈。让我印象深刻的是韦教授非常平易近人，有一家报社的美女记者提问话筒声音特别小，因为听不清，于是韦教授立刻走下演讲席，一直走到提问的记者面前，近距离聆听发问，这给在场的听众留下了深刻印象，讲座结束后我看到大家对韦教授的谦谦君子之风范均予以赞赏。

二、受福柯等后现代学者影响的中国人口政策顾问

讲座开始前，作为“哈佛校友中国公共政策论坛系列讲座暨哈佛学友沙龙”的召集人和主持人，我有幸和韦教授聊了一段时间，韦教授的中文很好，我用英语向他打招呼，他却直接用中文回答，于是本来想借机练习英语口语的我也随着韦教授切换到了中文频道。后来的报告会，刚开始我也打算用英文主持，可是韦教授提出来他全程用中文演讲，于是我作为主持人又跟随韦教授切换到中文，给我的感觉，韦教授的中文那可真是相当的地道。

我们从改革开放之初他作为美中关系全国委员会代表团的临时成员访问北京等城市谈起，韦教授说起他改革开放初到北京时的印象，他还笑着谈起北京大街上现在到处停放的共享单车，他幽默地表述让我不由自主笑出声来。因为开始前的时间很有限，所以讲座结束不久围绕改革开放 40 年中国所发生的变化，我与韦教授又进行了第二次访谈，韦教授从自己亲历的中国计划生育政策说起，一直说到他应中国人口与计划生育委员会的邀请担任该委员会的顾问等，他用风趣幽默的亲身经历给我展现了中国 40 年的变化。因为之前在维基百科检索过韦教授的资料，所以我对他担任中国人口与计划生育委员会顾问一事并不陌生，但是外国学者对于当时中国的计划生

育政策有什么样的观察和研究我还很是好奇，韦教授为我详解了那个年代的历史，也使得我对外国学者眼中的中国政策有了更翔实的认知。

韦教授与哈佛大学的葛苏珊教授合作写作了《管理中国人口》一书，全面解读了中国的人口政策。在《管理中国人口》一书中，韦教授和葛教授指出，在毛泽东时期，中国的人口政策在顶层设计中出现了“严格控制—宽松—严格控制”的变化，但是在这样的变化背后，是政策制定者从“多人到个体再到人民全体”的过程，从政策制定者的参与程度出发，韦爱德教授得出了毛泽东时期从“官僚到动员再到革命最后回归动员”的过程。而葛教授则从农村与城市不同参与者在这种政策变迁中的反应和斗争，印证了这种分析的相对准确性。除此之外，葛教授的分析表明，中国人口政策的现代化转变，尤其是改革开放后，不仅在宏观层面出现了男女、城乡比例的失调，在微观层面，固有的“男权思维”与“城市思维”得到进一步的确认，而现代兴起的“女权”诉求与“农民工”诉求，更是将这种女性、农村群体的弱势地位确立下来，这种思维对于大众心理、行为与文化的塑造起到深远而持久的作用，也成为社会进一步发展的最大阻碍。最后，他们还提出了对于未来政治制度改革的进一步期许和预测等。

韦教授告诉我，为了完成这本著作，他采访了大量与计划生育相关的人士，例如，中国人口政策的制定者和执行者、宣传者和批评者、守望者和抵抗者等。

在我看来，韦教授和葛教授合著的《管理中国人口》，与福柯的分析理路颇为相似，因为这本著作不仅展现了政治学对政权能力（Regime Capacity）“从上到下”的分析视角，而且包含了人类学对“生命权力”（Biopower）“从下到上”的分析视角，更改进了过往研究对于制度形态和大众影响的认识不足，完成了“为制度分析注入情感”的任务，通过人类学与政治学的结合，由人口政策变迁的角度出发，完成了对中国政府人口政策的全面分析和解读。我想，韦教授和哈佛大学很多鼎鼎有名的学者一样，他们的研究应该都受到了福柯及其他后现代学者的影响。

三、率真爽直的政治学者

在那天的讲座上，韦教授以他多年来的国际政治研究经验告诉听众：国际关系不是台球，国与国之间也不完全是表面的相互碰撞，而是在国际、国家和国内三个层次间相互贯穿。同时，国际关系也不完全是国防和安全问题，也有经济以及文化认同等不同领域之间的相互影响。韦教授是做中美大战略研究的政治学者，他说他所谓的“大战略”，就是要把所有应该考虑到的因素、所有必须达到的目的、所有拥有的资源都整合在一起，把经济、安全和文化因素都包含在内，贯穿国际、国内和国家，连接短期、中期、长期的权衡性分析。

韦教授认为，国与国间的大战略不是相互孤立的。他使用了一个比喻——他的 PPT 用了很多形象的图片，他说：“就像把两只老虎放进一间屋子，即便不了解它们的历史，也能知道它们原先的个性，可以预料，这与把两只猴子放在一起的情形不一样，有虎有猴子的情形也会不同。所以，不管拿什么动物作比喻，他们（中美）都有各自的个性。”从历史上来看，中美关系是相互塑造的，这种塑造并非从“二战”才开始，而是已有两三百年的历史。美国的全球性大战略就是自己主导美洲，同时避免有一个太强的国家来统治欧洲或亚洲。而中国自 1950 年来的区域性大战略是维护国家主权和外部稳定，发展国内经济。随着权力的转移，现在中美两国都在调整自己的大战略。美国正做得越来越少，而中国正做得越来越多。这个实践的过程可能会产生很多问题。未来几十年，中美关系将会变得更加复杂，但是双方仍然有可能管控分歧并避免战争。

给我的印象，韦教授是非常直率的美国政治学者，在谈到新上任的美国总统特朗普时，韦教授毫不客气地批评他，说得全场听众大笑，但是韦教授很快把幽默的话收回来，严肃地说，“说到美中关系，不管是谁当选美国总统，区别可能不是很大。因为最近几年研究中美关系的学者和分析家都认为，美国应该调整关于中国的政策。之前美国为了培植对付苏联的盟友，帮助中国发展经济，但是没有谁能猜到，中国改革开放 40 年后，会在经济、文化等方面如此强大，所以，当前正如两国所理解和希望的那样，双方都需要进行一些调整。”

韦教授特别提到美国战略家米歇尔·格林（Michel Green）的观点，即他认为美国在亚太地区两百年的历史中有五大矛盾：欧洲与亚洲、大陆与海洋、岸上与离岸、自决与普世价值观、保护主义与自由贸易的矛盾。关于这五大矛盾，韦教授评论说：“关于欧洲与亚洲的矛盾，对美国来说，欧洲曾经比亚洲重要，但现在亚洲的分量越来越重。当美国忽视亚洲未来的时候，美国对亚洲的政策就不会很好。”涉及大陆与海洋的矛盾，韦教授认为，“作为海上强国，美国与日本为了对抗大陆上的强国，结成天然盟友，而中国的‘一带一路’倡议非常有远见，将大陆性与海洋性结合，将来会产生比较大的影响。”就岸上与离岸的前锋防线矛盾来看，韦教授认为，“美国现在完全不考虑在亚洲发动战争，但也不排除与朝鲜爆发冲突，相信一百年后美国可能会退到‘第二岛链’，但是速度不会很快，大部分共和党内知识分子认为美国的最佳策略是‘离岸平衡’。”涉及到自决与普世价值观的矛盾，韦教授指出：“尽管在短期内与经济或国防相冲突，长期来看，民主理想主义对美国是有利的。但美国的理想主义本身也包含矛盾：如果价值观完全是普世的，那怎么能让每一个国家决定自己的价值观？如果每个国家都有权决定自己的价值观，那价值观怎么可能是普世的？”关于保护主义与自由贸易的矛盾，韦教授分析说：“这个矛盾已有两百多年的历史。美国为什么要独立？部分也是为了与中国有直接贸易，不想通过中间的英国并付税。美国历史上也曾是贸易保护主义者，但一直想与亚洲通商。从 1945 年开始，美国就在推动贸易自由化。”

最后韦教授总结说：“中国有繁荣的经济、强有力的领导者和精明的大战略。如果把中美各自的情形作对比，中国占优势。但仍有不少国家怀疑不断强大的中国将来会怎么做，这一点还需要中国注意！”

第四部分

关于中国华侨华人

华语语系文学与海外华人文化

——访哈佛大学东亚语言文明系王德威教授

▶ 王德威

王德威（David Der–Wei Wang）：现任哈佛大学东亚语言文明系暨比较文学系汉德升（Edward C. Henderson）中国文学讲座教授、台湾“中央研究院”院士等，主要研究方向为现当代中国文学、晚清小说与戏剧、比较文学理论、殖民时期与现代台湾小说、美国亚裔与移民文学、20世纪中期的中国知识分子与艺术家。

王德威本科毕业于国立台湾大学外文系，后赴斯美国威斯康星大学学习，获比较文学硕士、博士学位。1983年至1986年任国立台湾大学外文系副教授，1986年至1990年任哈佛大学东亚语言文化系助理教授，1990年至1995年任哥伦比亚大学东亚语言文化系副教授，1995年至2004年任哥伦比亚大学东亚语言文化系教授（其中1997年至2002年任哥伦比亚大学东亚语言文化系主任，2002年至2004年任哥伦比亚大学丁龙汉学讲座教授。），2004年至今任哈佛大学东亚语言文明系汉德升讲座教授，同年担任台湾“中央研究院”院士。

王教授在哈佛首开现代文学课程，被认为是海外中国现代文学研究界继夏志清、李欧梵之后的第三代领军人物，其代表性著作有：《从刘鹗到王祯和：中国现代写实小说散论》《众声喧哗：三〇与八〇年代的中国小说》《小说中国：晚清到当代的中文小说》《想象中国的方法：历史·小说·叙事》《如何现代，怎样文学？》《众声喧哗以后：点评当代中文小说》《当代小说二十家》《被压抑的现代性：晚清小说新论》《现代中国小说十讲》《历史与怪兽：历史，暴力，叙事》《后遗民写作》《一九四九：伤痕书写与国家文学》《抒情传统与中国现代性：在北大的八堂课》《写实主义小说的虚构：茅盾，老舍，沈从文》《现代抒情传统四论》《现当代文学新论：义理·伦理·地理》《华夷风起：华语语系文学三论》等。

一、何谓“华语语系文学”

张梅：王德威教授您好！非常感谢您接受我的访谈。据我所知，近年来您一直致力于推广“华语语系文学”（Sinophone Literature），可否请您简要介绍一下什么是“华语语系文学”？它与英语语系文学、法语语系文学、日语语系文学、西班牙语语系文学等有何区别呢？

王德威：“华语语系文学”是一个很特别的专有名词，它是在海外的一群做中国现代文学研究的学者2006年前后发展出来的观点。目前学界看待中国文学和海外文学的一个基调，就是把中国，尤其是中国大陆所写作、传播、阅读的文学称之为“中国文学”。以中国文学为坐标，在政治疆域的范围之外，人们把不同地区、不同国家，甚至不同文化场域里以华语作为沟通方式、以华语作为创作媒介的文学，称之为华侨文学、华文文学、世界华文文学、海外华文文学等。在我看来，这个划分不免有了中央和边缘、主和从的区别，意即中国大陆有一个正统的中国文学基地，他们发散出去的各种影响无论强弱，在不同的国家和地区都得到了相对不同的回应。在过去10余年的时间里，我和其他有着类似观点的同事们都觉得，在现代社会，在讯息和文化流通如此快速的情境里，对文学做这样简单的二分法是不是不再适用？是否可以在中国和海外建立起另外一个批评的界面、讨论的平台，来进一步讨论以华语或者说以汉语书写的文学以及它所产生的复杂、传播、流变、互动的现象——尽管这些现象有些时候是正面的、蓬勃的、发展的，有些时候是抗拒的、批判的、甚至是隔绝的，所以我想利用我个人在海外研究的立场或者说是教学的经验，给大家提供这样一个平台，帮助大家继续思考中国以及海外各种不同的华语文学现象，于是就有了“华语语系文学”的说明，它有一个英文对应词——Sinophone Literature。

相对于华语语系文学，我也想到了英语语系文学、西班牙语语系文学、日语语系文学、法语语系文学等。提到英语语系文学，人们通常想到的是西印度群岛的作者；提到法语语系文学，人们通常想到的也许是法语的非洲以及用了这样的语言作为他们抒情表意的工具的其他不同的区域；依此类推，西班牙语语系文学，或者是日语系的文学……在我看来，这些语系的文学都有它们共同的基础，那就是以殖民和后殖民的理论作为其延伸的起点。你可以想象一下，18 世纪、19 世纪以来，由于西方殖民势力的扩张——当殖民者在第二、第三世界占据了某一个殖民地后，他们将自己宗主国的语言、文化、教育体系等强加于当地的土著身上，年久日深，当地的土著因为弱势的地位必须接受殖民者的教化、教育以及他们整个文化的模式。再经过一两百年，被殖民者逐渐忘记了自己在原来土著时期所承袭的语言传统、文化传统，不知不觉地吸取了殖民国的强势文化力量或者是资本，而成为了一种所谓语系衍生的文学或者文化现象。所以，我想西印度群岛的文学，以及印度在广义的殖民时期所产生的英语写作的文学，都是在这样的一个体系下延伸的。

华语语系文学不同于这些以殖民和后殖民理论为基础的理论模式。因为中国自 19 世纪以来，虽然面临西方列强的政治和军事压力，但是在我的理解里面，中国仍然是一个国家，没有完全被殖民化。在这样一个情境下我使用华语语系文学概念，就存在着一个非常有趣的反讽意义——因为华语语系文学通常强调的是中国的域外经验。中国移民带着自己的语言和文化的传承，移居到中国以外其他不同的地区或者社区，除了他们新学到的语言资源外，他们不曾放弃中文的语汇、声音，还有语言蕴涵的文化传承，所以这个华语语系文学其实是和后殖民主义定义下的英语语系文学、西班牙语语系文学、日语语系文学、法语语系文学等很不一样的，甚至可以说是反向的。

你知道，在广义的中国历史上，尤其是语言史上，中国虽然是以汉语作为语言的大宗，但是在中国这样广袤的土地上，其实有超过 80 多种的语言在流通和使用，这些语言分属于不同的语系，包括汉藏语系、阿尔泰语系、印欧语系等，在这些不同的语系下，我们形成的所谓中国人的语言，是超乎我们狭义定义的以汉语为主的语言的，甚至在汉语的标志上，我们也可以细分出各个不同的支脉，例如像汉语的语系，壮族、侗族等的语系。在这个意义上，我们产生的文学想象，正像巴赫金（Bakhtin）所说的是“众声喧哗”的世界。这个理论也恰恰说到了中国广义的文明里面由不同的声音、不同的喧嚣共同汇集成的这样一个生机蓬勃的语言现象，所以在探讨华语语系文学的时候，我特别强调语言作为一个共同认同的公分母，在语言广义的号召之下，我们仍然可以看出各个不同的族群、不同的文化、不同的区域内不同语言的表征，尽管这些语言的表征在目前的情况下，通常是以汉语作为最后的回归重心，以汉字作为我们流通的重要符号。

张梅：我能否这样理解，“华语语系文学”其实是一个包容的共同体，它力图把海内外所有以汉语书写的文学都包括在内。在您看来，数千万在海外生存、发展、旅行甚或流亡的华侨华人虽然移居到了不同的国家和地区，接触到了各式各样的文化，但是他们中的很多人并未放弃自己的文化源头——语言，他们坚持以中文写作，而您的“华语语系文学”是希望突破学界之前有关政治地理的区分，将语言当作是一个共同认可的公约数，在此基础上对海内外中华儿女所创造出的历史文化赋予更多辩证性的思考。可是，据我所知，在“华语语系文学”的概念之后您又提出了“三民主义”（移民、遗民、夷民）以及“后遗民”的理论概念，好像大家对您提出的“后遗民”概念颇有争议，请问怎样理解您所说的“三民主义”和“后遗民”？

王德威：在美国任教的史书美（Shu-mei Shih）教授认为，华语语系文学的诞生应该是作为一种对抗，或者说是作为一个工具，以对抗以大陆为中心的文化策略。对于史教授而言，华语语系文学之所以有价值，是因为它联结了在政治疆域之外各个区域的不同文化——这些地区的人们都使用华语，但是又有各自不同的认同方向，这是她对于华语语系文学的定义。在这个定义之下其实有一个强烈的批判，甚或是以这样的定义作为抵抗的对象，但是在更重要的一个层次上，史教授强调在华语语系文学的研究下，不见得、甚至不必须以中国作为文学对话的对象，因为就像西方的各个不同语系的文学，一旦离开了宗主国，这样的语言文化创作自然而然就有了它的独立自主性，就有了自维的空间。这是史教授的观点，这个观点无可讳言地受到了强烈的殖民以及后殖民理论的影响。

耶鲁大学石静远（Jing Tsu）教授提出了不同的看法，她也同意华语语系文学的概念，认为我们可以用它来扩张或者扩大以汉语书写作为沟通全球文化脉络的理解，可以以华语作为一个大的公分母，认知不同的地区、不同的文化、不同的人民以及他们以华语书写表现出来的各种想象和实际经验。但是与刚才我提到的史书美教授的观点不一样，石静远教授强调了以政治政权为坐标的中国仍然是我们必须对话的对象。在这个过程中，华语社群作为一个学者继续产生互动的平台，通过不断的来往、不断的协商、不断的沟通来帮助大家进一步研讨。在这种情形之下，她认为华语研究，或者说华语语系文学研究，才有更为可为和复杂的空间，所以，在这里你可以看出来两种截然不同的理论出发点，一个是以对抗作为出发点，另一个是以协商作为出发点。

事实上，说到华语语系文学，我想是不是也可以加入葛兆光先生的说法呢——葛先生和海外的理论未必有什么关系，但是我们看看他这些年的作品，不论是讨论历史化的中国语境，像《宅兹中国》这样的作品，还是他所参与编写的《从周边看中国》这样的作品，都是从不同的受到汉字文化或者说是华语文化影响的国家以及区域来回溯中国被建立、形构、思考和转换的过程，这是葛先生强调的面向。你已经看出来了，与史书美教授强调的像冷战似的政治地理的区分观点不一样，葛兆光教授强调的是历史的脉络，这一点也和石静远教授的观点不太一样。我认为，回看中国几千年的历史，无论是强盛还是衰败，我们都必须要强调历史的脉络、谱系学线索的产生，从严格的历史学的意义上来提醒大家对于时间和历史的注意。

现在回到你的问题，2007 年我出版了《后遗民写作》，我其实是想要和史书美教授做一个友谊的对话，我认为，史教授以华语语系文学作为重新思考海外华语地区人和事以及文化定位，同时借此来拒斥以中国为中心的大中国文学的文化概念，仍然局限于后冷战时期简单的政治地理的切割，试问，今天大家在世界各地旅行、交流资讯和进行文学创作的时候，语言的使用是如此的繁杂、流转，海内海外互相影响，我们能够以这样简单的方式作一个所谓的陆地与海洋，或者说是大国与海外之间的切割吗？我认为这是抽刀断水的做法，所以在这个意义上——其实是在不无调侃的动机之下，我提出了“后遗民”。但是说到“后遗民”，大家不要望文生义，以为我是一个明朝或者清朝的遗老遗少似的。在我看来，正是因为有了“后”字，在某种意义上解构了“遗民”概念原来所带有的忠君、保皇等这些负面的含义。

我认为，历史的千回百转是没有办法用简单的理论、简单的政治立场做一清二楚的划分，尤其是对于千百万因生存、旅行、流亡等各式各样原因出国的有华裔血统的文化人而言，面对着那个渺渺唐山，我们究竟该如何思考什么是中国或者说何为中国，这是一个非常严肃的话题，不应该简化为一个政治立场的表态。所以，在这个意义上我提出了“三民主义”——移民、遗民、夷民。有的中国人是迁移到了海外的，我称之为“移民”；有的是移民到了海外仍然心念祖国，年久日深仍然不能忘怀祖国一切的，我称之为“遗民”；还有的是我们的下一代、我们的下两代，到了英国、法国等国家之后，如果他们忘掉了语言的源头、生活的习性，他们就真的变成洋人了，我称之为“夷民”。今天从中国大陆到美国留学的人中，有很多心念祖国的第二代“遗民”，但是更多的可能是第二代、第三代变成了洋人，变成了“夷民”了。所以，我这个“后遗民”的观点，无非是希望强调我们对于整个华族的背景、华语的延续性，要做出更多更富于历史辩证性的思考，而不仅仅止于所谓政治地理的区分。

“后遗民”概念的争论可能是一时的，但是对于深切关怀文化、历史的我们来说，尤其是对于文学而言，我认为，我们应该化简为繁，用最复杂的方式来陈述一个千丝万缕的有关中国的过去、现在和未来的故事，这是我想提出来的观点。我所谓的“后”不仅可以暗示一个世代的完结——过去就过去了，但是也可以暗示一个时代完而不了，遗失。“遗”是残留、剩下的，但是“遗”在中国的古典文字里面，也有赠予、赠送、留下来的意思，所以在舍弃和保留，在和我们过去的传统、过去的文明做出切割或者做出绵延不绝乡愁似的回顾，这两者之间的光谱是何其复杂，而这样的一个光谱，正是作为文学关怀者以及实践者真正应该着力的方向。

二、如何看待和理解海外华侨华人文化

张梅：关于海外华人的中国性问题，唐君毅先生曾说过“花果飘零、灵根自植”，杜维明先生提出了“文化中国”论说，王赓武教授也说到“实践的中国性”等，我觉得您的“三民主义”和“后遗民”的提法和他们相比有异曲同工之妙。

著名侨史学家刘伯骥先生曾说：“舍文化不足以言华侨，舍文化因素，更无法认识华侨之本质。”这些年因为工作的关系，我在海外接触到了不同场域、不同社会阶层的华裔，从他们的言行中我能感受到他们身上所流露出来的中华文化精神。事实上，当我们在谈论“华语语系文学”的时候，您如何看待不同地区的华侨华人所创造出来的文化成果呢，作为海外华侨华人群体中的一员，您究竟如何看待这一群体的文化？

王德威：我最近看到一个词，我觉得可以用来说明海外这一群体的文化，这个词是“华夷风”。说一下“华夷风”的来源，这是一个故事，发生在2014年的夏天。那年夏天6月末我有一个机会到马来西亚开会，过去我对马来西亚的华语文学有很深的兴趣，也做了很多研究，但是我从来没有在当地访问的经验。2014年在我的学生、有马来西亚华语背景的同事安排下，我到了吉隆坡、怡保，最后到了马六甲。马来西亚这个古老的城市的街道上有许多古老的店

铺，有一个店铺的招牌吸引了我，这个店铺的招牌是左右的，是一副对联："庶室珍藏今古宝，艺坛大展华夷风"。我的"华夷风"一词就来自于这里。这个店其实是一个古玩店，我想这个概念或许是它的拥有者，也或许是它的老板，他们对于这个店里面所陈列、贩售、来往交易的各种各样的文物所做出的定义，对于他们来讲，用"华夷风"这个词既体现了中国文化的特色，同时又融合了海外不同文化影响所带来的不同感触和效果。"华夷风"体现了海外一代又一代不同的居住者、访问者，他们对于个人自身的境遇，他们对于文化来往上，尤其是文物交易上的一些基本的心得。

这让我想到马来西亚的华语文学，尤其是在今天，有多少人会对马来西亚的华语文学产生兴趣呢？你们又知道华语的世界曾经经历过怎样的冒险和波折呢？所以在这个意义上，我有了如下的思考：马来西亚的马六甲老城在 12 世纪是一个王国，是一个叫作马拉加的王国。15 世纪郑和在下西洋的时候来到这个王朝，而与此同时，传说中的中国汉丽波公主也远嫁到这个王朝，成为当时一个重要的文化交流人物。而在此之后的几个世纪，马来西亚和马来亚半岛经历了荷兰人、英国人和日本人的殖民统治，一直到 1957 年马来亚宣布独立，1965 年之后变成了马来西亚。

对于这样一个地方，热爱文学的读者可能不会给予太多的注意。事实上，这个地方，自明代中期以来，有很多络绎于途的华裔移民到来，一直到今天马来西亚作为一个独立的国家，容纳了超过 700 万华裔的人民。而最有特色的地方是，在这样一个华语团体里面，他们坚持着对于中文的不懈追求，这成为他们族群认同的标记，也成为他们在政治上抗争的一个重要号召。我认为，马来西亚的华语文学在这个意义上是有它独特成就的。

你问我怎么看待这一群体的文化，我觉得，在今天，当我们讨论中国文学，当我们讨论广义的世界华文文学或者海外文学的时候，可以借用“华夷风”这个词来说明我对于海外华裔子民经过千百年来所累积出来的文学成果的观察。

张梅：怎样理解您所说的“华夷风”概念？

王德威：“华夷”这两个字大家都不陌生，一讲到华夷，我们首先想到“华夷之辨”，有华夏的问题，也有夷夏之防的问题等。通常，我们想到的“夷”是“他者”，是外国人，是那个野蛮人，是我们不认识的某一个对象。但是，任何一个对于中国古典族群文化做过研究的人都知道，其实华夏的观点指的是中国文明的精华部分。中国有礼仪之大，故称之为“夏”，有服章之美，谓之为“华”。但是“夷”这个字，在中国古典文化里面是没有贬义的，从来不是次等的、二流的、野蛮的隐喻之词。但是经过历史的流变，这个词逐渐变成了一个以华自居的中国本位者看待外族、异邦、藩属的词，这个词逐渐有了高下好坏的意思。对于“夷”的通常判断是有没有文化：一方面是有文化的中国人，而且有中华文化、华夏文化；另一方面，“夷”就变成了一个所谓没有文化、没有任何教化的一个蛮夷之邦的“夷”了。这个“夷”到了清代，当然通称“洋人”，或者外国人，变成了夷的一个对象物。我认为这类的区分有时而穷，就像刚才提到了“华夷风”这样的观点，恰恰提醒了我们，“华”的传统里面从来是包含了“夷”的元素。而在海外的已经被视为夷的一些边缘者，未尝没有对华的向往，或者对华的一些更深、更远的协助、助力。梁启超先生在 20 世纪初年，已经讲到了“即如我中华族，本已由无数之族混成，其血统与外来诸族杂糅者亦不少”……

华夷之辨一直是我们不断思索、思考、辩证的对象。

“华语语系文学”的英文词 Sinophone 的 phone，我译为“风”，它有很丰富的内涵：风是气流振动、风向、风势；是声音、音乐、修辞；是现象、风潮、风物、风景；是教化、文明、风教、风俗、风土；是节操、气性、风范、风格。风以动万物也。我希望，华语语系文学的风，来回摆荡在中原与海外、原乡与异域之间，启动“华夷风”景，这是我对“华夷风”研究的理解和期盼。

三、对“华夷风”更具体的解释

张梅：听起来相当有意思，但是心里还是有一些困惑。作为一名文学青年，在学习和工作之余我也读了很多作家的作品，可否请您举不同地区文学作品的实例加以佐证？

王德威：我用三个不同的故事来进一步展开我对“华夷风”的理解和想象，说明我对于“华夷风”复杂的看法。第一个故事我谈谈世界里的中国。在 1940 年代的初期，新加坡有一个少年，名叫王啸平，当时日本人占领新加坡的时候，他决心抗日，出于对“五四”的向往，他决心离开他生长的地方，来到了当时战乱时期的中国，加入了新四军。在新四军的征战过程中，王啸平认识了一个叫茹志鹃的女军人，他们结婚了，后来生下了一个女儿，那就是现在的王安忆。

王安忆曾以他的父亲为背景，写出了《伤心太平洋》——来自新加坡的华裔少年，怀揣对中国、对中华的憧憬，在战争期间，只身万里来到战争中的祖国——这是我非常推荐的小说。但是除了王啸平的背景之外，我们对于茹志鹃的背景知道多少呢？她是50年代重要的中国女作家，茹志鹃的家族是来自于北方的柔然族。南北朝的时候，这个柔然家族来到了中原。后来，在蒙古帝国的时候，又臣服于成吉思汗，在一次判断失败的过程中，被成吉思汗流放到了中国的南方（江浙一带），所以这个茹志鹃的茹姓，其实是北方一族夷人的姓——甚至是被当作虫子一样的一个族裔（柔然族又叫蠕蠕族）。王安忆在《纪实与虚构》里说明了母系家谱的来龙去脉，思考自己创作的所衷。

通过这个故事，我想要说明的是，即便是自命共和国的女儿，王安忆她也是华夷风阅读下的一个重要资源，或者说是一个视野。从华语语系文学的视角来看，也许我们不能再简单地把王安忆视作为上海作家，而应该把她看作是在一个更复杂的、广义的世界里，不断发生、发展、糅合、混杂的成果。我同时也想到王安忆父亲所来的地方——东南亚或者说南洋，这是一个多么广大的区域，至少有4000万的华裔曾经在此居住过，不论他们的文化、政治、宗教属性如何，他们仍然使用着不同种类的汉族的语言或者说是方言。

还有另外一个作家谢裕民，他也来自新加坡，写作了《重构南洋图像》，讲述了一对新加坡父子在安逸的生活之余，突然有了寻根的冲动，这一冲动把这对父子带到了印尼群岛中间的一个小岛，摩鹿加群岛中的一个小岛——安汶，这个地方是香料群岛的转运站。这对父子来到这个地方才发现，原来家族姓朱，是在崇祯年间经过了甲申之变，流亡到台湾的一群人，是反清复明失败的明代的宗室，最后在清朝统一了台湾之后漂流到了南洋这一带，到了南洋这一带后，大风又把他们吹到了印尼，他们不得以在印尼安身立命了。多年之后，当这对新加坡父子来到这个岛上，找寻曾经姓朱的——300年前的宗室遗民时，他们见到的是一群脸色黝黑、一张嘴只讲印尼土话的土著。当地的中华性在哪里？这样一种绵延的乡愁到底来自哪里，又去到了哪里呢？作家谢裕民在这个建立也不过就是五六十年的岛国背景里，重新思考了个人在文化命脉上非常渺远的传承。

此外，还有资深作家李锐的《张马丁的第八天》，讲的是两个从意大利小城来的修士，一生奉献给了山西省贫苦的农民们，在庚子事变的教难里，这两个修士被打死了。但是在这个故事里面，你如何能够想象操着山西土话的一群中国人，与由意大利来到中国的、用了千辛万苦的方式学习了一口不地道的山西土话的意大利传教士之间的沟通呢？语言和声音在这里是我们想象到的一个特殊世界性的开端。

还有像张悦然的《誓鸟》，在这个故事里面，一个飘零到南海的中国少女，在那样一个不可知的环境里，去淬炼她的中国性，她个人的一个身份……

以上这些作品把我们带向了一个面向世界的场域、一个不同的想象里，重新思考这个中国性所可能带给我们的新的启发应该是什么，让我们明白，中国文学不只是中国土地上的文学，而是世界里的一个中国文学。其实"世界里的中国"的复杂性远不止于此，但是我想我的意思你可以明白，我想说的是，这个世界中有一个中国——不是仅存在于中国大陆的中国，这个世界中有很多的华裔、有很多的华裔子民，用他们也许不够标准的语言不断的传播，才有了这样一个世界里的中国的想象，使得今天以中国大陆为基准的中国文学才能够更为复杂和蓬勃。

我讲的第二个故事和第一个故事是倒过来的，是"中国里的世界"。我想表达的是，在中国这片土地上，它是有它的世界观的，不是以北京、上海几个文学据点作为出发点，它原本就是复杂、多变、不同文化互动的过程。例如来自台湾的作家骆以军，在《西夏旅馆》里用诗歌一样绵秘的、华丽的语言讲述了一个最不堪的故事，我想你如果读过你懂我的意思。在这个故事里面，骆以军通过将西夏和旅馆这两个完全没有关联的空间坐标关联在一起，生发出他本人对于中国文明的想象。

西夏，你知道的，是一个古老的、所谓夷狄的文明。西夏人原来是所谓的唐古特族，也就是我们今天讲的党项或者羌族。这个族裔的文明现在已经消失了，但是曾经有三个世纪（第 10 世纪至 13 世纪），西夏是一个小的帝国，有自己的文明。但是不知道为什么被蒙古人灭掉了。西夏帝国的子民四散奔逃、离散，经过几百年的流浪，最后消失于无形，他们所代表的西夏文化，今天只是人们在考古堆里面做出的各种各样的检验而已。用了这样一个典故，骆以军把西夏这个词安放到旅馆这个观念上。在《西夏旅馆》里面，打开一个房间就是一个华丽的或者诗情画意的场面，不断地像万花筒一样，激发出旅馆里面形形色色的现象。

作为一个外省第二代的作家，骆以军在 21 世纪的初期，写作《西夏旅馆》所谓何来呢？我引用他的话："因为百年来的战乱、大迁移与离散，有另一群人被历史的错谬，脱锚离开了'中国'这个故事的原乡（这其中包括我的父亲），他们在一个异乡、异境，一个再也回不去的抛离处境中，慢慢变貌、异化，在他们的追忆故事中长出兽毛和鳞片，形成另一种'歪斜之梦'的孵梦蜂巢。"所以在这个西夏旅馆里面藏污纳垢，旅馆里面所接受的各种各样的住户，他们不堪的、猥琐的过去，隐藏了太多的焦虑、太多的危机感、太多的感时伤世的辛酸。这是骆以军式的写作，他写出了一个似是而非的中国，在这样一个错综复杂的视觉的、听觉的、错乱的认知过程中，讲述了一代台湾作家面对自己的身份认同时候的感伤，还有无可奈何的告白。你可以想象在这样的中国故事里面，我能感知到“中国里的世界”何其之繁复。

张梅：您举的大部分是海外作家的作品，大陆作家有没有这样的作品实例呢？

王德威：同样，回到中国大陆的语境里，我想到了阿来这样一个作家，事实上我们知道阿来是属于藏族，来自于羌族的自治州。而这个羌族我刚才已经提到了，很可能就是曾经辉煌一时最后被完全歼灭掉的西夏帝国那个族裔里仅剩的唯一一支——他们最后落脚的地方在所谓的阿坝藏族羌族自治州，今天汶川的地方。所以，阿来到底代表哪里？代表西藏吗？他用华语写作又代表中国吗？他告诉我，其实他是不能够真正读懂藏语的，他父亲有穆斯林的背景。这样一个复杂的作家却在2012年写出了《瞻对》，这是对他自己的祖辈，300年前在清代和清廷对抗的一个纪实的文学，又像是报道，又像是虚构，再一次丰富了我们对于现当代中国和中国文学的认知。

又或者我们把目光投向中国的东北——迟子建，来自黑龙江的汉族作家，她在写作《额尔古纳河右岸》的时候，处理的是一个濒临灭绝的鄂温克族老族裔的故事，在这个故事里汉族和其他族裔之间的交汇成为我们阅读的焦点。我觉得阅读这些作家的作品一再刺激着我的想象，因为他/她们在文字的世界里经营着切身的经验或者说是国族的历史，提醒我们华语文学可以给当代的中国文学、汉语文学带来什么样的刺激。

第三个故事是“乌托邦里面的中国和世界”。首先来看看作家黄锦树，他来自于马来西亚，定居在台湾，在过去这些年，他应该是台湾马华文学的重要的发源者。他曾说过："历史是债务，对我而言是条破船，而形式是修补术。"用他的形式，他讲述的是关于马来西亚的故事。在马来西亚建国前后，数百万的马来西亚华裔子民曾经想象着他们可以在马来半岛上建立一个属于他们的、以华语作为沟通工具、以汉文或者中国文化作为传承依靠的一个政治建构。可是在 1957 年马来亚建国之后，华人的地位受到打压，这个梦可能已经不太容易实现了。但是黄锦树所投射的那一代马华的子民，他们想象的政治建构，给予了之后者多少的启发。黄锦树在其作品《鱼》、《南洋人民共和国备忘录》以及《犹见扶余》中，以他个人的笔触重新创造了一个想象中的"南洋人民共和国"——这个共和国当然从来没有存在。但是黄锦树以一种悼亡、伤逝而且又不无讽刺的立场再一次说明了，曾经有的梦想只能在故事里面再一次发光、发热。他以这样一个立场说明了个人对于一个理想的中国、理想的中华民族的传承，一个乌托邦式的寄托。我觉得这些作家的作品带给我们来自不同华语世界的想象，是在国内的作家们，或者是读者们所未曾注意到的。

讲完了这三个故事，现在再回到中国的语境，当我们讨论华语语系文学的时候，我们又怎么安顿像是刘慈欣或者韩松这类作家的位置？他们所想象的广大的华语语系，不只是在地球上，而且是在星球上、在银河里面、在浩瀚无际的太空里面。我想说明，我们看到在全球各地的、各种各样的语境里面，有不同的作家以汉语来书写，来传播他们对于华文和华语的想象，这些作家以不同的场域，来想象他们心目中的中国、他们心目中的中国历史。所以我觉得，当今时代，当我们谈论文学时再去谈论所谓简单国族的分辨、意识形态的纠结，未免显得太小儿科了。当整个中华民族的文明面临几个世纪以来最强大的一次挑战的时候，我们作为 21 世纪的中国学者，又怎么去想象这些作家他们的憧憬、他们的愿景呢？而这个愿景可能是华语的世界里面所挥洒出来的一个新的、不同的空间，我称之为“华夷风”，我觉得“华夷风”这个词仍然值得我们进一步思考，怎么样用来扩充我们对华语世界的憧憬，或者说是对于华语世界铭刻的开始。

张梅：据我所知，近些年您在海外除了教学和研究之外，还为传播和推广中华文化作出了很多贡献，例如您和哥伦比亚大学出版公司合作翻译出版了国内的很多作品，推出了“中国文学翻译系列”，在海外产生了较好影响。请问，您觉得当前复兴中华文化以及推动中华文化“走出去”，我们还需要在哪些方面作出努力？

王德威：我觉得在海外的中国学者，有那么多的资源，又有语言的优势，理所当然应该为学术对话做点工作。近些年来，我和哥伦比亚大学合作翻译了不少作品，来自大陆的、台湾的、香港的，都有。你别看英文市场很大，但是英美读者阅读的口味和趣味其实是有限的，同样，即使是日文、法文、德文的作品翻译过来，也很难成为大众畅销书。但是，我认为好的作品会永远留存下来。对于中华文化“走出去”，我觉得不需要急功近利，这是一个慢慢累积、慢慢影响的过程。

【汉学家印象记】

邂逅王德威，竟如此繁华！

王德威——圆润如珠玉的名字在舌尖滑动，仿佛是通向文学和未知领域的密码，此声既出，顿觉天地雄浑壮阔，竟然是“桃花流水窅然去，别有天地非人间”了！在波士顿，从未邂逅过任何一个学者能够有如此的魔力和内涵，给人以天马行空、汪洋恣意的想象，唯有他，王德威。

王德威，1954 年生，祖籍吉林长岭，父亲王镜仁先生和母亲姜允中女士都是东北极有影响的人物。王教授 1976 年台湾大学外文系毕业即赴美国威斯康星大学麦迪逊分校攻读比较文学博士。1982 年返台，任教于台湾大学外文系，教授欧洲文学史等课程。1986 年，王教授再度赴美，任教于哈佛大学东亚语言文明系，开设中国现代小说与戏剧等课，首开哈佛大学现代文学教程之先河。1990 年，王教授跳槽至哥伦比亚大学，担任东亚系及比较文学研究所教授、哥伦比亚大学丁龙汉学讲座教授和东亚委员。自 1997 年起，王教授担任哥伦比亚大学东亚系两任系主任，被誉为哥大“百年来华裔第一人”。2004 年，不足 50 岁的王德威当选台湾“中研院”院士，并应邀兼任该院文哲所研究员。同年秋，哈佛大学东亚语言文明系邀请其回来任汉德升中国文学讲座教授。自 2008 年起，王教授开始参与哈佛燕京学社董事会工作，担任首位华裔董事和东亚系务等。王教授兴味古雅，勤于写作，出口成章，常受邀前往世界各地演讲和任教，在两岸及欧美等重大文学奖盛会中担任评审委员、主席等。

初至哈佛，我即拟定了王教授的访谈提纲，可是因为学习、调研、论文写作等工作甚忙，直到临回国前一个星期，我才和王教授约定好下午两点在他的办公室清谈。中午是王安忆女士的讲座，王教授主持。听着声音低缓沉稳的王教授对王安忆新作的评价，作为曾经的文学青年，我恍然若梦。讲座之后见到了真实的王教授，才知道什么是中国传统之谦谦君子。他温良敦厚，见面先向我致歉，为着比约定晚了一分钟。然后我们向着他的办公室走，他一直在我后面两步，为着礼貌谦和。快到门口又赶两步到我前面，为我打开了门。初见王教授，给我的感觉是，他果然是“言念君子、温其如玉”。

我们清谈的内容从“文化中国”和“华语语系文学”说起，王教授口吐莲花，我听得如沐春风。聊到酣畅处，才猛然记起此番前来的因缘，既非后学求教，也非凡夫追星，乃是记者采访，于是话题又拉回到我关注的点并延伸下去……时间过得真快，不知不觉已半小时有余，我看着腕表依依不舍起立，王教授则送我至门外。一跨出王教授的斗室，即开始心生悔意，内心有一个声音大叫:“迟了、迟了，仅剩一周我就要离开哈佛回国了，这么有趣的学者，应该早来访才对！”痛彻心扉的后悔，可是想想所剩无几的时间，唯有扼腕叹息。

还好，还有王教授的现代文学课可以补上。于是上课那日我早早到达教室，挑了个不起眼的位置，打开了录音笔。课堂上的王教授与斗室中我见的他迥然相异，谈到中国文学，既有“江山代有才人出，各领风骚数百年”的雄伟抱负，又有“舍我其谁”“知其不可而为之”的慷慨悲歌和义无反顾，更有“先天下之忧而忧，后天下之乐而乐”的人文情怀，他对文学价值判断的忠实坚守、对于文学作品批评的直截了当，他关于此岸与彼岸、通俗与高蹈、边缘与中心的互动往返，让我这个曾经的文学青年心向往之，仿佛置身遥不可及的原乡，想象心灵的疆界还能有这样一处所在，“一棹春风一叶舟，一纶茧缕一轻钩。花满渚，酒满瓯，万顷波中得自由。……”王教授的声音让我远离了复杂的现代社会，忘记了身处波士顿寒冷的冬日，仿佛置身万丈红尘的最边缘，如渔父般天涯泛舟，闲将双目，阅尽沧桑，归去也无风雨也无晴。课毕，有一抹隐隐的感动在胸中荡漾。

“溪边照影行，天在清溪底。天上有行云，人在行云里。高歌谁和余，空谷清音起。”在我看来，文学，作为对人类历史和社会现实的观照，如同小王子的玫瑰花，只是栽种在各人心里，由个性的定义浇灌，王教授的研究也是如此。王德威曾以巴赫金的“众声喧哗”来描述20世纪80年代以来多姿多彩的文学状态——《当代小说二十家》和《众声喧哗以后：点评当代中文小说》就展示了这种众声喧哗的世纪末华丽，与我们习以为常的大陆文学、港台文学、海外华文文学等判别有序的划分不同，王德威的研究突破了以往空间与国界的界限，整合了所有中文叙事的意义空间。在台湾《联合报》、《上海文学》和香港《明报月刊》发表的文章中，王教授提出了“华语语系文学”的表述。在海外的汉学研究界，这不算是一个全新的观念，因为这一概念的始作俑者是海外华人学者史书美，史书美希望经由对“华语语系文学”的定义，完成对“离散中国人”的拆解，实现对“中国中心”的拒斥，建构起排除“中国大陆主流文学”的“华语语系文学”。

王德威改造了史书美“华语语系文学”的概念并大力传扬。他首先对其概念进行了理论辨析，指出在“华语语系”中语言“是最后的‘公分母’”，他既反对简单套用带有后殖民理论意味的英语语系文学、法语语系文学、西班牙语语系文学、日语语系文学等来类比“华语语系文学”，又反对“大中国延伸”。在他看来，“华语语系文学”与“‘后殖民主义’定义下的英语语系（Anglophone）是很不一样的，甚至说是反向的”，不过在“反向意义之外，我们又希望不要把华语语系文学的情况变成了中华文明、无远弗届的老牌的传说或者是迷思，好像中国什么样的文化历史政治因素影响都被移民带着走，到了哪个地方就落地生根，那样就变成了大中国的延伸”。对于中国大陆学界讨论海外华文文学的方式，以及史书美的“华语语系文学”将中国大陆文学排除在外的做法，王德威也表示难以认同。他说：“在我看来，将海外与中国内地相对立，是另一种划地自限的做法……如果只强调海外的声音这一面，就跟大陆海外华文文学各种各样的做法没有什么两样，只不过站在反面而已”。有鉴于此，王教授将华语语系文学视为破除国别疆界、整合世界范围内华文文学论述的一个话语平台，认为“华语语系文学这个概念的研究范围应该扩展至中国内地的现代文学”，在开放和动态的形态下为当前学术格局的改造和理论创新的升级提供新的学术视界和论述方式，让世界性的华语文学得以“众声喧哗”。

除了对“华语语系文学”概念进行理论的辨析之外，王德威还通过对文学现象和作家、作品的分析，将“华语语系文学”的概念实践于对世界范围内的华语文学的研究。在综合分析了杜维明教授的“文化中国”、王赓武教授的“实践中国性”、李欧梵教授的“游走中国性”、王灵智教授的“双重统合结构”、唐君毅先生的“花果飘零、灵根自植”等论说后，王教授提出了他的“三民（移民、夷民、遗民）主义”论以及“后遗民”的理论视野。在王教授看来，中国人移居海外，身份感上是漂泊的（即“移民”），而一代又一代华裔子女融入了当地的文化，真就成为了外国人（即“夷民”）了，但是仍有一些拒绝融入的海外华语发声姿态，坚持“花果飘零、灵根自植”，形成所谓的遗民和后遗民，这既暗示了时间本身的裂变，又凸显了时过境迁的乡愁。

在现如今全球化时代，科技飞速发展、信息飞速流转、知识更新加速、网络异军突起，空间的位移、族群的迁徙、记忆的重组等已经成为我们日常生活世界的重要面向。在我看来，“华语语系文学”更贴近“去国家化”的研究思路，区别于强调海纳百川“大一统”的中华文化，“华语语系文学”凸显的是海内外中华儿女移居和离散的历史，以及与当地居民及其社会文化的交流互动，这曾经在中国传统研究中被感时忧国的宏大叙事视之为无关紧要的细枝末节，却可以帮助我们探寻中国移民对移居地文化与历史的贡献。

因了王教授的理论解析、深入观察和精耕细作，为华语语系文学研究提供了多元的研究实例。近年来王教授又邀请数位海内知名作家学者例如王蒙、张抗抗、王安忆、余秋雨、叶嘉莹、莫言等到访哈佛，并不断召开研讨会，特别是 1996 年，王教授开始推动中书西译计划，把华语文学介绍到世界各地，在海内外学术圈掀起了华语语系文学研究的热潮，产生出许多碰撞，也生发出许多反响。

对于王教授这些年的成就，文学界评论说，“王教授在象牙塔中精研中西方文本早已由技入艺、出神入化！”在他们看来，无论是福柯的话语理论、巴赫金的众声喧哗和嘉年华式狂欢对话理论、布迪厄的文化生产理论，还是热奈特的叙事理论等，王教授早已融会贯通，且运用得炉火纯青，自成一家。王教授则谦称：“那是溢美之言！”他说：“我们对于任何理论、任何方法，都不应该只是人云亦云地推崇或贬斥，对于西方主流的理论话语，我们所能做的就是批判性地转化，它的合法性应建立在能否增进我们对某一文学现象的了解之上。”他自我评价说：“对我而言，保持一种清醒而警觉的研究视角、厘清学术与外部的批评距离、写出好的学术著作等等，都可算是文化参与……作为一个评论者，必须要有勇气说一些真话。我通常缺乏这种勇气，就尽量和作者保持距离，如果有了人情的包袱，就更说不出什么了。”在王教授看来，对于文学现代性的认知，如果没有更广阔的历史意识和知识的铺垫，终究会显得狭隘。他以当代语言叙事为经，辅以“五四”至当代海峡两岸作品为纬，铺陈为绵密多向的论述，其精湛的书评和中英文学术论文，在 20 年前就被学界论为“凝练华丽、掷地有声”。其评论书写文体，在学术界更是独树一帜，俨然有上世纪埃德蒙·威尔逊的大家风范。其以评论书写文学史，成为哈佛等名校课堂的教本研讨典范。

教学研究之余，王教授对表演艺术也颇有兴趣，听哈佛熟悉王教授的老师说，王教授大学时曾票戏扮大仙，现抽暇偶尔画画山水。忆起我在王教授办公室墙上看到的画作，那应该是他的作品。回想王教授在哈佛清谈中闲云野鹤般的率性自由，我等俗人竟连开口谈自由的勇气都没有，惟有默默咀嚼着落差，艳羡地望着大洋彼岸王教授行云流水、任率不羁的本色性情，饥渴般地猛吸几口自胸臆喷薄而出的空气，继续在一灯如豆的暗夜里埋下头去，在此岸安心走自己的路。不同的是，邂逅王教授的盛大风景，胸中如有猎猎疾风冲撞，荡涤了那些原本狭隘的角落，让我带着憧憬上路，步履由是轻松。

走近王德威，便是走进了文学的传说里。邂逅王德威，未曾想竟是如此繁华。

世界历史大框架下的海外华人*

——访哈佛大学费正清中国研究中心主任宋怡明教授

▶ 宋怡明

* 原题为《宋怡明教授与海外华人研究》，原载于《华侨华人历史研究》2016 年第 2 期。

宋怡明（Michael A. Szonyi）：美国著名中国历史研究专家，哈佛大学费正清中国研究中心（Fairbank Center for Chinese Studies）主任，哈佛大学东亚语言文明系中国历史学教授。其小传参前文。

一、研究华侨华人问题的缘起

张梅：尊敬的宋怡明教授，非常感谢您在百忙之中接受访谈。在中国学术界，很多人知道您是美国著名的历史学家，但是他们对您还关注华侨华人问题却并不了解，能否请您谈一谈，您是怎么开始对华侨华人问题感兴趣的？

宋怡明：我研究华侨史，是基于两点原因：一是因为我在从事华南研究的时候发现东南亚的华侨华人社会与中国的东南社会有一定的联系。我开始是做华南研究，在中国的沿海地区做了 20 多年的田野调查，所到之处皆是侨乡，这使我不得不关注华侨因素，所以我对华侨华人问题的研究兴趣是自然而然产生的。我给你举个例子，我调研的地方有两个距离不到一公里的村子，一个村子相当一部分人是在海外，另一个则不是，那个因为有海外关系的村子，无论是经济状况、文化发展都好于另一个村子。所以无论是从经济发展的角度、家庭结构和社会结构的角度来看，华侨的重要性在两个村子的对比中是可以轻而易举地揭示的，这也是非常值得研究讨论的。二是因为我自小在国际城市多伦多长大，多伦多是一个华侨华人聚居的多元文化城市，华侨很多，有部分是偷渡过来的。但是这在当时并没有引起我太大的兴趣，事实上我的研究兴趣主要是由侨乡调研引起的。我认为，华侨史有一定的研究价值，尽管它并不是我的研究重点。

张梅：近年来，中国的海外华侨华人研究越来越热，学者辈出，您怎么评价当前中国的华侨华人研究状况？

宋怡明：说到中国的华侨华人研究状况，我知道的比较有限。让我感觉受益最多的，主要是来自孔飞力（Philip Alden Kuhn）先生的研究。孔飞力先生不仅是我的同事，同时还是我的老师，他在华侨华人研究问题上作出了非常突出的成就。现在他刚刚过世，谈到这个问题让我感觉心里很悲伤。孔飞力认为，海外华侨有史以来的成就，在很大程度上是因为他们拥有很丰富的文化资源，他们将这些资源带到海外，在与海外文化的交流和碰撞中逐渐协调和适应，他提出了“历史资本”的概念，这是孔飞力的很重要的观点。我认为，在研究海外华人移民问题的时候，必须把中国国内的华侨华人研究与海外华人研究结合起来分析，以寻找二者的共同点和规律。

张梅：据我所知，您在哈佛大学开设有“海外华人”研究课程，请问您是如何界定您的研究对象的？

宋怡明：之所以开设“海外华人”研究课程，是因为哈佛的学生需要了解中国历史，也需要了解华侨史，我有义务、有责任将这门课介绍给我的学生。说到如何界定研究对象，我用了海外华人（Chinese Overseas）概念，就是为了避免引起误解，因为我认为，无论是从国民身份（Overseas Chinese 的定义）还是从血缘（Ethnic Chinese 的定义）上，都不能概括所有的华人。而我用的海外华人（Chinese Overseas）概念就是指的从任何意义上在海外能够成为 Chinese 的人，这样，实际上是尊重海外华人自己定位自己认同的自由。因为如果用 Ethnic Chinese，那就表明是血缘最重要，如果是用

Overseas Chinese，那就是表明认为国民身份最重要，而在我看来，无论华侨华人对自己的身份有怎样的理解，但是，只要你在海外，我都可以称你为海外华人（Chinese Overseas）。

二、华侨华人与他国移民的异同

张梅：您如何看待长达数世纪的中国海外移民现象？从世界历史的角度看，华侨华人是国际移民的一部分，能否请您简述一下华侨华人与世界其他国家移民的异同以及他们对当今世界的影响？

宋怡明：中国人移居海外的历史，事实上早于国家概念的产生。在我看来，明清时代中国人流动到海外，不能说是一种移民，因为移民这一概念是源起于国家的概念，而早期中国人向海外流动是国家概念产生之前就有的。

说到华侨华人与世界其他国家移民的异同，在我看来，中国人向海外的流动与其他国家和地区的老百姓的向外流动是一样的，并没有太大的不同。事实上，海外早期华侨史研究存在着误解，我给你举两个例子。第一，20 世纪华侨史研究有一个基本的假设，就是华侨的流动是一种循环流动，而白种人、欧洲人移民是一种单行道流动。可是，如果我们详细审视历史文献，却发现不是这个样子。欧洲人有相当一部分是单行道移民，但也有相当一部分是循环移民，这与华侨是一样的。此外，很多华侨华人研究学者认为，中国移民的特点是连锁移民，实际上意大利到美国的移民、印度到东南亚的移民，这两个国家的移民也是连锁移民。第二，20 世纪华侨史研究有相当一部分学者认为，中国移民与其他国家移民不一样，中国人不懂融合，喜欢聚族而居，住在唐人街，保持原有的生活方式。从这个假设出发，学者就尽力去理解中国人为什么是这样子。实际上我们现在很清楚，华人这样做主要不是他们自身的选择，而是住在国排华的结果，这是他们对住在国排华适应的结果，就像美国的唐人街。

我举这两个例子的目的，是想说明我觉得我们必须把华侨史放在世界历史人口流动的大框架下才能阐释。我的基本宗旨，是要把中国移民在海外的流动放在整个世界人口流动的大背景下进一步揭示。事实上，中国不仅有海外移民，近几十年还产生了海外华人的再移民潮流，特别有意思的是东南亚华侨的再移民问题，这个只有从世界历史的角度去研究、去探讨才能理解。19 世纪美国、加拿大、澳大利亚等国有歧视性的排华政策挡住了中国人往这些国家移民的脚步。而当时，东南亚大部分地区是欧洲的殖民地，殖民主义统治者最初觉得海外华侨移民对他们是有利的，因此，他们吸纳了大量的中国移民。可是后来，东南亚殖民地国家独立后开始排华，而美国、加拿大、澳大利亚等国放宽了移民政策，于是这部分东南亚国家的华侨开始了向美国、加拿大、澳大利亚等国的再移民。东南亚的排华政策在美国、加拿大、澳大利亚的排华政策之后（晚五六十年的样子）出台，就因为那些明显的排华政策，所以才有再移民的现象。因此，如果想了解全球华人流动的演变，你只有从世界历史的角度来研究才能清楚透彻。

三、唐人街是排华的结果，并非华侨华人热衷聚居

张梅：唐人街（China town）是海外华侨华人的聚居区，也是

人们在海外看到的有关华侨华人的最有意思的象征，在北美、欧洲以及世界的许多地方，都可以见到唐人街。请问，您怎么评价唐人街？

宋怡明：为什么美国乃至世界都有唐人街，我觉得要从历史的角度来谈。唐人街的存在不是中国人本身的喜好所引起的，而是美国以及其他国家政府和民众排华所引起的，这并不是一个积极的反应，而是消极的应对。我有一个同事周成荫（Eileen Chow）教授，现在杜克大学任教，她在哈佛开设了一门“唐人街”的课程，非常有意思！我对唐人街的理解主要是来自于她的讲解和指导。从波士顿早期的唐人街历史来看，华侨为了避免美国的排华而聚集居住。当然现在很不一样了，唐人街已经变成了旅游点，也是服务、商业和贸易中心，现在波士顿地区的大部分华人已经不住在唐人街了，这跟以往很不一样。19 世纪末 20 世纪初，当时大部分的华侨都住在唐人街，现在它成为商贸、服务、消费中心，为美国的城市居民提供了很多方便。所以我们不能认为唐人街是历史不变的现象。

第二个我想强调的是，唐人街现在也是中国老移民和新移民的接触点，这是唐人街的另一个新功能。改革开放后，由中国移民美国的大量的技术移民、投资移民、亲属移民等新移民的到来使得美国的华侨华人人数大规模增加。改革开放后过来的这部分新移民与广东、福建的老移民有很多不同，可是新移民和老移民因为唐人街的中介作用现在接触甚多。

张梅：杜维明先生在 20 世纪 90 年代初期曾提出“文化中国”概念，并把海外华人纳入这一范畴，请问，您如何评价海外华人与

“文化中国”的关系？

宋怡明：实际上这涉及我上面所说的认同问题，这就要求海外华人要有选择权利，他希望自己属于文化中国，还是属于另外的文化网络，这完全应该由他们来自主决定。哈佛大学的王德威教授就继承了杜维明先生的提法，认为我们要谈华语语系文学，因为华语语系文学不仅将中国大陆文学包含在内，而且将东南亚和中国台湾、香港地区的文学也包括在内，在这方面我很赞成。

张梅：您能否预测一下华侨华人研究的未来走向？

宋怡明：因为我的研究方向是中国历史，所以我认为华侨史的研究非常重要，未来这一研究仍需继续拓展。特别是将中国的华侨华人放在世界历史的大背景下、国际关系的大框架下加以研究。除此之外，侨乡研究也是华侨华人研究的一个很重要的方面。我在福建沿海地区调研发现那边有很多很重要的史料，可是那一带现在已经完全城市化了，像我之前在那儿做田野调查看到的那些史料，再过二三十年，恐怕看不到了。此外，华侨华人的国别研究也非常有意义和价值。作为费正清中国研究中心“世界上的中国”研究项目的一部分，我希望对美国的华侨华人也开展研究。

【书评】

一位哈佛学者对冷战缓冲区岛屿日常生活的不寻常探寻

——《前线岛屿：冷战下的金门》评介

《前线岛屿：冷战下的金门》是宋怡明教授的大作。在我看来，这是一本试图从社会史的角度解读冷战史的书，可读性极强！因为过去西方学界对冷战史的研究，多聚焦于国际关系层面，鲜少从地方社会变迁的角度加以探究。宋教授立足新的问题意识，从金门军事化、地缘政治化、现代性与记忆四个主题出发，详述了国际政治、国家与地域社会之间复杂的互动关系，试图回答在冷战的国际地缘政治结构下金门这个地域社会的变迁过程。针对宋教授的研究，本文将简述其创作《前线岛屿：冷战下的金门》的写作缘起，详细介绍该书的主要内容和基本概念，同时指出宋教授在研究内容和方法上存在的问题。

一、《前线岛屿：冷战下的金门》一书的写作缘起

19 世纪后半期到 20 世纪，金门经历了极为戏剧性的历史转折。在新中国成立前，金门是一个人口频繁外移、侨汇大量涌入的开放岛屿，可是在 20 世纪后半期金门卷入了国际冷战史，成为世界知名

的闭锁战地，地缘政治、军事化与现代性的历程，呈现于这个前线岛屿。宋教授的这本大作详述了宏观的地缘政治冲突如何影响到金门人的实际生活，以帮助我们进一步了解国际局势与地方社会的接合，以及传统社会受到军事统治支配及其历史文化延续的课题。

如同宋教授在该书序言中所说，他与金门缘起于一个非比寻常且充满戏剧性的开始，在此之前他从未想过要写一本关于金门的书。可是 2011 年 9 月，他应邀去金门参加国际学术会议，期间美国发生 911 恐怖袭击，回去的班机被取消，宋教授因此滞留金门，当时归心似箭的他恨不得效仿蛙人从金门游泳到厦门去。为了打发等待的时间，在金门江柏炜教授的帮助下，宋教授开始走访金门的村落，拜访地方长老并阅读金门的历史文献，由此被金门非比寻常的历史所吸引，开始了此后他往返金门逾 20 次的田野调查，这本书的内容就是来源于他所做的这些研究。

二、《前线岛屿：冷战下的金门》一书的主要内容

这本书的内容主要分为四个部分：

第一部分主要讲述 1949—1960 年间的金门历史，金门军事化和地缘政治化的开端。1949 年古宁头战役之后，美国对于海峡两岸的干预政策，使得国共内战转变为国际化的全球冷战对峙局面。面对这样的地缘政治发展，国民党政权将过去战时的紧急措施加以规范化和系统化，创设了战地政务系统，借以达到监控金门群众和维系意识形态的目的，战地政务系统的建立与金门社会的军事化，使现代化带来的各种紧张关系在金门非常鲜明地显现出来。

第二部分主要探讨 1960—1992 年间金门军事化的发展与地缘政

治化的变迁。1960 年代初期，全球冷战进入了新的阶段，特别是古巴导弹危机之后，两极秩序变得更加复杂。中国大陆开始了“大跃进”运动，国民党政权开启了一系列将金门和马祖打造为“三民主义模范县”的计划，其目的是借由此计划推动金门社会与经济的快速发展，来反衬大陆社会主义建设的失败。可是这套指向经济和社会发展的现代化政策并未偏离军事化的轨道，反而希望通过将金门群众塑造为“现代公民”的方式，达到军事和政治动员的目的。到了 20 世纪 70 年代，随着中美关系的正常化，特别是大陆的改革开放政策，使得台海的军事危机渐趋缓和。随着台美外交关系的断绝，国民党面临日益严峻的政权合法化危机，为了回应台湾岛内日渐高涨的政治改革浪潮，寻求日益减少的国际社会的支持，国民党政权采取了与当时的地缘政治背景相背离的军事化措施，不仅持续增加在金门的驻军，而且进一步改造了金门的民防自卫队，将金门群众转变为战场上实际的战斗力，创设了“战斗村”，将金门村落及其周遭地形都改造为战时的军事堡垒或迷惑及诱困敌人的屏障，以此夸大全球冷战的紧张对峙，藉由战时的紧急状态来合理化国民党威权统治的正当性。

第三部分主要是展现冷战时期金门群众的社会生活，重点考察了冷战时期金门的经济、性别和宗教信仰这样三个面向，指出金门的军事化和地缘政治化深刻影响了金门百姓社会生活的许多面向，例如：耕作、买卖、缴税与抚养子女等，军事化和地缘政治化成为金门民众日常生活的一部分，架构了他们对于金门军事化和地缘政治化的历史经验的不同理解，例如民众对于宵禁、灯火管制与人口登记规则都有自己不同的应对，目不识丁的农民通过学习新的生产技术以贩卖给士兵商品发展了新的商业形式，国民党政权对于金门女性的政治动员与区分，特别是性的商品化反映了军事化的历程如何作用于女性的身体和心理，以及民众对于传统宗教信仰的不同诠释等，显示了国际冲突如何内化为家庭生活、宗教仪式与经济交换的一部分，创造了新的互动模式、新的生活韵律与对各种事物的新态度。

第四部分主要是探讨 1992 年之后去军事化时期的金门，随着金门军事与社会生活的不同面向开始脱钩，进而对金门地方社会所产生的极大冲击，通过金门民众的三种记忆类型：苦难论述、英雄论述和怀旧论述，展现出金门民众对于冷战有别于官方历史的另一种记忆政治，揭示了金门社会与国家、区域和全球地缘政治紧密联结的方式。

三、《前线岛屿：冷战下的金门》一书中的重要概念

在这本书中，宋教授以金门作为研究案例，重点探讨了军事化、地缘政治化、现代性与记忆这四个内在彼此关联的概念以及他对这些概念的不同理解。

军事化通常是指国家加强作战或自卫能力的过程，以及两者兼而有之，可是《前线岛屿：冷战下的金门》一书中宋教授对于军事化采取了更为广义的理解，不仅考虑军队对社会的影响，还要思考军事利益、价值与论述对社会生活的渗透。正如辛西亚·恩洛（Cynthia Enloe）所指出的，“军事化是一步接着一步的过程，许多事物逐渐受到军队体制或军队尚武精神的控制，并且开始仰赖，甚至连价值都受到军事影响。广义的军事化，有时会被误解成是实现狭义军事化的手段。”事实上，广义的军事化可以更一般地理解为创造与运作的政治力量，其实质是任何事物都可以军事化，例如在

金门，可以军事化的事物竟然包括了老鼠尾巴、女性的身体等，甚至新的军事化经济也随之兴起，以满足金门驻军的需求。金门的历史犹如一个缩影，让我们看到了军事化如何影响和改变一个地方社会。

地缘政治化是指金门人的生活与全球政治紧密联结在一起。从20世纪50年代以来，在媒体的广泛宣传下，金门被赋予了地区与世界事务枢纽的意义，成为国际斗争的象征。金门被国民党政权塑造成为亚洲“广大遭奴役民众”的自由灯塔，也是未来争取自由的战争跳板，是冷战中以美国为首的联盟抵抗世界共产主义的标杆，代表了人类历史进步的历程。金门与国际政治的联结体现在很多方面，例如金门受到与国际政治有关的外在事件的影响，北京、华盛顿、莫斯科等其他地方所做的决定往往影响到金门，八二三炮战、九三炮战等都是这些影响的缩影；地缘政治化的另一个体现是美国或美国资助的组织，例如美国顾问团、西方公司、中国农村复兴联合委员会等来到金门为美国寻求地缘政治利益。金门的地缘政治化不仅深刻影响了金门人社会生活的许多面向，也成为金门人了解自身经验的重要架构。

全球与地方的交融还使得金门遭遇到另一股巨大的社会力量，那就是人们通常称之为的“现代性（或现代化）”。在宋教授看来，现代性并不是一套源自西方经验和全球资本主义发展所产生的特定模型，而是一个渴望转变的综合体，其中历史与当代因素会对现代性的过程加以限制。事实上，过去100年来，对于中国应该如何实现现代化，现代中国到底应有何种样貌，中国的政治精英为之进行了许多的论争，认为就像建立国家一样，现代化也不能完全照抄照搬西方的模式。可是一如在其他非西方的社会里，如何协调现代性对中国传统的挑战，成为中国现代化改革者的隐忧。金门的特殊处境使得相对宽泛的现代化议程在此得以施行，也使得特定的镇压与规训形式获得了合法性，这显示诉诸外在政治环境可以让威权体制推动社会转变计划时获得正当性。

记忆是《前线岛屿：冷战下的金门》一书中的第四个重要概念。冷战时期，国民党政权力图从多角度塑造金门这个象征，无论是针对美国、在台湾的民众，还是针对金门民众，国民党政权均采用了不同的塑造方式，其实质是为了维护其威权统治的合法性，使金门民众成为反共政策宣传下意识形态灌输与政治动员的一部分。时至今日，人们已经难以了解金门人对于国民党政权的象征性论述有何看法，可是借助口述历史资料，宋教授还原了当时金门人的集体记忆。通过金门民众的三种记忆类型：苦难论述、英雄论述和怀旧论述，展现出金门民众对于冷战有别于官方历史的另一种记忆政治。

四、《前线岛屿：冷战下的金门》一书中的问题

宋教授在《前线岛屿：冷战下的金门》中的研究立场延续了华南学派的传统，亦即将历史文献中所呈现出来的文化或概念范畴不再视为静态和先验的存在，而是底层民众有目的的行为在特定的社会情境中所创造出来的产物，这种“由下而上”的历史观使得读者眼前一亮，也帮助人们理解了军事化、地缘政治化、现代性等在这本书中不同于以往的内涵。可是笔者发现当宋教授试图以军事化、地缘政治化、现代性来囊括金门这段特殊的历史发展时，仍然是以官方的各种政策作为现代性的具体内容，这不免让我怀疑宋教授所谓“现代性”的观念仍然主要建基于官方的立场之上。事实上，在冷战开始前，金门是一个开放的大侨乡，绵密的华侨网络将东南亚

的物质文化带入金门社会，也使得华侨由下而上介入地方政治，推动基础建设和参与公共事务，造就了移植或混杂的“现代性”。冷战时期的华侨网络虽然受到压抑，但是仍然藉由服膺当局的政治经济需求等形式与金门联结，彰显了地方社会在面临军事化和地缘政治化发展时有限的自主性，可是这一点在宋教授的书中却几乎没有体现出来。

另外，在这本书中，宋教授还有一个观点，他认为：“冷战，以及国共内战，从某种层次上来说是一种群体乌托邦的斗争，亦即双方对于社会如何组织存在着不同愿景，因而彼此竞争。”宋教授作为局外人同时也是作为一名外国人，我觉得他这样评述国共内战倒也无可厚非，可是作为这片土地上生长起来的民众，特别是研究历史问题的中国学者，可能会对此有完全不同的理解。事实上，在笔者看来，当时的国共内战是不能脱离开社会与历史发展的潮流而加以简单化理解的。

全球化时代的海外华侨华人研究*

——访加拿大民族研究联合会会长郭世宝教授

▶ 郭世宝

* 原载于《中国社会科学报》2017 年 6 月 8 日。

郭世宝：现任教于加拿大卡尔加里大学（University of Calgary），博士生导师、加拿大民族研究联合会（Canadian National Research Associations）会长、《加拿大民族研究》（Canadian Ethnic Studies）共同主编，中国国务院侨务办公室专家咨询委员。祖籍山东临邑，1986 年毕业于山东师范大学外语系，1991 年至 1993 年在英国诺丁汉大学（University of Nottingham）攻读硕士学位，毕业后移居加拿大，后在不列颠哥伦比亚大学（University of British Columbia）攻读博士学位，2003 年进入加拿大阿尔伯塔大学（University of Alberta）从事教学和研究工作，2005 年执教于卡尔加里大学教育学院，其主要研究方向为加拿大中国移民、加拿大华人社团等。近年来，他主持完成了多项加拿大联邦政府社会科学和人文学科研究基金会有关移民的重点研究课题和华侨华人社团发展趋势的探索课题，在《加拿大民族研究》（Canadian Ethnic Studies）、《世界移民与整合》（Journal of International Migration and Integrity）等刊物上发表论文 40 余篇，2008 年曾荣获首届"当代华人青年贡献奖"。

一、开拓华侨华人研究的新视角

张梅：郭教授您好！非常感谢您在百忙之中接受访谈。这么多年来您一直专注华侨华人研究，您在分析华人新移民融入加拿大社会遇到的障碍以及华侨华人的循环回流问题时，提出了“三重玻璃效应”（The Triple Glass Effect）和“双重离散”（Double Diaspora）理论，这对华侨华人研究来说是两项重要的理论创新。据我所知，您最初是学教育学的，请问您是如何转向华侨华人研究的呢？

郭世宝：20 世纪 90 年代初，我出国到英国学习，在诺丁汉大学攻读硕士学位。诺丁汉大学与中国的关系一直比较密切，特别鼓励中国学者和学生去访学、就读。我很早就去那里读硕士，读完硕士以后去了加拿大，正好加拿大有机会，我就留下来了。由于长期居住在加拿大，加上我也比较喜欢这个国家，后来就申请了移民，加入了加拿大国籍。加拿大是个移民国家，我也由此对移民研究产生了兴趣。

张梅：现在海外华侨华人研究比较热，你怎么看国内的华侨华人研究状况？

郭世宝：国内的华侨华人研究，我觉得现在已经形成了梯队。由中国华侨华人历史研究所作为领头军，在全国已有多个研究中心。我发现，国内现在对华侨华人研究课题感兴趣的越来越多了。许多年以前，以 2005 年那个时候为例，我回国来参加华侨华人研究会议，国内就只有几个研究所。现在呢，光是大的研究院就有好几个，这是个很大的变化。但是，不足之处也有，当然也是历史原因，现在的很多研究都局限于华侨华人历史研究——历史研究确实非常重要，可以以史为鉴来看现在，但是，它毕竟有一定的局限性。我觉得现在历史的东西已经非常成熟，应该把研究的思维、方法、理论框架放得再宽一点，这样会更有助于以后的华侨华人研究。

张梅：您的关注点主要是加拿大的华侨华人，我想请教一下，您是怎样界定您的研究对象的？

郭世宝：加拿大现有华侨华人 150 万左右，这是以加拿大的人口统计为基础的。我的主要研究对象，是加拿大华人新移民以及社团。在不列颠哥伦比亚大学攻读博士学位时，我的研究方向侧重于教育社会学，博士论文题目是“温哥华中侨互助会的历史及发展”。中侨互助会有可能是加拿大全国最大的移民及华人社团组织，1973 年正式成立，它秉承“互助”的精神来帮助移民。我写论文时，中侨互助会已有 25 年的历史，可是还没有人对它进行过研究，我觉得这个题目很有意思，所以就选了它。我首先是研究它的历史发展，这比较适合当时的华侨华人研究；虽然是从历史的角度来看，但也加入了社会学的元素，因为加拿大是个多元文化的国家，我用了一些多元文化主义的理论，从关注少数族裔群体的权益等方面来加以研究和分析；从历史的角度，看当时为什么要成立这样一个组织、它出于什么样的宗旨、服务什么样的对象。在写论文的过程中，我慢慢地对华人社团产生了浓厚的兴趣。毕业以后，我拿到了阿尔伯塔大学的教职，又对阿尔伯塔的华人社区产生了兴趣。除了中侨互助会以外，我还对埃德蒙顿华人社区服务中心做了研究。此外，卡尔加里也有相应的华人社区服务中心，它们也在我的学术视野之中。通过研究，我对这三个城市的华人社团有了很好的了解。

在这以后，我又对加拿大的中华文化中心进行了探讨，主要看其在文化传承中所起的作用，而社区服务中心主要是社会服务，也就是说文化传承主要是由文化中心来做的。我研究的比较大的文化中心有大温哥华中华文化中心——它算是比较老的文化中心，成立于 1974 年；大多伦多中华文化中心——它比较新，而且在设计上、理念上与温哥华有很大的不同。温哥华这个文化中心比较传统，多伦多则更有现代感，也更侧重于大众化。另外，我还研究过两个比较小的中华文化中心，因为现在大部分研究都侧重于大城市，而二线城市的研究比较少，所以我就开始专门研究除了温哥华和多伦多之外的二线城市，比如卡尔加里（Calgary）和温尼伯（Winnipeg）的中华文化中心，总共是四个。通过研究，我对华人社区服务中心、文化中心等社团有了一个比较好的了解。现在我们在做中文学校、华文学校的研究，看一下这些学校的发展情况，特别是它们在中国语言及文化的传承方面所起的作用。此外，还有对加拿大华人新移民的研究以及他们回流的研究。通过这些实证的研究，我发展了两个比较完善的解释：一个是“三重玻璃效应”理论，一个是“双重离散”理论。

二、何谓“三重玻璃效应”与“双重离散”

张梅：移民现在是一个很热门的话题，很多人都在谈“离散者

（Diaspora）”，还有跨国主义，可是您提出了“双重离散”和“三重玻璃效应”。据我了解“玻璃天花板”是大家经常讲的，用来比喻有色族裔所遭遇到的升职瓶颈，可是您的提法与大家讲的并不一样，您的“三重玻璃效应”应该怎样理解呢？

郭世宝：这个理论是根据我对加拿大华人新移民的研究得出来的结论。在此之前，很多学者都用“玻璃天花板”来研究分析新移民的适应情况，尽管这个理论有现实根据和现实意义，对研究华侨华人的职业发展也很有帮助，但是“玻璃天花板”理论毕竟有它的局限性。局限性在哪里呢？我们知道，在20世纪70年代，“玻璃天花板”的理论发展主要是用来描述美国女性的升职情况，特别是用来揭示美国职业女性在升职中所遇到的困境。在我的研究中，发现有些新移民确实遇到过类似的困境，但是更多的人是根本就没有机会进入职业的大门，他们在求职的过程中被挡在了门外，更谈不上升职了。所以我的研究数据显示，华侨华人的社会适应问题首先面临的是求职，而非升职。在求职的过程中，他们首先需要做的是取得国外学历的认证。例如作为一名工程师，不管是土木工程、机械工程，还是化工，想在加拿大继续做一名工程师，你需要做的，首先是让自己变成当地工程师协会的会员，然后才有资格申请工程师的工作；同样教师、护士、医生也是如此。通过我的研究发现，在升职之前有可能会遇到两层无形的障碍，即“玻璃院门”和“玻璃房门”。关于“玻璃院门”，由于多数新移民没有加拿大的学历，而所持有的中国学历又不被认可，甚至被贬低，造成他们被拒于专业人士协会之外，我把这层障碍称之为“玻璃院门”。

当然也有些人通过学习和考试，成功地打破“玻璃院门”而进入求职的大门。但是在求职的过程中，多数雇主会看你有没有加拿大当地的工作经验，或者英语说得够不够标准，可能会以这些理由来拒绝雇用你，我把这层障碍称之为“玻璃房门”。有些移民成功地打破这两层障碍，变成了专业人士协会的会员并找到自己领域的工作，在工作及升职的过程中才会遇到“玻璃天花板”的问题，或者遇到与白人同事同工不同酬的问题，这也是“玻璃天花板”现象的一种表现形式。通常的理由是新移民的语言不够好，他们不是白种人，面临很多类似的种族歧视。“玻璃院门”“玻璃房门”以及最后的“玻璃天花板”，加起来会产生一种效应，我把它称之为“三重玻璃效应”。在此效应下，有的新移民找不到工作，有的低就工种，例如原来的工程师现在变成了普通技术人员——这种情况非常普遍——那么他们的工作就业情况就非常不好，直接影响到他们的收入状况，出现了社会阶层的下滑趋势，对整个移民群体的融入和融合，有很大的负面影响。以上就是“三重玻璃效应”的来源以及它所造成的影响。

张梅：那如何理解“双重离散”理论呢？

郭世宝：我们通常所谓的“海归”，按照传统的理论解释，都是单向流动——由于某种原因不得不离开原来的故土，移居海外多年后，最终又回到故土，通常称之为“落叶归根”。可是，在跨国背景之下，有些人漂流多年后回来了，但这个回归是短暂的，因为他们在加拿大还有房子、家人；他们希望在中国住一段时间，最后再回去居住，或者退休后去加拿大养老。所以，在这种情况下，海归的归来是暂时的，是移民的整个里程碑中短暂的一段。他们持有加拿大的护照，但同时也确实是海归，这样就有了双重身份，也就是说，他们既是中国的海归，同时又是加拿大的侨民。这是一种双重角色，这样他们就成了促进中加双方文化、经济交流的桥梁，这就是“双重离散”理论的由来。

张梅：从您刚才的讲解，我可以理解为是一种循环回流吗？

郭世宝：对，是循环回流。就加拿大的中国移民来说，他的双重性就是循环回流。原来的移民理论，把移民的过程看作是有始有终，漂流多年后会落叶归根。“双重离散”则把移民视为循环流动，在这个理论下的回流并不意味着要把“移民”身份画上句号，而是把它看成是循环流动过程中的其中一站。

张梅：由于华侨华人是国际移民的一部分，我在哈佛大学时与合作导师、费正清中国研究中心主任宋怡明教授交流时，他也提到欧洲移民的循环回流问题。您有没有将华侨华人与欧洲移民或者是其他国家移民的循环回流进行对比呢？

郭世宝：对比的研究，我还没有做，但有一些思考。通常说的离散而居，最早是看以色列犹太人流动的情况。其他比较大的移民群体还有印度人和英国人。英国人有他们的殖民历史，以前很多移民到英国以外的国家去工作，进行殖民活动，工作多年以后有很多人又回到了英国，但是，越来越多的人是两地居住。不仅仅是英国人，在温哥华我就遇到了一位德国教授（原籍是德国），在温哥华工作多年后现在退休了，可是他有两个儿子在德国居住，他就想和儿子住得近一点，于是就把温哥华的大房子卖掉，在德国和温哥华各买了一个小一点的公寓，这样就可以一部分时间住在温哥华，一部分时间住在德国。这种例子在移民中是比较多的。中国移民随着其经济情况的转变，这种情况可能也会越来越多。

三、唐人街的功能已发生变化

张梅：您刚才讲到的“三重玻璃效应”和“双重离散”，我觉得更适用于华侨华人高科技、高收入群体，可是华侨华人群体中生活水平在中下层的人口占绝大多数，那对于这个群体，您是怎么研究的？另外，我们都知道唐人街，例如我们到了美国之后就会问唐人街在哪儿，在加拿大也有唐人街，您怎么看唐人街这个现象？

郭世宝：其实，“三重玻璃效应”和“双重离散”不仅仅局限于高科技、高收入群体，也越来越适用于中下层人士。在加拿大，唐人街现在也发生了很大变化，其变化体现在它所居住的成员以及华人社团等各个方面。原来加拿大的唐人街，以讲广东话的华侨华人为主体，就是广东籍华侨以及后来的香港移民。1995 年后，随着大陆新移民的到来，唐人街的构成以及很多活动都发生了很大变化，趋向于更加多元。具体表现在：第一，随着大陆新移民的增多，其影响也在增大。第二就是很多人搬出了唐人街，在唐人街以外的地区居住和活动。以温哥华、多伦多为例，温哥华华人原来居住局限于市中心的唐人街或中国城，但后来很多人搬到了列治文（Richmond），列治文虽然不被称作唐人街，但是可以理解为温哥华的第二唐人街（列治文是大温哥华地区的一部分），因为该市一半的人口是华人。有人称多伦多有六个唐人街，这是因为那里的华人社区已经发展和扩大了，已经不再局限于原来所谓唐人街了——这个地理上的位置，现在往外伸展到周边的几个卫星城市，这就是为什么有人称有六个唐人街的缘由。

张梅： 可是据我所知，美国的唐人街，比如说纽约的法拉盛（Flushing）地价很高，很多新来的华侨根本就住不起，所以在这种情况下，他们就只能在外围居住。现在唐人街的功能有没有发生变化？

郭世宝： 功能方面是有一些变化。早些时候，唐人街是华侨华人的居住区，但现在就像你讲的，很多人已经迁往郊区，更多的唐人街变成了商业、文化、娱乐中心，也就是说，已不再局限于原来的居住区了。比如我目前所在的卡尔加里，有一个超市叫大统华（T&T Supermarket），他们的发展就不在中国城。由于现在越来越多的华侨华人在中国城以外的地方居住，大统华这样的一个华人超市就是坐落在华侨华人相对集中的地方，而不是中国城。就是说，虽然中国城仍然很有象征意义，但是更多的活动还是在中国城之外。

张梅： 其实宋怡明老师还有一个观点，他说华侨华人之所以居住在唐人街，不是因为华侨华人热衷聚居，而是因为当地排华，作为对当地排华的消极应对，他们不得不聚居在一块儿，您怎么看他这个观点？

郭世宝：是这样的。如果看华侨华人的发展史，例如在加拿大、美国等地，当时的生存条件特别的恶劣，排华也非常严重，所以就需要华人团结起来，形成一种凝聚力来互帮互助，于是就慢慢形成了唐人街或者中国城。

张梅：宋老师说出这个观点以后，澎湃新闻曾把它作为标题提炼出来，结果引起网上热评，有些中国学者说："唐人街不是这样形成的，中国人就是喜欢聚居，这是中国人本身的特点！"网上这么评论，您怎么看？

郭世宝：应该是两方面的原因都有。当时条件特别恶劣，生活很窘迫，大家为了生存聚居在一起，而且当时各方面排华很厉害。1991 年，加拿大学者凯·安德森（Kay Anderson）就出版一本书，名为《温哥华的中国城：1875—1980 年加拿大的种族话题》（Vancouver's Chinatown：Racial Discourse in Canada，1875—1980）。作者在书中通过对温哥华唐人街的研究揭示了外力强加的身份标志是怎样产生、运行和维持的。她指出，"在加拿大，华人被视为一个'不同'的人群，实际上，异化华人的做法是体现欧洲白人社会的信念与官方行为'文化概念'的实化例子。直至今日，北美和澳大利亚的唐人街仍是那一'文化概念'具体的、物质的显像。"

四、提升华侨华人对中华文化的向心力

张梅：我非常关注华侨华人的文化认同问题，尤其是海外的华

裔子女。习近平主席在会见第七届世界华侨华人社团联谊大会代表时指出："团结统一的中华民族是海内外中华儿女共同的根，博大精深的中华文化是海内外中华儿女共同的魂，实现中华民族伟大复兴是海内外中华儿女共同的梦。共同的根让我们情深意长，共同的魂让我们心心相印，共同的梦让我们同心同德，我们一定能够共同书写中华民族发展的时代新篇章。"以您之见，从国家的层面上，我们应该如何提升华侨华人对中华文化的向心力？

郭世宝：移民在加拿大的民族文化多样化以及经济建设中扮演着重要角色，为了应对移民所带来的文化差异及多样性，加拿大采取的主要举措之一是实行多元文化主义，并成为世界上第一个专门为多元文化主义制定政策并确立其法律地位的国家。这一政策的主要目的是帮助各文化群体跨越文化障碍，完全融入加拿大社会，在维护国家共同利益的基础上，促进各文化群体之间的合作及交流。在加拿大实行多元文化政策的背景下，我觉得提升华侨华人对中华文化的向心力，有许多工作可做。个人认为：一是要加强海外华文教育，逐步完善海外华文教育教材体系、施教体系、教师培训体系、华校帮扶体系和国内外支撑体系，华文学校要与各国各级政府教育部门加强合作，朝标准化、正规化、本土化转型升级，同时推进与孔子学院开展合作，实现优势互补，探索华文教育新模式：二是要通过"请进来"开展日常性的联谊工作。近年来，国务院侨办和地方侨办通过多种方式广泛开展工作，例如组织华裔青少年回国观光访问、实地参观和交流，举办"世界华裔杰出青年华夏行""海外华裔青少年夏（冬）令营"等品牌互动，增强海外华裔青少年对中华文化的兴趣和感知。

我觉得政策的决策者应该注意的是新生代，例如第二代、第三代华裔子女，要平时多去创造一些环境，来帮助他们有更多的机会去了解中国文化、了解自己的中国根，比如侨办夏令营就是很好的一种方式。今年，我们卡尔加里就有一所中文学校和国内某个省级的侨务部门合作举办夏令营，以多样化的方式来开展中华文化之旅，让中国的文化、语言以夏令营的形式得以交流，这非常之好。

张梅：您怎么看华侨华人研究的未来走向？

郭世宝：对于未来走向，我持乐观的态度。我回来参加国内举办的许多学术会议，从整体上感觉，研究兴趣比过去浓，特别是有一些国家政策的扶持，可以申报课题，这样的一些措施能够进一步推动研究。可是在研究理论和方法上还需要进一步地提升，原来局限于历史的角度，现在需要更广、更宽一些，这是其一。其二就是我们还要注重应用研究，这个非常重要，也就是说，要将理论和实践结合起来，这样对实践也有一个推动作用，当然反过来对于理论构建也有帮助，这样才会促进整个华侨华人的研究工作。其三，华侨华人研究资金短缺也是一个问题。我还算是比较幸运的，拿到了加拿大的多项国家社科基金，可以开展不同层面的研究。但是，现在申请经费竞争性很强，只有 22% 的成功率，也就是说资金还是一个大问题。当然也需要一些举措来鼓励更多的学者，有越多的人感兴趣越好，因为不同的人、不同的经历、不同的观点，会带来新的不同的研究视角。加强新理论的构建，对实践也更有指导意义。

【汉学家印象记】

郭世宝博士与加拿大华人新移民研究述评*

一

加拿大华人移民的历史脉络已十分清晰，重复这方面的研究很难有新意。郭博士充分利用长期在加拿大生活与工作的优势，集中精力研究华人新移民在加拿大的生存适应与经济社会融合，取得了丰硕成果。他关于加拿大华人新移民的代表性研究成果有三篇，是宏观与微观、定性与定量、理论与实证相结合的典范。他的第一篇代表作《加拿大的华人新移民》（The Changing Face of Chinese Immigrants in Canada）是一篇宏观定量分析的论文。该文以加拿大权威的登陆移民数据系统和 2001 年加拿大人口统计数据为基础，运用阶段性移民流动理论，分析 1980—2001 年间移居加拿大的华人新移民的主要特点。该文指出，这段时期移居加拿大的华人新移民与之前的华人移民有着明显的差异。他们不再是来自中国东南沿海的广东和福建农村，而是来自世界各地 132 个国家和地区、讲 100 多种语言或方言的华人新移民。文章认为，来自香港和台湾的新移民

* 原载于《华侨华人历史研究》2012 年第 1 期，系万晓宏教授所写的文章，经万晓宏教授授权收入本书，酌情有修改。

比来自大陆的新移民有更多共同点。即使是中国大陆新移民本身，在 20 世纪 80 年代到 90 年代之间也发生了很大变化，其中最显著的一点是很多人受过高等教育并作为专业人士移民加拿大。华人新移民的主要特点既反映了加拿大的移民政策，又是由其造就。除了政策的影响之外，移民来源地的政治环境变化对华人移民加拿大的模式也有影响，如“1989 年政治风波”和“香港 97 回归”。然而，加拿大移民政策产生的经济效益与其筛选的人力资源产生的效益并不匹配，如文中所述，华人新移民素质虽高，但在加拿大劳工市场都明显失败。主要原因是移民选择政策与加拿大劳工市场的需求不一致，加拿大雇主不承认移民在加拿大之外获得的有价值的资格证书。

他的第二篇代表作《温哥华的华人新移民：何去何从？》（Chinese Immigrants in Vancouver：Quo Vadis）是一个典型的实证研究。温哥华、多伦多和蒙特利尔是加拿大华人新移民选择定居的三个首选城市，因此，以温哥华为例进行的实证研究具有代表性。论文运用“三角移民模型”理论，通过网络问卷和个人问卷调查相结合得出的统计数据，分析了华人新移民在温哥华定居和适应的经历，目的是评估他们在未来的去留。调查结果显示，非经济原因如环境、教育和公民身份是华人移民加拿大的主要动机；就业和语言是华人新移民融入温哥华当地经济社会的最大障碍；由于他们在中国获得的大学文凭和工作经历在加拿大不被承认，他们在加拿大的经济成就不佳，这些阻碍了他们融入当地社会，增加了他们对加拿大生活的不满。论文认为这种不满将导致华人新移民离开温哥华。

他的第三篇代表作《关于移民向下层社会流动的调查：卡尔加里和埃德蒙顿华人新移民经济社会融合比较研究》（Understanding Immigrants Downward Social Mobility：A Comparative Study of Economic and Social Integration of Recent Chinese Immigrants in

Calgary and Edmonton)[①]，既是一个典型的实证研究，又是一个珍贵的比较研究。郭博士在文中首先指出加拿大在接纳移民方面有丰富经验，移民在加拿大的经济发展中扮演重要角色，但当前加拿大的移民政策至少存在三大问题：第一，移民在加拿大的分布不均衡。新移民主要集中居住在多伦多、温哥华和蒙特利尔，但这些地区的总人口仅占全国的三分之一。第二，由于移民人口分布不均，导致加拿大的移民政策倾向大城市，忽视中小城市。如卡尔加里和埃德蒙顿等二线城市的移民在快速增加，需要研究者和政策制定者更多关注。第三，由于大多数移民定居在三大都会区，关于移民的研究也优先集中在这些地区，导致二、三线城市移民的经历被研究者忽视。由于移民定居和融合的过程具有很强的地方性，在全国层面集中于三大都会区的研究得出的结论低估了对具体社区的真实影响，因此有必要加强对二、三线城市移民的研究。

然后，郭博士采用调查问卷法对这两个城市华人新移民的经济社会融合过程进行比较研究。调查发现，近年来的华人新移民专业人士普遍学历高，但收入低；影响他们移民的最重要因素并非传统的经济因素，而是加拿大优美的自然环境和良好的教育制度；实现当初移民目标的新移民专业人士不到一半，没有实现移民目的的人，其最大困难是语言障碍和缺少加拿大的工作经验，其次是以前的中国学历与工作经历不被认可和没有加拿大学历或资格证书。这些障碍导致许多华人新移民专业人士高失业、低就业、经济表现不佳、社会经济地位在不断向下层社会流动，这些反过来又阻碍了他们融入当地社会的进程。

---

① 这篇文章经修改后正式发表，题目为：《加拿大二线城市华人新移民经济融合研究："三重玻璃效应"与移民向下层社会流》(Economic Integration of Recent Chinese Immigrants in Canada's Second-Tier Cities: The Triple Glass Effect and Immigrants Downward Social Mobility)。

在结论部分中，郭博士对他们社会经济地位向下层社会流动的深层原因进行分析，提出“三重玻璃效应”（The Triple Glass Effect）理论，即新移民专业人士在加拿大的社会经济融合过程中至少遭遇三个层面的无形障碍。第一层是“玻璃院门”，即决定他们能否获得专业会员资格并有机会进入专业工作领域的大门。但是成功的专业资格认证并不能保证他们就能获得院门内的专业工作，需要专业公司雇用他们。在获得专业工作之后，许多新移民专业人士遇到第二层障碍——“玻璃房门”，“玻璃房门”阻碍了本身处于劣势的新移民专业人士进入高薪企业的途径。雇主可能拒绝向他们提供高薪专业工作，因为他们没有加拿大的工作经验，或者他们以前的工作经验与加拿大本地人相比处于劣势，或者因为他们的肤色或英语口音。而那些幸运闯入高薪专业公司房门的华人新移民，因为种族和文化差异，可能会遇到第三层障碍——“玻璃天花板”，即很难上升到管理层。更糟糕的是，一些新移民与白人从事同一工作，但工资比他们的白人同事低，在收入上产生了种族上的不平等。这三个层次的无形障碍出现在新移民融入当地社会经济过程中的不同阶段，合起来就形成“三重玻璃效应”，导致新移民专业人士高失业、低就业、经济表现不佳和社会经济地位向下层社会流动。

这一研究发现在加拿大二线移民接收城市的移民研究方面填补了一项重要空白，对其他移民城市亦具有借鉴意义。文章最后呼吁加拿大政府采纳融合框架，通过改革外国文凭认证程序，实行全面会员制以平衡移民的自由流动，努力实现认证公平，这对帮助华人新移民专业人士在当地的经济社会融合具有重要意义。由于“三重玻璃效应”，移民向下层社会流动的原因非常复杂，要解决这一问题需要政府部门、专业协会、雇主、教育机构和学历评估机构的相互配合。认证公平不是把移民看作有缺陷和不足的个人，而是承认他们对社会的特殊贡献，肯定他们的文化差异和多元是社会的正资产，为他们提供多元公民身份作为普遍公民身份的一种选项。

二

经过 30 多年的改革开放，中国在 2010 年已成为世界第二大经济体，仅次于美国。在此背景之下，大量的投资者、外资企业和服务机构都在中国建立分部。在他们的雇员中，很多是许多年前移居加拿大的华人移民，后来又回流中国。因此，理解他们在中加之间的跨国经历变得十分必要和有意义。但有关华人新移民回流中国的研究在学界非常少见。郭博士善于发现这一新问题并进行深入研究，他的《回流的中国移民或离散的加拿大人———探讨加拿大华人在中国的经历》一文是这方面的代表作。该文主要探讨居住在北京的加拿大华人的双重离散经历，不仅是关于新移民回流问题的实证研究之一，而且是学界首次运用“双重离散”（Double Diaspora）理论对华人新移民回流问题进行解释。

运用“双重离散”理论解释移民回流现象的文章最早出现在犹太人研究中，而非华侨华人研究界。英国作家凯伦·奥尔卡赖（Karen Alkalay）在 2002 年撰写的《双重离散：在以色列的英国作家》一文是运用该理论的开山之作。该文探讨了犹太裔英国籍作家在以色列的双重离散生活，强调离散的程度是一种文化的、文学的和以个人为中心的感受，与对祖籍国以色列的变化而稳定的认同是一致的。许多华人像犹太人一样有着同样的双重离散生活。郭博士由此产生灵感，运用并发展双重离散理论来解释当今回流的中国新移民这一新现象。

离散在早期是指群体在内力或外力的推拉下离乡背井，迁居异地，但仍保持对家乡的集体记忆。如犹太人、非洲人、亚美尼亚人、爱尔兰人和巴勒斯坦人都是典型的离散群体。近年来这一概念已经被广泛用来描述各种类型的离散群体及其社区。在描述离散时有三个基本要素：空间离散、对祖籍国的心理定向和边界维持。离散是一种重要的资源，对祖籍国和离散个体都有益。离散联系能在农业、贸易、商务、减贫和维和等方面带来积极变化，在弥补个体与社会、地区与全球、特殊性与世界性之间的差距方面发挥重要作用。如移民输出国主动加强与海外侨民的联系，强调移民是祖籍国的宝贵资源，设立国家机构推动成立移民团体，发展与移民群体的合作项目，宣传本国艺术家的作品，给予海外侨民双重国籍。这些行动的目的是为了培养治外法权式的国家认同。在全球化时代，各国经济联系更加紧密，为离散者创造更多机会。与传统的家庭移民、永久定居和独特的公民适应不同，单向移民正在被不同时期的、横向的、往返的迁移所代替，如访问、学习、季节性工作、临时合同、旅游和寄居。因此，离散需要民族国家拓宽对移民的理解，以解释多元归属和联系，使离散忠诚变得更加开放和可以接受。

然后，郭博士以北京为例进行的调查发现，过半受访者称他们回流中国之前在加拿大没有实现他们的主要目标。妨碍他们实现目标的主要因素有缺少社会网络、中国文凭和工作经历不被承认、缺少加拿大工作经验和语言差异。新移民专业人士的这些负面经历导致他们在加拿大失业或低就业，经济社会地位向下层社会流动，也导致他们回流中国。同时，中国的引进海外人才政策进一步推动了这一回流潮。调查发现，在中国的就业再融合方面，绝大多数回流华人表示已经实现他们的主要目标；在社会再融合方面，大多数人认为重新融合到中国社会中没有遇到困难。对那些遇到困难的，主要是对环境污染不适应、对中国官僚机构不适应、建立社会网络有困难和文化不适应，但大多数人表示不后悔回流中国。他们在子女上学和申请居住许可两个方面最需要帮助。离散的一个重要特征是通过不时地探访或回流保持与祖籍国的联系。考虑到很多人在加拿大仍有直系亲属成员，可能有些人将来会再回到加拿大定居，而另一些将继续做空中飞人。

调查结果也表明，由于全球化和现代交通通讯的发展，加拿大人正变得具有国际流动性。在北京的加拿大华人是一个年轻而且受过良好教育的离散群体，他们在经济上很活跃。这一离散群体具有双重属性：他们既是加拿大人又是华人；既是离散者又是海归。尽管一些人拥有加拿大公民身份，但其他人还没有归化。他们以前的祖籍国是他们现在的接受国，他们新的接受国也是他们原来的祖籍国。与传统上长期是祖籍国公民的离散群体不同，他们在祖籍国居住的时间相对短暂。他们有双重特性：一方面，他们是完成华人离散循环的中国海归；另一方面，他们的迁移并没有停止。事实上，中国只是他们迁移中停留的一站，他们将继续跨国迁移。他们的双重特性使他们在中加之间扮演文化使者和经贸桥梁的双重角色。

调查也发现，离散的加拿大华人在北京经历了巨大的机会和挑战。与多年前离开中国时不同，一些人遇到适应困难。研究他们的双重离散经历对加拿大公民身份是成功实现国际迁移的观念提出了挑战。尽管加拿大护照在许多国家都免签证，但生活在中国的加拿大华人没有这一特权，即使他们出生在中国，因为中国不承认双重国籍。他们在中国申请工作许可时，可能遇到较复杂的官方审批程序。因此，对生活在中国的加拿大华人，他们加拿大公民身份的光环不再，一些人甚至隐瞒或放弃他们的加拿大公民身份。针对回流的加拿大华人越来越多，郭博士提醒加拿大不应该忽视回流到中国的新移民对帮助加拿大拓展中国市场、改善加中关系以及提升加拿大国际影响力方面的作用。针对他们再融入中国社会时遇到的困难，他建议加拿大加强领事服务，改变现行海外继承公民权办法，让在海外出生的第二代，也能像加拿大土生公民一样，享有相同的公民权，同时与中国政府合作制定一项承认双重国籍的政策，以促进中加之间的跨国迁移。

三

郭博士的华人新移民研究成果不仅有较高的学理价值，而且有重要的社会现实意义。他提出的华人新移民在加拿大遭遇“三重玻璃效应”，在当地社会引起了很大反响。加拿大多元文化电视台（OMNI）对他进行了专访，节目播出后，引起了加拿大社会的广泛关注和各级政府部门以及华人社团的重视，目前，有关各方正在合作解决新移民遇到的融合障碍。他撰写的研究报告《在北京的加拿大人》由加拿大亚太基金会（Asia Pacific Foundation of Canada）发表后，加拿大广播公司（Canada Broadcasting Corporation，简称CBC）对他进行了专访并制作专题，节目引起了加拿大社会对华人新移民回流问题的热烈讨论和联邦政府的重视。中国大陆各大报刊和网站都进行了报道和转载，在中国社会也产生了较大反响，有力促进了中加两国政府合作解决回流华人遇到的融入困难。

除了在加拿大华人新移民研究方面的突出成就之外，郭博士在华人社团、移民的外国文凭认证、文化多元化与高等及成人教育方面都有深厚造诣。他的博士论文《加拿大华人社团研究：以中侨互助会为例》（Success A Chinese Voluntary Association in Vancouver）

是华人社团研究的典范之作。他在移民的外国文凭认证方面发表了论文多篇，不仅在学术界引起较大反响，还得到政府相关部门的重视。文化多元化与高等及成人教育研究是他独具特色的移民问题研究，是其他加拿大华人问题学者所没有关注到的。他在这两个方面的研究成果不仅多，而且影响大，以至于被选为加拿大成人教育研究学会共同会长、《加拿大成人教育研究杂志》（Canadian Journal for the Study of Adult Education，简称 CJSAE）副主编。

近年来，郭博士主持完成了 8 项加拿大社科及人文学科研究基金会有关移民的重点研究课题和华侨华人社团发展趋势的探索课题，出版专著 2 部，发表论文 40 多篇，为加拿大华人问题研究和中华文化在加拿大的传播做出了应有贡献，曾荣获“2008 首届当代华人青年贡献奖”。他在分析华人新移民融入加拿大社会过程中遇到的障碍时，以“玻璃天花板”为基础，提出了“三重玻璃效应”理论；在研究华人新移民回流过程中首次运用“双重离散”理论来解释，是华人新移民问题研究的两项理论创新。此外，他长期从社会学的视角，把定量和定性相结合、历史与现实相结合、理论和实证相结合的研究方法，值得国内从事华人新移民研究的学者关注并借鉴。

世界史视野中的华侨华人*

——访新英格兰华人历史学会副会长杜荣佳教授

▶杜荣佳

* 原题为《中华文化传 华侨是桥梁》，原载于《人民日报》（海外版）2016年9月12日。

杜荣佳（Wing-Kai To）：新英格兰华人历史学会副会长，布里奇沃特州立大学（Bridgewater State University）历史学教授、外事处长，兼任哈佛正清中国中心研究员。他本科就读于香港中文大学历史系，专攻明清华南史研究。后就读于美国加州大学历史系，获硕士和博士学位。2002年他转向华侨华人研究，写作有《1870至1965年的波士顿华人》（Chinese in Boston，1870—1965）一书，在美国产生了很大的影响。

一、当前中国的华侨华人研究状况

张梅：尊敬的杜荣佳教授，非常感谢您在百忙之中接受访谈。这十余年来您一直关注华侨华人、研究华侨华人问题，出版了有重要影响的研究成果，在美国学术界产生了广泛的影响。能不能请您谈一谈，您是怎么开始对华侨华人问题感兴趣的？

杜荣佳：我本科就读于香港中文大学历史系，毕业后去美国加州大学就读，研究方向是明清华南历史。因为我在香港读书的时候，我的老师比较注重从香港的角度研究华南怎么走向世界，以及华南与中国和世界的关系，而我又是南方人，所以从一开始对华南历史就比较有兴趣。我到美国后一开始研究广东历史，因为我住在旧金山附近，接触到了加州的很多华人，其中就有很多来自广东的侨胞，了解到华侨淘金和建造铁路的历史，觉得挺有兴趣的，但是那个时候，我还没有开展这方面的研究，以研究广东的宗族社会、民间社会为主。20 年后，我在波士顿接触了新英格兰的华人历史学会，当时这个历史学会里的一些元老是最早的一批华侨的后裔，同时学会里还有一些教授和学生，他们对研究波士顿地区的历史很有兴趣。当时麻省大学波士顿分校有个美国亚裔研究计划，我也加入到了这项研究计划中。我觉得，从移民这个新角度去研究华侨社会是很有意思的事情，因为波士顿的华侨华人非常多，唐人街也很古老。我和研究侨乡的老师们接触多了，后来对侨乡研究也有一定的兴趣，所以我从 2002 年开始专门做华侨华人研究，在这之前主要是做华南研究。

张梅：近年来中国的海外华人研究越来越热，学者辈出，您怎么评价当前中国的华侨华人研究状况？

杜荣佳：中国的华侨华人研究历史已经很久了，最初建立的几个研究中心主要是在北京、广东和福建，在过去的20多年里做出了不少的成绩，开始的时候研究方法比较古老，也比较重视华侨华人对中国的贡献以及与中国的关系，在这些方面的研究成果很多。在我看来，年轻的学者要走出老的华侨华人研究领域，着眼于新的领域，就要从国际范围内的华侨华人这个角度去做研究。近十年来，国内学界对新加坡、美国、澳大利亚这几个国家的研究多了一些。以前国内的华侨华人研究主要集中在东南亚地区，这是因为东南亚华侨的史料比较多，而且容易了解，现在东南亚华侨华人研究已经很深入了，对美国、加拿大、澳大利亚、欧洲、非洲的华侨华人研究也拓展了新领域。我觉得，对国内年轻的学者来说，最大的缺点是他们缺乏海外生活的经历，对海外社会了解不足，大多从书本和访谈上来谈，没有“田野”的材料，所以他们的研究比较片面；可是优点是以中国为中心，可以从华侨华人的原居地去看。总体来说，我觉得，目前国内的华侨华人研究成果很多，研究所也不少，和国外研究机构合作的机会也比较多。

张梅：从世界历史的角度看，华侨华人是国际移民的一部分，您如何看待长达数世纪的中国海外移民现象？能否请您简述一下华侨华人与世界其他国家移民的异同？

杜荣佳：其实这个问题很难回答。因为华侨华人在本土的移民历史已经很长了，而且也已经有很多研究，但是在海外的中国移民主要是从鸦片战争后到当代这 170 多年的历史，从这段时期可以看到全球化对海外华侨华人的影响。从 19 世纪晚清社会开始，出现海外移民，这和全球的发展脉络接近，美洲和大洋洲的发展也是在那个时候。中国的海外移民一方面与中国对外的全球化过程相关，新的商业网络给他们带来了新的谋生机会；另一方面也和大洋洲、美洲的发展历史有关。我很同意你这个看法——要从世界史的角度研究华侨华人，中国的华侨华人史，不仅是中国史的一部分，也是世界史的一部分。事实上，可以将中国移民和其他国家的移民做些比较研究，比如说犹太移民和中国移民的比较，他们处在白人群体中如何谋生？因为这两个都是少数族群。另外一个可以比较的是，华人和其他亚裔民族例如印度、韩国、日本的比较研究。此外，还可以比较的是不同的本地族群如何在本地主流社会中融入，因为我们都知道美国和欧洲社会是多元文化的融合体。我觉得，中国移民的出国原因是多元的，有战争、灾难、经济等多方面的因素，而其他族群多以一个因素为主，比如说犹太移民主要是因为战争的迫害，越南也是因为越战。以前的意大利、爱尔兰人的移民也可以和中国移民做比较，因为都是 19 世纪的美国群体。国际移民是很好的题目，因为现在国际移民研究很重要，是了解全球文化的关键部分。

二、在美华侨华人以及唐人街现状

张梅：据我所知，您写作有《1870—1965 年的波士顿华人》一书，在美国产生了很大的影响，您能否简要介绍一下这本书的写作情况？

杜荣佳：我那时候主要是从图片的角度去观察市民的生活。我对庶民生活这个研究范围比较感兴趣。我做的研究主要是从移民档案、民间生活以及民间社团的角度出发。我对三个团体比较感兴趣：一是学生团体，二是公民团体，三是商人团体。我觉得移民主要是这三个脉络，所以我就从这三个脉络出发寻访波士顿和新英格兰地区的侨团，然后看这三个群体在本土社会是如何形成的。晚清时期的留美幼童来到康涅狄格州（Connecticut）影响了整个地区学校的发展，庚子赔款时来美国的留学生也是到了这个地方，我对他们同样也感兴趣。但是，后来我觉得在波士顿的唐人街对小街巷做些历史研究也是有意义的——这就类似国内做上海市民研究一样，我觉得，华侨华人历史也可以从民间生活这个角度去研究。后来，我收集了一些材料，主要是图片材料，刚好美国一家出版社在做从美国图片看华人历史这方面的丛书，所以我就出版了这本书。我之后的研究主要是围绕这个脉络来看华人历史——华人是怎么来到波士顿的，如何建立华人社区，如何建立唐人街，妇女的地位如何，"二战"对华人有什么影响，"二战"以后华人移民开放后他们的生活是怎样的，等等。

张梅：请问您是如何界定您的研究对象的？

杜荣佳：我用的是 Chinese Americans。我当时考虑了两个说法：一个是 Chinese Americans，另一个是 Chinese Diaspora/Migration。因为 Overseas 这个概念主要是以中国为中心的说法，而我是从世界移民和世界史的角度来研究在美华人，所以我更倾向于用 Chinese Americans。

张梅：中国香港和新加坡地区的华侨华人研究使用较多的是 Chinese Overseas 这个词，您是怎么看的？

杜荣佳：Chinese Overseas 这个词重点在 Overseas，而 Overseas Chinese 重点在 Chinese 上，我还是同意前者，就是从世界史的角度去看待中国历史，而不是从中国的华侨华人如何走向世界这个角度。

张梅：近年来，在海外华人研究中，引进了跨国主义、离散者、网络和社会资本等概念来分析全球化时代的移民浪潮，您认为这些概念在建构海外华人与全球移民现象之间的联系方面有何帮助？

杜荣佳：这些概念主要是针对以前狭窄的观点，因为仅从民族主义、马克思主义的观点去看待华侨华人历史是不充分的。移民的原因有很多种，海外华侨华人对国家的情感、与国家的关系有很多种不同的形象。离散者、跨国主义这些概念将华侨华人看作是世界的公民——他们的身份可以是美国公民也可以是欧洲公民，但是他们的国籍不是他们的文化身份。我觉得，跨国主义这个词对文化的理解比较宽泛一些，深刻一些。此外，还有从社会学、族群的角度来研究，历史和社会是结合的，一个国家可以是多元文化的，华侨华人在这样的社会环境中生活，他们和其他族群间的关系怎样，这个也是研究的重点，所以我觉得跨国主义的概念可以深化华侨华人研究。

张梅：唐人街是海外华侨华人的聚居区，也是人们在海外看到的有关华侨华人的最有意思的象征，在北美、欧洲以及世界的许多地方，都可以见到唐人街。请问，您怎么评价唐人街？

杜荣佳：我觉得唐人街是一个活的社区而不仅仅只是一段历史的见证。虽然新一代的移民不一定会居住在唐人街，但是它仍然非常重要，因为它是历史的延续，在历史文物保护方面也是很重要的。最初的移民阶段，华人建立了不少的商店、住宅区域，唐人街见证了华侨华人在世界历史上的演变，它也是研究华侨华人历史最重要的田野资料。

张梅：之前，我在访谈哈佛大学费正清中国研究中心主任宋怡明教授时，提到唐人街，他觉得唐人街是中国移民在海外受到排斥后的应对，以美国为例，因为美国民众排斥华人，所以当时的华人不得不聚居在唐人街，这是成因，后来唐人街变成了商贸中心、娱乐中心和交易中心。虽然现在很多华侨华人都不住在唐人街了，但是它仍然是老华侨和新华侨的接触地。

杜荣佳：“二战”以前过来的老一辈华侨建立了很多老的寓所、公馆，现在改革开放后的新华侨他们也建立了新的会馆，我觉得这两者是可以作比较的。另外，你说老华侨和新华侨之间的接触，如果新华侨不是教育水平很高的，他开始的时候也是想住在华侨华人聚集地的，但是世界上很多唐人街都位于市中心，楼价比较高，不能解决廉价房屋供应的问题，很多新移民负担不起。而如果将唐人街改造得干净、漂亮，白人就会搬进来，这就不是华侨华人的聚集地了，这个问题就好像国内老北京拆建和保护问题一样，唐人街的保护也是一个问题。

三、华侨华人的身份认同与文化认同

张梅：杜维明先生在20世纪90年代初期曾提出“文化中国”概念，并把海外华人纳入这一范畴，请问，您如何评价海外华人与“文化中国”的关系？您又如何看待现时代华侨华人的身份认同与文化认同？

杜荣佳：杜维明教授在他1991年的论文中提到“文化中国”这个概念，1994年他出了一本书，里面有篇文章又提到“Culture China”这个概念。他提出的“文化中国”概念包括三个团体：一是中国到外面的华侨，二是在亚洲其他地区的华人，三是全世界研究华人的团体包括了海外汉学家等对中国感兴趣的外国人在内。他的意思是说，不同团体都是文化中国的一部分，不仅仅只是居住在中国的人，我觉得这个概念很有意思。因为中华文化是全球性的，中国人分布在全世界，他们虽然在文化理念上有所不同，但这也是中华文化多元性、复杂性的体现。有的人在表现中华文化方面有些割离，这不能说明他们不爱国。第二代、第三代的华侨不懂中文，虽然他们认为自己是美国人，但是他们仍然是中国血统，这也是中华文化在世界上的一部分的体现。杜维明先生的这个观点之后有其他学者重新做了推广。事实上，文化中国不仅是从思想史、文化史去看，也要从生活史、世界经济史的角度去看，因为杜先生是哲学史和文化史方面的专家，所以他主要是从思想文化的角度去阐述这个概念。之后的社会学家做过不同的阐述。中国文化无处不在，

"Diaspora"这个概念也很有意思，以前唐君毅教授很有意思地形容过"Diaspora"，他说"花果飘零"，我认为这不单纯只是失落的感觉，它还有充实的含义在内，中华文化在世界范围内广泛传播。

张梅：讲到华人华侨的民族认同和文化认同这个问题，我比较忧虑的是第二代、第三代、第四代的华侨华人他们对中国的文化认同越来越弱。

杜荣佳：这也是一个过程。有的确实是越来越弱，有的则要重新去看。这要看家长是怎么去引导的。有的家长要求孩子不要说中文，因为害怕说中文会受到歧视，以前确实存在这种情况，本土的语言说不好，只是会说中文又不被本土社会接纳。而包括美国在内的一些比较开明的国家允许使用双语，你可以说中文但说好英语是有利的，家长的文化认同和民族认同是很重要的，有的希望脱离中国文化，有的对中华文化还是富有兴趣的。

张梅：我们在海外有中文学校，在传播中华文化，包括培育华裔子女的文化认同方面起了很大作用，从国家战略的角度来看，您觉得可以从哪些方面推进华侨华人文化认同，增强民族文化向心力呢？

杜荣佳：以前采取了很多的策略包括你说的中文学校、组织回国的寻根团等。我觉得重要的是如果中美关系好一点，一般人对中华文化有兴趣的话，他就会慢慢接受。不能完全强求孩子从小开始学说中文、参加寻根团这样的活动，我觉得强逼来的结果不一定是好的。可以创造一个好的环境和氛围，让他们觉得学习中华文化有意思，周围有很多朋友一起参加中华文化相关的活动、学习中文，或者到大学后选修一些与中国有关的课程，或是毕业之后找与中国相关的工作，这些都可以逐渐培养华裔子女的文化认同。因为每个国家的文化生态不同，有些国家不是政府控制。侨务工作方面，中国的侨务团体要和本地的不同华人团体多接触，团体之间不要分太多的派系，因为以前大陆的团体、中国台湾的团体和说英文的华人团体交往不密切，各有各的做法。我觉得本地的华人即使不说中文也可以参加他们的活动，培养一个良好的文化氛围，共同推动海外华裔子女对中华文化的认同。

四、美国华侨华人在中美关系发展中的作用

张梅：中国是世界上最大的发展中国家，美国是世界上首屈一指的发达国家，中美关系的好坏不仅直接影响两国的未来及发展，亦波及亚太地区乃至全世界。有人说，在中美关系的发展进程中，华侨华人发挥了重要作用，请问您如何看待华侨华人在中美关系发展中的作用？

杜荣佳：这要看华侨华人在推动中美双方经济、政治、文化交流及发展方面起到了什么样的作用。如果华侨华人有较高的社会地位，他会是华人之光。我们都知道，美国和欧洲的社会是白人当政，因此华人在本土的政治参与就显得很重要。如果他在政治参与方面做得好的话，对推动中美关系就会有很大的帮助。比如说骆家辉，

他存在争议的地方是大众觉得他太美国而不够中国，但是他作为华人担任大使也是参政的一个重要过程，尽管他汉语说得不好，但是他作为华人对中美关系还是有所推动的。其他的华人例如朱棣文、杨振宁、李政道等也发挥了很重要的作用。另外一部分，例如像百人会这样的团体也是很重要的。

张梅：您能否预测一下未来华侨华人的研究走向？

杜荣佳：国际移民方面的研究是很重要的，因为世界上有很多问题是移民造成的。有一部分人反对国际移民，认为国际移民对国家安全造成威胁，并且民族主义很强的人很排外；还有人比较赞同国际移民，他们的想法是从多元化发展、全球化、国际文化交流的角度出发的。对于国际移民方面存在的争议不仅针对华人，对其他族群也是一样，所以这个话题在今后还是非常重要的。现在华人的流动性比 20 年前要强很多，出国人口的比例比以前高，中国国家经济发展比较好，所以移民出去之后再回归，我们说的“海归”这个概念在今后还是一个很重要的讨论话题。此外，中国国际地位增强后出去的新移民需要融入当地社会，也同样存在很多挑战，所以新移民的研究也是一个很重要的方面。从国际移民、中国强大、美国社会的多元化、新移民这些方面来看，海外华侨华人研究还是有许多值得研究的方向。我本人因为是研究华侨华人史的，所以我觉得不仅要做当代移民的研究，以前的移民也还是有许多题目可以做、很多观点要去修正，口述历史、民间文献发掘，还有数据图像遗址这些还是很重要的，因为历史你不去研究它就流失了。

【汉学家印象记】

杜荣佳：华侨华人对推动中美关系可以发挥重要作用

一、深耕美国华侨华人研究的历史学者

杜荣佳教授是新英格兰华人历史学会副会长，美国马萨诸塞州（Massachusetts）布里奇沃特州立大学（Bridgewater State University）历史系教授，兼任哈佛大学费正清中国研究中心的研究员，主要研究美国华侨华人史、新英格兰地区和波士顿地区的华侨华人历史以及唐人街等。

初识杜教授，缘于宋老师的引荐。初到哈佛第三天，我和合作导师现任费正清中国研究中心的主任宋怡明教授见面，他详细询问了我在哈佛的研究计划和需要他提供的帮助。因为我的研究重点是华侨华人，所以我请他在这个方面给予我指导和帮助。宋老师向我简要介绍了他之前给哈佛大学本科生所开设的“海外华人”研究课程，并遗憾地告诉我，这门课程他这一两年内不会再开，但是他可以找出这门课程的讲课提纲发给我供我参考，不仅如此，他还会帮我引荐这个研究领域的专家学者。

见完宋老师后不久，我即接到了宋老师发来的邮件，他嘱咐我和杜荣佳教授联系，并发来了杜教授的联系方式。我给杜教授发去邮件，恰

逢第二天是波士顿华人社区的图片展，于是杜教授约了我展演会现场见面。波士顿的公共交通远不如国内便利，第二天下午我等了好久才等到一辆巴士，赶到杜教授所说的地方，讲座已经快结束了。讲座结束后，我上前和杜教授介绍并交谈，始知杜教授原来是香港人，师从科大卫教授（与宋老师可算是同门），后来到了美国加州大学留学，留在波士顿，他从2002年开始专门做华侨华人研究，在这之前主要是做华南研究。

那天聊天的主要内容是围绕波士顿地区的华侨华人展开。波士顿是美国东北部举足轻重的经济中心，其华埠的发展始于19世纪末20世纪初，早期移民多来自广东台山等地，最初在餐馆、洗衣店等处工作。经过百余年来的经营发展，该城目前已拥有占总人口7.52%的常居华裔人口（近10万华侨华人），以及规模位列全美前三名的唐人街，成为美国著名的华人聚居区。

从1890年波士顿第一家华人杂货铺“广和隆”的招牌和店内摆设、1903年街头被美国人围观的中国式葬礼、1931年华文学校第一届师生大合照……杜教授通过历史图片向我介绍了波士顿地区华侨华人的基本状况，展示了华侨华人的街区建筑与商业文化、早期酒楼和洗衣店、公所社团、华文学校、民乐戏剧、妇女组织和儿童活动等，让我深刻理解了那些背井离乡、去大洋彼岸寻梦的华侨在波士顿打拼扎根并传播中华文化的艰辛历程，给我上了一堂生动的历史课。

二、拓展华侨华人历史研究应具国际视野

事实上，美国华侨华人的历史也是杜教授关注的另一个课题。与杜教授见面后不久，杜教授所在学校另一位副教授有大作出版，召开新书发布会，因为新书发布会的地方离哈佛不远，杜教授邀请

了我参加。抓住这次见面的宝贵时机，我请杜教授谈谈他对美国华侨华人历史研究的看法。

杜教授将其有关美国华侨华人的研究分成四个部分向我做了介绍：第一是关于美国华侨华人的定义与历史分期。他首先从移民时间长短、移民意愿、血缘等不同角度，对华人的概念进行了辨析，并分享了他研究美国的原因。杜教授将美国华人历史划分为排华时期、冷战时期、移民改革时期及当代时期。第二是关于美国华侨华人与世界华侨华人研究因视角不同而形成的不同流派及其在海外的主要代表人物。其中包括世界历史派，代表人物为将华人移民群体分为华商、华工、华侨、华裔的王赓武教授；历史生态派，代表人物是哈佛大学已经去世的孔飞力教授；文化社区派，代表人物是令狐萍教授；少数聚居群落经济派，代表人物为周敏教授等。第三是美国华侨华人研究的重要课题与争议。这些重要议题和争论包括：对在边疆开发及淘金、铁路建设中的华工的历史评价、唐人街的形成、纸儿子 / 女儿现象、当代留学热、投资与代际问题等。第四是对美国华侨华人研究的前景展望。杜教授提出了一些值得关注的研究方向，如美国华人的新社交媒体影响、美国华人的政治派系及新唐人街的前景等。他提出要从不同视角对这些课题进行研究。

杜教授还与我分享了他多年从事美国华侨华人研究的感悟，他认为移民研究不应只强调国家层面，还应具有国际视野，同时生活体验也是了解海外华侨华人的重要途径。

三、乘坐开往布里奇沃特州立大学的列车

宋老师将他的“海外华人”课程提纲找出来发给我后，围绕宋

老师的讲课内容，我设计了一系列问题与宋老师进行了面对面访谈，后来又去了纽约、费城、华盛顿等地的唐人街调研。调研结束后，已近深秋，按照我之前拟定的访谈计划，我给杜教授邮件，希望也能和他做个访谈，杜教授爽快地答应了。

哈佛距布里奇沃特州立大学尚有不短的距离，杜教授告知我可以乘坐美国的火车，届时他开车到火车站来接我。他给我选定了上午由波士顿开往布里奇沃特州立大学的列车，看看时间将至，我匆忙购买了火车票，打车去了火车站，登上了开往布里奇沃特州立大学的列车。

因为是第一次乘坐美国的列车，我非常好奇。在火车上，我发现乘客非常少，我所在的一节车厢也不过三位乘客，胖胖的美国警察走过来和我打招呼，问着我中国的情况，我有一搭无一搭地和他聊了几句。与中国不断提速的火车相比，美国的火车仍然停留在刚建设初期的水平，列车的运行速度非常慢。事实上，不仅美国的火车，美国的地铁也是如此，与中国干净整洁亮丽的各线地铁相比，美国的地铁永远是黑乎乎的，灯光晦暗，在地铁上读书看报几乎很难看清楚书上的小字。离开哈佛前听说中国的中车集团给波士顿增添了橙色的崭新的地铁列车，可惜，这个项目开始的太晚，我没有机会去体验。

到达布里奇沃特州立大学附近的火车站，新英格兰深秋绚丽的红叶摇曳，杜教授已经早到了，他开车载我去他所在的学校。在车上，杜教授向我介绍了这所学校的历史——布里奇沃特州立大学成立于 1840 年，最初是一所师范学院，目标是培养合格的教师人才。从 1960 年开始，学院逐渐将教育范围扩展到了人文科学、商业及航空科学等领域。布里奇沃特州立大学现在已经成为了一所公立的文科学院，也是马萨诸塞大学系统（麻州有九所州立大学）中最大的一所四年制高等院校，学校现有 38 座教学楼，占地面积 278 英亩，有超过 5 万位校友，师生比例为 1 ：20，且 92% 的全职教师拥有博士或其他学位。布里奇沃特州立大学不仅为学生们提供本科及硕士学位的课程，近年来还与马萨诸塞大学联合开办了博士学位的课程。学校现有超过 95 个学生俱乐部和组织，2012 年有 2270 人被学校授予学位（在马萨诸塞州排名第四位）。布里奇沃特州立大学的目标是为学生们提供最好的教育体验及无限的机会，并且所有这些都将在一个合理的价格范围之内。

谈到他为什么会到这所学校任教，杜教授向我解释了他当时的就业选择。博士毕业后他分别在香港和美国寻求工作岗位，最初的工作岗位是在香港，可是看到美国这边有招聘，于是又到了美国，后来布里奇沃特州立大学面向全球发布招聘岗位，于是他就来了。这个学校在他看来是颇为理想的工作岗位，虽然收入可能不如哈佛、耶鲁、麻省理工学院等世界名校高，但是已足够养活一家人。现在杜教授除了担任历史系的教授，还兼任学校国际处处长的职务，每年为推动中美之间的教育和文化交流做出重要贡献。

四、海外华侨华人深受全球化的影响

我们的访谈从华侨华人作为世界移民的一部分开始，杜教授告诉我："在海外的中国移民主要是从鸦片战争后到当代这 170 多年的历史，从这段时期可以看到全球化对海外华侨华人的影响。"作为科大卫教授的学生，杜教授的研究与宋老师颇有异曲同工之妙。杜教授一开始也是研究华南史，到了美国又改成研究广东史，后来接触到华侨淘金史等，觉得非常有趣，于是又转向了华侨史的研究。杜教授认为，全球化对海外华侨华人产生了很大的影响。

作为海外华侨华人研究学者，杜教授指出当前国内的华侨华人研究欠缺了一个方面，那就是国内很多年轻的学者缺乏海外生活的经历，对海外社会了解不足，大多从书本和访谈上来谈，没有“田野”的材料，所以他们的研究比较片面。但是他们也有优点，那就是以中国为中心，可以从华侨华人的原居地去看。

谈到华侨华人与其他族裔的比较研究，杜教授谈到了犹太移民、印度移民、韩国移民、日本移民等的研究。事实上，犹太移民也是我正在关注和研究的对象，以色列从一个刚建国时饱受战火困扰，资金、技术、人才极其匮乏的落后贫困国家发展成为今天经济富足、科技高速发展、人才优势突出的现代发达国家，其海外侨民发挥了非常重要的作用，特别是美国的犹太院外集团影响非常大，有人甚至于把美国犹太院外集团称为“在另一条战线作战的以色列军队”。杜教授的讲解给我的研究带来了很多启发。

谈到华侨华人在推动中美关系发展中的作用，杜教授指出，因为美国和欧洲的社会都是白人当政，因而华人在美国本土的政治参与非常重要。如果华人在政治参与方面做得好的话，对推动中美关系就会有很大的帮助，例如骆家辉。杜教授认为骆家辉存在争议的地方是大家觉得他太美国而不够中国。杜教授认为，“尽管骆家辉汉语说得不好，但是他作为华人对中美关系还是有所推动的，其他华人，例如朱棣文、杨振宁、李政道等对推动中美关系也发挥了重要作用……”

时间过得真快，不知不觉，已经过了中午，杜教授请我去他们学校的教授小餐厅去感受一下，因为已近下午 2：00 点钟，餐厅的自助餐早已经结束，杜教授选择了点餐，他帮我点了认为比较适合女生营养又美味的食物，我们继续边吃边聊。饭后他再次送我去火车站，然后，我们挥手告别。

后　记

2015年2月，在举国上下都在欢度新春佳节之际，我只身乘坐海航飞往波士顿的航班远赴大洋彼岸，开启了为期一年的在美访学生活。到哈佛大学学习，是我博士毕业后就有的梦想，从最初申请哈佛大学的博士后，到成为这所名校里的一名访问学者，中间我为此付出了不小的努力，最终如愿以偿跨进了这所学校的大门。

我深知，能够有这样一年在哈佛学习的时光实属不易，我当倍加珍惜在哈佛的每一分每一秒，并尽我所能做出一些成绩。因为自小担任记者，采访过不少名人。在中国社科院研究生院读博士期间，2008年恰逢30周年院庆，我又采访了社科院众多有成就的学友，参与编写了《春风第一枝——中国社会科学院研究生院建校30周年》校庆文集。博士毕业后进入现在的工作领域，我采访了几省的侨办主任。因此，在通过国家留学基金委的公派出国留学选拔后，我就在想，能否继续做一些类似的访谈工作。

众所周知，哈佛大学是举世公认的世界一流学府，云集着来自世界各地著名的经济学家、历史学家、法学家、文学家等。哈佛大学也是美国最早开设中国学研究的学校，盛产了许多中国学研究大师，如费正清、史华慈、傅高义、杜维明、孔飞力、包弼德、王德威、柯伟林等，出版了诸多影响深远的著作。上世纪 70 年代初，基辛格博士在他前往中国开展“秘密外交”前，专程回到母校哈佛大学倾听中国研究专家们的见解，开启了中美建交的新时代。时至今日，哈佛大学在美对华政策研究方面仍然发挥巨大作用。上世纪 90 年代杜维明先生提出“文化中国”论说，在海内外产生了强烈反响，我曾经拜读过杜先生的大作《文化中国：以外缘为中心》，在文中杜先生指出文化与政治、经济不太相同，边缘地区有时候文化发展很快，甚至外国人对中华文化发展所起的作用也不容忽视，这对我启发很大。所以，临出国前我思考，可否围绕中国理论界、学术界乃至全社会关注的问题，做一些哈佛大学研究中国问题大师们的学术访谈，听一听他们对当代中国的看法，“他山之石，可以攻玉”。

有了这样想法，我便开始对照实施，我检索了国内现有与哈佛相关的访谈类书籍，其中较有影响的当属张冠梓教授主编的三卷本的《哈佛看中国》一书。我从网上购买了细读，读完已近深秋，我又约了张教授面谈请教，张教授鼓励我把这件事继续做下去。后来和时任《马克思主义与现实》杂志编辑部副主任的孔明安研究员聊起，他也鼓励我这样做，并给了具体的实施意见。于是我用出国前的最后三个月时间读完了拟访谈学者们的专著和论文，并草拟了详细的访谈提纲，到了哈佛大学后便开始着手实施访谈。

这里，我要向许多人致以我最诚挚的感谢！这本书能够出版，首先要感谢上海研究院的常务副院长赵克斌研究员、秘书处处长杨会军教授、科研处副处长林盼老师和龚敏老师！上海研究院是中国社会科学院和上海市人民政府共同创建的新型高端智库、高端人才培养基地、高端国际交流合作平台和高端国情调研基地，其宗旨是紧紧围绕习近平新时代中国特色社会主义思想聚焦改革发展的重大理论和现实问题，立足上海、放眼世界，开展决策咨询研究，探索中国特色新型智库建设，为国家的改革发展和上海的创新进步服务。其次我要感谢上海大学法学院的院长文学国教授，是文教授介绍我了解上海研究院的出版资助项目。同时我要感谢中国社会科学院大学副校长、中国社会科学院研究生院院长黄晓勇教授，中国社会科学院政治学所所长房宁研究员，是他们的鼎力推荐帮助我申请到了出版资助。

我同样非常感谢为这本书付出辛勤劳动的当代中国出版社的总编辑曹宏举编审、副总编辑张永编审，以及责任编辑隋丹老师，从最初的策划、编排、删减、修改、排版到最终的出版，这本书无不凝聚着他们的心血，在此郑重地说一声："你们辛苦了！"

我也由衷感谢许多哈佛学友和朋友们的相助！欧美同学会的王辉耀会长、美国丹佛大学的赵穗生教授、央广网的副总编辑伍刚教授惠赐了这本书的序并予以我无限鼓励，张凤老师、杨汨副教授、李晓涛学长、万晓宏教授惠赐印象记让我感受到了学友们的支持，同时还要感谢在访谈时给予我帮助的南京中医药大学的程海波副校长、四川大学的王小红教授等。

我特别要感谢百忙之中接受我访谈的哈佛中国问题研究大师们！在哈佛大学学习和研究的一年多时间里，我耳闻目睹了这样一个事实，那就是哈佛从事中国问题研究的学者越来越多，到哈佛大学读书和交流的中国学生、学者越来越多，哈佛与中国的联系也越来越紧密，而哈佛出版的与中国相关的研究成果更是呈几何指数增长。我很庆幸能够在哈佛与中国这样紧密联系的时代，推出这样一本《哈佛学者看中国和世界》的书，让更多的读者了解哈佛中国研究学者们的所思所想、所研所教，他们的思想不仅为哈佛大学这座382年的高等学府增添了光彩，也为中美文化交流写下了重要篇章。

我将这本书献给我的儿子李宸熠和妈妈张红环。在宝宝刚刚一岁时，我常常伏案写作忘记了吃饭，牙牙学语的宝宝每每过来书房牵着我的手走向餐桌。我想，等到他年长到能够读懂这本书时，或许能够理解我今天做这件事情的意义。至于一直疼爱和支持我的妈妈，任何言语都不足以表达我对她的感谢！

张 梅

2018年10月5日

作者近照

作者采访包弼德教授后留影

作者采访约瑟夫·奈教授后在他的办公室留影

作者采访赛奇教授后留影

▶ 作者采访杜维明教授后留影

▶ 作者采访杜荣佳教授后留影

作者在费正清中国研究中心新年招待会上与柯伟林教授留影

作者送给欧立德教授中国的书法作品

作者与郭世宝教授留影

作者与萨默斯教授留影

作者与欧立德教授留影

作者与宋怡明教授留影

作者与王德威教授留影

作者与赵穗生教授留影

作者与文安立教授留影